OLIVIER BARDE-CABUÇON

HUMEUR NOIRE À VENISE

UNE ENQUÊTE DU COMMISSAIRE AUX MORTS ÉTRANGES

roman

W0380530

BABEL NOIR

À Christine et Thibault, toujours.

À Anissa, à Maud et son théâtre.

À mes drôles de dames, Audrey, Marion et Vanessa.

Je ne suis pas ce que je suis…
— Je voudrais que vous fussiez tel que je vous désirerais.*

SHAKESPEARE

Car c'est le propre de Venise que de cultiver la mer et de délaisser la terre.

RAFFAINO DE'CARESINI

* Toutes les citations de Shakespeare sont extraites de *La Nuit des rois*, trad. Émile Montégut, Hachette, Paris, 1967.

PROLOGUE

L'aube effleurait Venise de ses ailes d'argent. Les premiers rayons du soleil semblaient prendre appui sur le Grand Canal avant d'illuminer la façade des palais. Brume et rêverie s'élevaient paisiblement des canaux. La féerie du moment le disputait à ce sentiment d'éphémère qui planait toujours sur la ville comme si, à chaque seconde, un rien pouvait l'engloutir à jamais.

Chiara fit encore un pas, indécise. Dans la fraîcheur matinale, les ponts de Venise semblaient esquisser un gracieux pas de danse entre les demeures. Légère comme un voile de gaze, de la vapeur flottait au-dessus des eaux. Une silhouette se dessina au loin, noire et droite. Celui qui s'approchait lui rappelait vaguement quelqu'un jusqu'à ce que la vision s'affine un peu plus, révélant un jeune homme aux yeux bleu glacé et aux cheveux noirs noués à la nuque par un bandeau. Les battements du cœur de la jeune femme s'accélérèrent jusqu'à ce qu'il parvienne à sa hauteur.

L'inconnu la dépassa en lui jetant un regard de curiosité. Chiara expira doucement. Ce n'était pas Volnay. Elle se retourna et poursuivit son chemin d'un pas égal. Elle longea un quai, gravit un petit escalier à l'ombre d'une maison. Venise semblait se déplier sous ses yeux comme une banderole de papier à mesure qu'elle franchissait un pont puis un autre. Tout à coup, elle s'immobilisa. Là, au pont Storto, comme une fleur au vent, se balançait un pendu.

I

Le moine n'était plus. L'humeur noire avait jeté sur lui ses griffes d'acier, le voûtant et le réduisant au silence. La lassitude de vivre ou de survivre s'était emparée de tout son être. Désormais l'ombre de lui-même, il ne se nourrissait ou ne se désaltérait que si Volnay, son fils, portait des aliments à sa bouche ou un verre à ses lèvres. Il pouvait ainsi rester prostré toute une journée, les yeux dans le vague et l'ennui, sans proférer une seule parole. On aurait dit qu'il attendait la mort.

Ce n'était pas Venise, la Sérénissime, qui avait appelé les deux célèbres enquêteurs mais Chiara, l'ancienne amoureuse de Volnay. La première de ses lettres parlait de pendus que l'on trouvait à l'aube sous les ponts, se balançant au vent comme autant de fleurs coupées, puis d'un de ses cousins en grand danger d'être assassiné. Volnay saisit l'occasion de quitter Paris, en laissant quelque temps vacante sa charge de commissaire aux morts étranges, pour tenter d'extirper son père et collaborateur de sa léthargie.

Si le jeune homme avait espéré obtenir de ce voyage quelque amélioration pour son père, il fut déçu. Le moine ne daigna pas jeter un coup d'œil par la fenêtre de la voiture au passage d'Oderzo, Padoue ou Ravenne. Volnay, lui, comme à son habitude, observait attentivement le monde qui l'entourait.

En ce mois de mars 1760, le printemps avait fait son apparition sans crier gare, jetant quelques touches de couleurs et d'éclats de vie dans un morne paysage. Le long des fleuves Sile et Brenta, des animaux tiraient en silence les bateaux. La volonté des hommes avait jeté ici et là, ancrées sur les rives, des maisons semblables à des nids d'oiseaux, aux toits de joncs en pente, dressées à la hâte à grand renfort de boue et de roseaux tressés. Un sentiment inexplicable de précarité régnait ici.

Lorsque le regard portait sur la mer, les choses étaient différentes. Ourlée d'ombres mouvantes, usée et rongée par les courants, la lagune s'étirait devant eux dans la langueur du petit matin. Inaltérables armées de pieux, les *bricoles* y traçaient la route des barques pour leur éviter l'ensablement, ponctuant la cartographie invisible de voies marines improbables, de carrefours imaginaires, de points de suspension vers l'infini…

Les deux hommes longèrent des eaux vertes, dévorées par les algues, avant d'arriver à Chioggia *la fertile* et d'admirer ses jardins potagers sagement rangés en beaux quadrilatères verts. On y cultivait des légumes pour nourrir Venise. Eau douce et eau salée baignaient les terres de la lagune. À coups de barrière de boue, on pouvait dompter les multiples flux par un complexe réseau de canalisations, isoler l'eau douce et transformer la terre en potager tandis que, à l'aide d'un ingénieux système d'écluses, on profitait des courants et marées pour faire tourner les moulins. Partout l'eau semblait apprivoisée par la main de l'homme.

Toute cette science laissa le moine de marbre.

C'est alors que l'orage s'abattit sur eux. Une pluie diluvienne se déversa d'un coup du ciel en furie, noyant le paysage. La voiture s'embourba et ils se réfugièrent dans une maison des environs, un *casone* au plancher de terre crue, parsemé de petits cailloux polis. On leur offrit une bouillie de farine de maïs, la polenta, à laquelle le moine ne toucha pas. Quatre enfants craintifs le contemplèrent avec étonnement, enfermé en lui-même. Pour la première fois, il n'était nul besoin de barreaux pour l'emprisonner. Le moine était devenu son plus sûr geôlier.

Lorsque le soleil s'étira de nouveau dans le ciel, ils reprirent leur chemin. La tristesse imprégnait leur âme d'un voile humide. De temps en temps, des toits de paille ronds émergeaient des marécages. Plus loin, les barques glissaient dans un silence étourdissant, effleurant avec grâce les roseaux.

Ils croisèrent un cocher à pied suivi d'une demi-douzaine de personnes à la mine dépitée. Leur voiture avait versé un peu plus loin dans un fossé. Ils se rendaient au village le plus proche pour y trouver des secours. Parmi les voyageurs, seul un audacieux jeune homme avait décidé de poursuivre son chemin. Ils le trouvèrent un peu plus loin en fâcheuse posture. En tentant de couper court à la route en lacets, il s'était embourbé jusqu'à la taille dans un fossé près de la voie, après avoir lancé son baluchon sur celle-ci. Volnay fit arrêter la voiture et se précipita à son aide. Il s'agrippa à une racine et se pencha autant qu'il le pouvait.

— Saisissez-vous de ma main ! s'écria-t-il en italien, langue qu'il maîtrisait grâce à son père et à quelques années de son enfance passées dans ce pays.

— Je ne peux l'atteindre, se lamenta l'autre.

Le jeune homme possédait une voix plutôt aiguë pour quelqu'un de son genre. Il ne semblait guère avoir plus de seize ans et son visage lisse et imberbe luisait de sueur, révélant de longs et vains efforts pour se dégager du piège de boue.

— Essayez de nouveau, dit Volnay en se penchant à la limite de l'équilibre.

Ses doigts effleurèrent ceux étrangement fins de l'inconnu sans parvenir à les saisir. Il se pencha encore plus et sentit soudain la racine craquer. Il cala un pied au-dessous de lui et serra dans la sienne la main frêle de l'autre. La racine céda.

— Dieu !

— Dieu n'a rien à voir là-dedans, fit une voix grave. Jamais !

Quelqu'un avait saisi Volnay au collet et, d'une poigne ferme, le tirait en arrière. Le policier referma son emprise sur la main de l'inconnu et tout à coup celui-ci s'extirpa de sa gangue de boue qui creva dans un bruit écœurant. L'adolescent s'agrippa aux genoux de Volnay avec un cri de triomphe. Le commissaire aux morts étranges protesta en perdant l'équilibre mais il sentit le contact un peu rêche de la bure de son père contre sa joue. C'était le moine qui les avait tirés de là. Les trois hommes roulèrent pêle-mêle à terre dans un joyeux désordre. Le jeune garçon se retrouva à califourchon sur Volnay qui le repoussa en posant ses mains sur sa poitrine. Le policier eut un hoquet de surprise.

— Mais, vous êtes une femme ! s'écria-t-il interloqué.

Le temps sembla s'arrêter. Tout le monde se releva en silence et s'observa avec suspicion.

— *Quo diversus abis ?* demanda le moine citant Virgile. "Où vas-tu par ce détour ?"

Volnay ouvrit de grands yeux. À la surprise de sa découverte s'ajoutait la stupéfaction d'entendre son père prononcer deux phrases d'affilée !

La jeune fille révélée leva vers eux un regard alarmé.

— Monsieur, et vous, mon frère, j'espère que vous êtes hommes d'honneur et que vous consentirez à garder le secret sur ma condition si nous nous retrouvons à Venise. On y attend mon frère et non moi, sa sœur, pour une affaire des plus importantes.

Elle essuya d'un revers de main la boue qui maculait son visage et reprit son récit d'une voix précipitée.

— Je me nomme Violetta. Mon père, le marquis Giambattista Da Zechio, a perdu sa fortune mais point son honneur. Pour payer ses dettes et conserver notre demeure près de Chioggia, il a dû consentir à donner au comte de Trissano, son créancier de Venise, tous ses bois et domaines. Il n'a conservé qu'un petit parc autour de notre manoir familial. Comme cela ne suffisait pas encore, le comte a exigé que mon frère vienne le servir sans salaire à Venise pour une durée de trois ans.

Elle baissa la tête et une subite rougeur l'envahit. Volnay l'observa attentivement.

— Or, reprit Violetta en vrillant son regard dans le sien, mon frère s'est entiché d'une fille de rien et s'est enfui avec elle. Si le contrat n'est pas rempli, nous perdrons tout. Je suis ici, en garçon, pour sauver l'honneur et la réputation de ma maison !

Elle avait parlé avec fièvre et passion. Le moine écarta doucement son fils de son chemin et se tint devant la jeune fille.

— Mademoiselle, ne craignez rien. Vos motifs sont nobles et vous êtes face à des gens d'honneur. Nous ne révélerons rien de votre secret.

Volnay masqua de nouveau sa surprise. En trois mois, c'était la première fois que son père ouvrait la bouche deux fois de suite dans la même journée. Il fit un pas à son tour mais le regard de Violetta restait accroché à celui du moine comme à une planche de salut. Grand et maigre, le visage désormais ascétique mais aux traits résolument aristocratiques, il émanait de toute sa personne une espèce de grandeur déchue et de solitude absolue.

— *"Tu as une belle tournure, capitaine*, dit alors Violetta en le fixant, *et bien que la nature enferme souvent la corruption entre de belles murailles, je veux croire cependant de toi que tu as une âme qui répond à cette belle enveloppe extérieure."*

— Shakespeare, murmura doucement le moine. Mais j'en accepte le compliment car il est bien tourné.

— Mon frère, mon cœur me dit de vous faire confiance. Je remets donc mon sort entre vos mains !

Le moine s'inclina gravement.

— Qu'il en soit ainsi.

Le cocher fit claquer son fouet et la voiture reprit sa route, les secouant au rythme des bosses. Les deux hommes observèrent la jeune fille avec curiosité. Elle devait avoir seize ans et n'était pas très grande, le teint tirant vers le mat. De beaux yeux noirs brillaient dans son visage sous des sourcils délicatement arqués, l'arête de son nez était fine, son menton décidé. Elle avait coupé court ses fins cheveux bruns pour se donner un genre masculin. Il émanait d'elle un mélange de dignité blessée et de détermination désespérée.

— Je suis le chevalier de Volnay, fit le jeune homme avec grâce. Et le moine est mon fidèle collaborateur.

— Pour tout vous dire, je suis plus un homme de science que de Dieu, intervint son père.

En présence de la jeune fille, il semblait avoir retrouvé l'usage de la parole et Volnay se plut à espérer que l'inconnue reste quelque temps avec eux tant sa présence lui semblait salutaire.

— Je m'appelle Violetta, dit-elle, mais je prendrai pour prénom Lelio dès mon arrivée à Venise.

— C'est presque un prénom de théâtre, murmura songeusement le moine. Le théâtre du monde…

Quelque chose voila son regard et il se tut.

Le voyage se poursuivit dans un silence pensif que Violetta rompit à plusieurs occasions pour apporter des commentaires à un lieu ou un paysage. Elle possédait une grâce certaine et une délicatesse dans la voix lorsqu'elle ne déguisait pas cette dernière. Soudain porté à la sociabilité, Volnay raconta Paris, ce mélange terrible de pauvreté et de richesses, cette foule compacte qui errait dans les rues et faisait si peur aux étrangers comme aux puissants.

— Et Versailles ? demanda-t-elle curieuse.

— Mademoiselle, Versailles n'est qu'un lieu de débauche et de médisances.

Et, pour compenser la sécheresse de son ton, Volnay ajouta plus doucement :

— Paris est la capitale des plaisirs, de la poésie et des joutes verbales.

Il parla des salons littéraires et des belles hôtesses qui les animaient même s'il n'y mettait jamais les pieds car son père lui en avait suffisamment raconté. Violetta l'écoutait avec intérêt, les yeux légèrement écarquillés, avant de retomber dans ses pensées. Son regard revenait régulièrement au moine, muré en lui-même. Elle semblait le peser et l'évaluer. À un moment, sans souci de son silence, elle se pencha vers lui.

— Mon frère, croyez-vous que le dessein de Dieu puisse être de nous plonger dans le malheur et l'affliction rien que pour nous éprouver ?

Le moine tourna lentement la tête vers elle.

— Je suis désolé, mademoiselle, je ne crois pas en Dieu.

— En quoi croyez-vous donc alors ?

— En rien.

Violetta marqua un temps de surprise.

— Mais alors, quel sens donnez-vous à tout cela ? demanda-t-elle en balayant d'un revers de main le monde qui les entourait.

Le regard du moine se fit plus grave et pénétrant.

— Mademoiselle, je ne puis malheureusement vous aider. L'homme est livré à lui-même dans un monde hostile, seul et désemparé. C'est à lui de trouver quel sens donner à sa vie et quoi faire de son passage sur terre.

Son ton s'affaiblit.

— Tout en respectant autrui car *"ne fais pas aux autres ce que tu ne voudrais pas qu'on te fasse à toi-même"*. C'est une loi naturelle d'équité et de réciprocité.

Puis, comme au prix d'un terrible effort sur lui-même, il ajouta encore :

— Je suis certain que vous y parviendrez.

Violetta baissa les yeux. On s'arrêta à une ferme pour se débarbouiller autour du puits. Ainsi débarrassé de boue, le visage de la jeune fille se révéla fascinant par sa mobilité d'expression. Les fermiers lui permirent de se retirer dans une petite pièce fermée pour revêtir des vêtements propres tirés de son baluchon. Ainsi parée, sa poitrine comprimée, elle tourna sur elle-même comme une toupie prise de folie, posa un doigt sur ses lèvres dans un geste mutin puis, les mains sur les hanches et le regard crânement planté dans celui du moine, elle récita :

— *“Je t’en prie (je te payerai généreusement ce service), cache qui je suis et aide-moi à trouver un déguisement qui puisse convenir à la nature de mon projet. Je veux servir ce duc : tu me présenteras à lui comme un eunuque.”*

La main sur le cœur, le moine s’inclina.

— *“Soyez son eunuque et je serai votre muet...”*

Violetta s’approcha tout près de lui.

— Je vous prends au mot, dit-elle.

Le moine acquiesça. Ils se serrèrent gravement la main pour marquer solennellement leur pacte.

Ils sortirent tous les trois de la ferme après avoir bu un lait chaud que même le moine accepta. Soudain, Volnay se reprit à espérer.

Les nuages avaient disparu. Une légère vapeur s’élevait du sol déjà caressé par les rayons du soleil. Cela sentait bon la terre mouillée et la végétation humide.

De nouveau, Violetta s’adressa au moine :

— Mon frère, regardez autour de vous.

Elle semblait s’imprégner de l’humidité qui se dégageait de la terre et, telle une plante desséchée, reprendre force et vigueur.

— Ici, l’eau douce des fleuves côtoie l’eau salée de la mer dans des enchevêtrements inexplicables. Les canaux se croisent et se chevauchent, les lacs et les jardins salés se succèdent, les îles se font et se défont.

Elle exhala un soupir et son sein remua faiblement.

— Les fortunes également. L’eau salée a causé bien du tort à ma famille. Certaines de nos cultures ont été inondées, ruinant les efforts de mon père. Mon père a investi ses derniers sous dans le commerce maritime pour tenter de se renflouer. Sur mer, il existe une certaine forme de solidarité, voyez-vous ? À Venise, on développe la *colleganza*, une organisation permettant à tout le monde d'investir et d'affréter un bateau en se partageant les risques comme les profits. Mais vous ne retrouvez vos capitaux *si salva de navigatione reversa fuerint* : “que s'ils reviennent intacts de la navigation”. Père est un homme des Terres fermes mais il a toujours rêvé de rapporter cire et fourrures de Maurocastro, blé et soieries de Perse, sel, sucre de canne et coton de Chypre…

Violetta s'interrompit, des larmes brillantes dans ses yeux. Une émotion nouvelle teintait sa voix, entre tristesse et regrets.

— Le navire sur lequel il a misé n'est jamais revenu d'Orient. Les corsaires barbaresques y ont veillé. Ils ont refusé à mon père le droit de voir sortir des cales les soies ou le café. Jamais il n'a respiré le parfum des épices d'Alexandrie ni aperçu les rivages de Céphalonie, Smyrne, Constantinople, Zante, Corfou ou les plaines fertiles et les montagnes boisées de Candie.

Elle jeta un bref coup d'œil au moine.

— Aujourd'hui, il passe des heures devant sa fenêtre, comme s'il espérait voir un trois-mâts aborder ses terres !

Violetta regarda au loin, en direction de l'Adriatique.

— Je hais la mer, profondément.

Elle soupira.

— Mais la mer n'a ni âme, ni corps. Je ne peux même pas tailler son flanc de coups d'épée. Il me faut autre chose pour apaiser ma colère !

Le moine l'écoutait attentivement, ses yeux noirs brillants. Violetta frissonna.

— Je n'ai rien d'autre à ajouter, dit-elle.

Ils reprirent leur route mais le regard du moine ne quittait plus la jeune fille, guettant la moindre de ses expressions.

— Que faites-vous dans la vie, chevalier ? demanda soudain Violetta à Volnay.

— La triste brutalité de notre époque m'amène à résoudre de sombres affaires criminelles, répondit sobrement le jeune homme. Je suis le commissaire aux morts étranges de Paris…

— Quel drôle de titre ! s'exclama-t-elle d'un ton enfantin.

— Certains s'en moquent mais je suis avare de mon mépris pour eux tant ils sont nécessiteux ! On me charge d'enquêter sur les meurtres particulièrement mystérieux et inexpliqués de la capitale. Le moine m'assiste dans mes recherches. Ses connaissances sont universelles et il peut déterminer la cause de toute mort, naturelle ou pas.

Violetta jeta un regard surpris au moine dont le visage n'exprimait toujours rien. Elle garda ensuite un silence pensif que personne ne songea à rompre car une gêne indéfinie venait de se glisser entre eux.

Au sortir d'un village, un carrefour à quatre voies s'offrit à eux, marqué par une grande croix noire. Violetta demanda au cocher de s'arrêter.

— C'est ici qu'une voiture affrétée obligeamment par le comte m'attend, expliqua-t-elle. Je vais en garçon accomplir mon devoir de fille !

— Courage, mademoiselle, fit le moine en l'aidant à descendre.

Dehors, ils se regardèrent tous les trois, un peu impressionnés malgré eux par la solennité du moment. Un lien intime, quoique ténu, semblait désormais les lier.

Violetta se tourna d'abord vers le moine. Celui-ci releva la tête et soutint fièrement son regard.

— Mon frère, dit-elle avec délicatesse, vous parlez peu et je sens bien qu'un mal secret vous ronge.

— Mes étoiles jettent sur moi de sombres feux, répondit sobrement le moine.

— Je ne serai pas indiscrète mais sachez que tout espoir n'est jamais perdu avant qu'on ne choisisse d'abandonner.

Elle se tourna ensuite vers Volnay.

— Adieu, vous qui m'avez tendu la main avec tant de noblesse. Je sais reconnaître les cœurs purs et je vous veux de mes amis si un jour le hasard de nouveau nous réunit. Mais bien sûr…

Violetta se rembrunit.

— Nos conditions seront désormais différentes car je suis destinée à n'être qu'une servante.

Volnay secoua la tête.

— Mademoiselle, puisque c'est la dernière fois que je vous appelle ainsi, la noblesse de l'âme n'a rien à voir avec la naissance et la situation. Et vous vaudrez toujours mieux que nombre de ceux qui vous regarderont de haut.

Elle cilla des paupières.

— Merci pour ces mots de réconfort. Ils me font du bien même s'ils ne changent en rien mon destin !

Elle tourna les talons et s'en fut. Mais plus elle marchait et plus sa démarche semblait décidée. Le moine la regarda songeusement s'éloigner.

— Quelle drôle de servante, murmura-t-il. Un peu théâtrale, soit ! Mais vraiment, quelle drôle de petite servante !

Violetta s'arrêta à quelque distance de la voiture tirée par deux chevaux nerveux qui piaffaient d'impatience en tapant du sabot dans la boue. Un instant, elle hésita en se balançant d'un pied sur l'autre. Enfin, elle ajusta son maigre bagage sur son épaule et, d'un pas résolu, avança vers son destin.

À sa grande surprise, quelqu'un l'accueillit cordialement dans le carrosse. C'était une belle femme au teint de neige qui approchait des trente ans. Sa chevelure blonde aux reflets roux était montée pour bouffer autour de son visage soigneusement fardé. Elle avait de grands yeux bleus rêveurs, comme ceux des enfants, de bonnes joues et des lèvres d'un rose bonbon. Tout de suite, Violetta l'adora.

— Ainsi, dit la comtesse avec un sourire avenant, voilà ce jeune homme dont mon père veut faire un intendant pour trois ans.

Elle la détailla de la tête aux pieds et eut un hochement de tête approbateur.

— Je suis Amarilli, fille du comte de Trissano. Je visitais une amie non loin de là, j'ai décidé de vous accueillir moi-même.

— C'est fort aimable à vous, noble dame. Lelio, pour vous servir.

Amarilli lui jeta un regard appréciateur.

— Je ne regrette pas d'être venue en personne, vous me semblez tout ce qu'il y a de plus aimable et charmant.

— Mademoiselle, la comtesse est aussi belle que bonne.

Un sourire élargit les lèvres d'Amarilli.

— Vous maniez, Lelio, un langage direct et d'autres que moi pourraient s'en offusquer.

— Veuillez pardonner ma témérité et faire preuve

d'indulgence envers mon manque d'éducation. Je vis à la campagne, loin de la société…

Amarilli posa une main légère sur son bras.

— Rassurez-vous. Je veillerai à vous instruire de ce qu'il est nécessaire pour tenir sa place dans le monde. Mais de grâce, restez vous-même et conservez cette charmante audace. Elle vous distinguera des autres.

— Ah madame, je vous en saurai gré à jamais ! s'écria Violetta dans un élan spontané de reconnaissance.

— Les "madame" sont de trop ! dit la comtesse d'un ton bienveillant. Servez-les-moi en public mais lorsque nous serons seuls, appelez-moi Amarilli.

— Je me ferai un scrupule d'exécuter fidèlement tous vos ordres, Amarilli.

La comtesse approuva.

— Vous me plaisez, Lelio. Soyons amis.

— Mon cœur vous est acquis, s'écria Violetta de toute son âme.

Amarilli regarda le jeune homme imberbe avec amusement.

— Dieu ! J'espère que vous ne reprenez pas votre cœur aussi vite que vous le donnez !

L'édification de Venise était le fruit d'un âpre combat contre la mer. De l'obstination d'un peuple de bâtisseurs, une cité de pierre et de marbre émergeait, en suspension entre ciel et mer, défiant les lois de la gravité, seulement portée par des pieux.

La beauté n'en est que plus belle lorsqu'elle est éphémère. Volnay fit arrêter la voiture pour admirer la vision de cette ville en apesanteur, les flancs caressés par l'eau. Il fit descendre le moine et, côte à côte, le père et le fils se tinrent, frissonnants dans l'air encore saturé d'humidité. La cité flottante se hérissait de clochers et de mâts de bateaux. Voilé d'azur, le soleil levant illuminait de ses rayons les toits des palais et l'eau des canaux renvoyait l'image déformée de ceux-ci à l'infini.

Venise, Venise, qui ne te voit, point ne te prise !

— Cette ville est un bateau de pierre ! s'exclama le jeune homme. Comme j'aurais voulu que l'Écureuil voie cela.

Le souvenir de sa jeune amante de seize ans laissée à Paris l'assombrit. Il jeta un regard de côté à son père. L'arrivée impromptue de Violetta avait tiré le moine de sa léthargie et son fils s'en était réjoui. Mais le départ de la jeune fille l'avait aussitôt replongé dans le marasme sans fin de ses pensées. La lueur d'intérêt qui avait brillé un temps dans ses yeux s'était de nouveau éteinte.

— Pourquoi ne dis-tu plus rien ?

Et comme son père ne répondait pas, Volnay insista.

— Nous rencontrerons d'autres Violetta, d'autres personnes à aider.

Le moine tourna lentement la tête vers lui. Ses yeux le fixaient sans le voir. Lentement, il articula comme si sa langue devenait pâteuse :

— Ma vie n'est plus qu'une longue ligne droite. J'ai perdu trop vite la joie du hasard et de l'incertitude.

Il se dirigea en titubant vers une plage de sable. Volnay le suivit en silence. Debout près de l'eau aux reflets verts, le moine laissa son regard se perdre dans la lagune.

— Je vois des poissons mourants dans cette eau, ils se noient…

— Père…

— Non, ils se meurent. Je sens encore leur agonie dans ces remous…

— Père…

— Que fais-je ici ? Toute cette eau… je n'en peux plus, j'ai besoin de remonter à l'air libre !

— Arrête !

Volnay avait hurlé mais sa gorge avait émis la stridence d'un cri d'enfant. Le moine frissonna.

— Père, ne restons pas ici.

Sans l'écouter, le moine se laissa tomber à genoux.

— Jour et nuit, mon cœur ne battait plus que pour Hélène. Jour et nuit, mes pensées se tournaient vers elle. Avec Hélène, je me suis senti vingt ans. Quelle vacuité de ma personne ! Vouloir revivre sa vie ! Aujourd'hui tout s'étiole doucement, et mon corps et mon goût de vivre. Il ne reste plus au-dedans de moi qu'une pesante tristesse, une terrible mélancolie de tous les instants… l'humeur noire remplit chaque parcelle de mon âme. Si seulement, je pouvais arracher de ma poitrine ce cœur qui bat pour elle !

Il prit une poignée de sable dans sa main et la regarda s'écouler entre ses doigts.

— Voici ma vie.

Lorsqu'il ne lui resta plus que quelques grains de sable au creux de la paume, il souffla dessus.

— Et voilà ma mort !

II

Venise comportait six quartiers, ou sextiers, répartis de chaque côté du Grand Canal : San Marco, Castello et Cannaregio en deçà, Dorsoduro, San Polo et Santa Croce au-delà. Chaque sextier se trouvait divisé en paroisses qui formaient autant de villages, avec un fort esprit de communauté, à l'intérieur de la ville.

Chiara résidait à Santa Croce, paroisse San Giacomo dall'Orio, dans un charmant hôtel particulier aux façades décorées de patères et de panneaux de marbre, achevées par une légère crénelure de marbre. Elle reçut Volnay sur un élégant balcon fleuri, supporté par un lion en crinière et surplombant une cour intérieure à arcades.

Toujours élégante, la jeune Italienne était revêtue d'une robe de satin d'or recouvert de dentelles noires. Avec un pincement au cœur, Volnay retrouva son visage fascinant et toute sa personne ensorcelante. Les lois du cœur et celles de la raison ne faisant pas bon ménage, il s'efforça de conserver à l'esprit l'image de l'Écureuil. L'exercice s'en trouvait compliqué par la beauté des yeux en amande de Chiara et de ses charmantes pommettes écartées. De son côté, celle-ci le considérait avec un mélange de crainte et d'exaltation. Tout lui plaisait en ce grand jeune homme de vingt-cinq ans à la sombre beauté : ses cheveux noirs qu'il portait longs et sans poudre, simplement noués par un ruban de taffetas, ses yeux bleus et pâles, sa mâchoire si déterminée… D'un doigt, elle eut envie de toucher sa cicatrice au coin de l'œil droit et la suivre le long de sa tempe.

— Mais où donc se trouve votre père ? s'inquiéta-t-elle soudain.

Chiara était une des rares personnes qui connaissaient le secret de la filiation entre le moine et Volnay.

Le jeune homme lui désigna du menton la haute silhouette prostrée qu'elle n'avait pas reconnue tant le moine semblait aujourd'hui décharné.

— Ne vous en offusquez pas, il ne souhaite voir personne. Même pas vous.

— Qu'a-t-il donc ?

— L'humeur noire, mademoiselle, l'humeur noire !

Chiara pâlit.

— Mon Dieu !

— Je ne trouve pas les mots appropriés pour expliquer son état. La vie lui semble une peine sans fin. Il n'a plus ni goût, ni envie pour rien et n'ouvre plus la bouche. Avant aujourd'hui, sa dernière phrase construite remontait au Nouvel An pour rappeler qu'à cette date les Romains offraient des roses, des figues et du miel.

L'anecdote arracha un faible sourire à Chiara.

— Cela lui ressemble tout à fait.

— Il n'a retrouvé la voix aujourd'hui que pour débiter des choses morbides.

Sauf avec Violetta, lui dit une petite voix à l'intérieur de son esprit. *Sauf avec Violetta…*

Chiara se pencha vivement vers lui, baissant le ton.

— Que lui est-il donc arrivé ?

Volnay baissa la voix à son tour même s'il y avait peu de chance que le moine les entende.

— Que vous dire ? Les tourments de l'âge, une sainte peur de vieillir... Et puis, une jeune femme qui a emporté son cœur en s'en allant. Depuis, il s'est enfermé dans sa douleur.

— Garce ! s'emporta Chiara.

— Ne dites pas cela, mademoiselle. Personne n'a moins de raisons que moi d'être sévère avec Hélène. Force m'est pourtant de reconnaître tant la droiture de sa personne que la sincérité de son cœur même si la vie qu'elle mène ne correspond pas à nos normes habituelles. De toute manière, la question n'est plus là...

Sa voix se brisa, révélant tout son désarroi.

— Mon père est en train de mourir de l'intérieur.

Le sol du cabinet particulier de Cordolina était orné d'un magnifique tapis d'Orient aux reflets multiples et aux figures complexes. Des meubles laqués et des tableaux aux cadres sculptés et dorés décoraient la pièce. Assis dans un fauteuil, un homme mince et grand, avec un collier de barbe grisonnante, lisait un message, les sourcils aristocratiquement haussés. La gravité de son apparence le disputait à un fond de dureté dans son regard. Celui-ci s'adoucit imperceptiblement lorsqu'une jeune femme d'une vingtaine d'années apparut.

— Tiens, Flavia, te voilà.

Il agita distraitement le papier qu'il tenait entre les mains.

— Ainsi, il est arrivé ce policier français. Et accompagné d'un moine !

Ainsi interpellée, la jeune fille blonde se tourna vers lui. Elle était svelte, plus grande que la moyenne, et portait sur ses lèvres un rouge aussi agressif que celui des briques vénitiennes. Ses grands yeux bleus, clairs et froids, semblaient inexpressifs. De fait, elle ne manifesta qu'une curiosité ennuyée.

— Un moine, père ?

— Sur qui les plus étranges rumeurs courent. Il a passé dans cette ville quelques mois de prison, il y a des années de cela, avant de s'en échapper en compagnie d'un certain Giacomo Casanova !

À l'énoncé de ce nom, il secoua la tête d'un air désapprobateur.

— Toujours est-il qu'aujourd'hui il bénéficie d'un sauf-conduit négocié avec le Conseil des Dix par ce commissaire du Châtelet. Je me suis entremis pour faciliter la chose.

Flavia hocha la tête comme si tout ceci était bien naturel.

— Vont-ils enquêter sur l'affaire des pendus ?

Cordolina s'immobilisa.

— Officiellement l'affaire semble résolue et la Quarantia Criminale va s'en occuper même si certaines choses demeurent dans l'ombre.

Il fronça légèrement les sourcils en réfléchissant.

— Mais nous saurons bien leur trouver quelque utilité… Cette nuit, le commissaire aux morts étranges constituera un témoin dont nul ne pourra mettre en doute l'impartialité.

Chiara expliqua à Volnay que son arrivée était annoncée et qu'elle devait le mener sans tarder au palais de *sier* Cordolina, mandaté par le Grand Conseil pour suivre toute l'affaire.

— Nous sommes descendus dans une auberge mais pouvez-vous héberger mon père cette nuit ? demanda

Volnay. Je répugne à le laisser seul et, dans son état, je ne le vois pas m'accompagner en de telles circonstances.

La jeune femme sursauta.

— Mon Dieu, vous n'y pensez pas ! Une auberge !

— L'impatience de vous voir m'aurait conduit chez vous dès mon arrivée mais je ne voulais pas imposer notre présence.

— Je vais immédiatement donner des ordres pour faire prendre vos bagages ! Vous êtes tous les deux mes invités.

Chiara lui prit familièrement le bras et, involontairement, il se raidit.

— Venez donc faire quelques pas dans le jardin, proposa-t-elle d'une voix enjôleuse.

Elle avait pris de l'assurance et le trouble de son compagnon ne lui échappait pas.

— La demeure est modeste, dit-elle, mais le jardin est ravissant.

Volnay haussa les sourcils. Si la résidence secondaire de la famille de Chiara à Venise n'était pas un palais, il s'agissait en revanche d'un bel hôtel particulier qui aurait pu contenir plusieurs familles sans que celles-ci se marchent sur les pieds.

Chiara le conduisit dans un endroit charmant où la vigne vierge tapissait de beaux murs de briques rouges, le rouge de Vénétie. Des cyprès s'élançaient vers le ciel et des buis bien taillés bordaient une allée de sable. Il régnait une subtile odeur de rose et de violette, rehaussée du parfum sauvage du lilas mauve sur la peau mate, au goût de miel, de Chiara. C'était toutefois le souvenir que Volnay en avait.

— Vous n'avez pas répondu à la plupart de mes lettres, lui reprocha-t-elle soudain en s'écartant de lui.

— J'ai en tout cas répondu à la dernière, se défendit le jeune homme mal à l'aise.

— Sans doute…

Elle eut une petite moue.

— Parce que c'était un appel à l'aide.

Volnay resta silencieux.

— Avez-vous donc une amoureuse à Paris ? demanda-t-elle d'un ton faussement détaché.

— Oui, répondit Volnay toujours aussi laconique.

Le cœur de Chiara s'arrêta un instant de battre. On pouvait tout reprocher à Volnay sauf sa franchise et sa droiture ! Néanmoins, la nouvelle était désastreuse. Dans sa récente panoplie de femme du monde, Chiara chercha la parade pour contrer ce coup du sort.

La jalousie ? Quelques galants se trouvaient bien à portée de mains mais la manœuvre était grossière et risquée. L'indifférence ? Elle risquait de l'éloigner. La séduction ? La nature l'avait dotée du nécessaire bien au-delà de ses espérances.

S'appuyant sur son bras, elle décréta qu'il fallait trouver un banc pour s'asseoir et bavarder en bons camarades. Elle s'assit dans un froufrou de soie et allongea négligemment les jambes pour offrir à sa vue ses chevilles gainées de soie. Le regard de Volnay glissa sur elles et s'arrêta à la pointe de ses chaussures avant de remonter vivement, comme pris en faute.

Je te tiens, pensa-t-elle.

Elle lui parla de sa vie en Toscane, de ses séjours à Venise, de ses dernières lectures, de soirées à l'opéra ou au théâtre San Samuele, et Volnay l'écoutait, charmé malgré lui par le cristal unique de sa voix, ses mimiques enfantines et mille petites manières pleines de grâce. Il lui raconta à son tour en détail les déboires de son père et la jeune fille s'en émut.

— Lorsque nous sommes partis de Paris, expliqua Volnay, il ne prononçait plus un mot. Depuis son arrivée, il parle de nouveau mais chaque fois pour dire quelque chose de désespérant. Il n'a plus goût à la vie et se fait du monde une idée affreuse. J'avais tant espéré que ce voyage chasse son humeur noire !

Chiara encaissa sans broncher ce nouvel affront sous forme d'aveu. Volnay n'était pas venu pour elle mais pour aider son père à guérir ! La tristesse puis la colère l'envahirent tour à tour mais elle n'en montra rien. Depuis leur dernière rencontre, la fréquentation de la bonne société lui avait, hélas, appris à dissimuler. Et, au fil des mois, elle s'éloignait du naturel.

— C'est une vieille règle de l'humanité de souffrir pour quelqu'un qui ne vous aime pas en retour, dit-elle en couvrant sa main de la sienne.

Aussitôt, elle se sentit sotte de sa remarque. Cependant, Volnay approuvait en silence. Il ne dérobait pas sa main, aussi, en bonne amie, n'enleva-t-elle pas la sienne.

Orazio se tenait devant une Violetta plus masculine que jamais. C'était un jeune homme grand et maigre, au front haut et au teint extrêmement pâle. Des cheveux noirs et bouclés, ajoutés à un air rêveur et triste, lui prêtaient quelques charmes pour qui appréciait la romance. Il s'exprimait toutefois avec une hauteur affectée qui semblait contraire à sa nature.

— Lelio, mon père ne veut pas vous recevoir. Ma sœur vous a expliqué en route la crainte que l'on a pour sa vie. Vous comprendrez qu'en de telles circonstances, son esprit est occupé par d'autres soucis que ceux de la domesticité.

Violetta releva fièrement la tête.

— Je ne suis pas un domestique. Des soldats du matin, les revers de la Fortune faisaient des esclaves au soir. Ils n'en avaient pas démérité pour autant sur le champ de bataille !

Amarilli intervint.

— N'oubliez pas, mon frère, que ce jeune homme est de noble condition même si sa famille a été éprouvée par des soucis bien matériels. Eh quoi ! Le service ne doit pas faire oublier les quartiers de noblesse !

— Vous êtes bonne, noble dame, murmura Violetta reconnaissante.

— Et vous, vous êtes fier, Lelio, murmura Orazio soudain attentif. Mes paroles n'étaient certes pas des plus appropriées. Pardonnez-moi si elles vous ont affecté. Les événements actuels me font parler à tort. Vous aiderez ici notre intendant qui se trouve bien seul. Il n'y a pas déshonneur de ménager pour régler une dette familiale.

Il eut un geste contrit.

— En d'autres circonstances, notre père aurait fait preuve de plus de générosité envers votre famille mais hélas la nôtre n'a pas été épargnée, elle non plus, par les revers de fortune.

Son regard brûlant glissa sur la jeune fille travestie.

— L'eau salée et les Terres fermes ne font pas toujours bon ménage. Vous en êtes conscient, Lelio ?

— De plus en plus, monsieur le comte, répondit froidement Violetta.

Orazio leva les yeux au plafond où s'effritait une fresque des noces de Cana se dressant sous un ciel apaisé.

— La fortune est une maîtresse capricieuse mais ici, à Venise, il faut paraître, tenir son rang. Toujours paraître…

Sa phrase se termina par un gémissement. Brutalement, il tourna les talons et sortit. Amarilli prit la main de Lelio.

— Pardonnez à mon frère, son esprit est troublé par tous ces événements. Allons, venez. Je vais vous aider à vous installer.

Comme chaque paroisse, San Giacomo dall'Orio se déployait autour du campo, une place bordée d'étals et de boutiques, de maisons et bien entendu d'une église. La religion, ou tout au moins les saints, était partout à Venise. La paroisse vivait en parfaite autonomie avec ses puits, ses fours, ses artisans et commerçants et même ses fêtes ou ses jeux. Des batailles à coups de poing et de cannes éclataient parfois pour l'éphémère conquête d'un pont entre deux paroisses ou deux sextiers.

Ils traversèrent le campo à pied. Chiara lui précisa qu'à Venise, seule la place Saint-Marc portait le nom de *piazza*, les autres se contentant plus modestement de celui de *campo*. Quant aux palais, par souci de ne pas se mesurer au palais des Doges, on les nommait "Maison", soit Ca', le diminutif de Casa. Ils empruntèrent les rues, en direction du Grand Canal. Le palais des Cordolina se dressait dans le quartier adjacent de San Polo, paroisse San Silvestro. Chiara l'entraîna vers une gondole qui semblait les attendre, amarrée à une *bricole*, le pieu d'amarrage planté dans l'eau.

Une quantité invraisemblable de vaisseaux marchands, frégates, galères et barques, encombraient le Grand Canal. Leur légère embarcation s'y faufila adroitement et Volnay découvrit avec curiosité l'élégance sévère des gondoles qui transportaient le

Vénitien tous les jours de sa vie, y compris le dernier. Sobre, sans ornement inutile, le fond en sapin et les couples en caroubier, l'embarcation filait gracieusement le long du canal. Ancrée à la poupe, la fourche d'aviron, la *forcola*, objet unique fabriqué par des spécialistes, offrait à la rame un champ de liberté inattendu. Elle semblait se jouer de l'eau, la survolant, la caressant, creusant soudain ses flancs comme ceux d'un cheval puis la fouettant amoureusement.

— Vous ne m'avez pas parlé de votre cousin, remarqua le jeune homme alors qu'ils glissaient sur l'eau. J'en déduis qu'il est toujours sain et sauf.

Une délicate rougeur envahit le visage de Chiara. C'était le motif évoqué par elle pour faire venir Volnay à Venise et elle avait tout simplement omis de lui en parler !

— Grâce au ciel, dit-elle, le comte de Trissano est toujours en vie.

— Le comte de Trissano ?

Le commissaire aux morts étranges se mordit les lèvres. Dans ses lettres, Chiara mentionnait bien ce nom mais celui-ci lui était sorti de la tête. Aussi n'avait-il pas réagi lorsque Violetta avait évoqué son service chez le comte de Trissano bien que ce nom lui parût sur le moment vaguement familier. C'était donc chez le cousin de Chiara que Violetta allait prendre son service ! Les lois du hasard dont parlait le moine ? À cet instant, une inquiétude sourde s'empara de lui.

Destinée, montre ton pouvoir, puisque nous-mêmes
Ne nous possédons point !

— Le comte a échappé à plusieurs attentats sur sa personne, reprit Chiara d'une voix troublée, mais cette nuit on craint pour sa vie.

— Comment cela ?

— *Missier* Cordolina vous expliquera tout ceci dans un instant.

— S'occupe-t-il de police ? s'étonna Volnay.

— Pas vraiment même si bon nombre de *confidenti* rapportent à lui.

— Je suppose que les *confidenti* sont des indicateurs ?

— Oui, plus précisément ceux des inquisiteurs de l'État, ce que vous appelez des "mouches" à Paris. Méfiez-vous, il y en a à peu près partout.

Volnay hocha la tête sans surprise. La culture changeait d'un pays à l'autre mais, dans chacun, le pouvoir espionnait sa population, la craignant secrètement.

— Apostolo Cordolina est un homme puissant même s'il le montre peu, ajouta Chiara soucieuse de parfaire son éducation vénitienne. Il appartient aux *Case fatte per soldo.*

— Pardon ?

Chiara lui expliqua le système de gouvernance de la Sérénissime République, basé sur le rôle des vieilles familles patriciennes. Les *Case Vecchie*, ou "Vieilles Maisons", regroupaient douze familles dites "apostoliques" car leur lignage remontait aux racines mêmes de la Sérénissime, lors de l'élection du premier doge à Héraclée en 697. Les *Case Nuove*, ou "Nouvelles Maisons", avaient été anoblies entre le Xe et le XIVe siècle. Toutes ces "Maisons" avaient gangrené les assemblées, réduisant le rôle du doge à celui de premier magistrat, tant les Vénitiens redoutaient que le pouvoir soit confisqué par un seul.

En 1297 eut lieu la *serrata*, la fermeture du Grand Conseil. Seuls les descendants des *Case Vecchie* et *Case Nuove* pourraient désormais en faire partie. L'appartenance au Grand Conseil devenait le privilège héréditaire des patriciens mâles de plus de vingt-cinq ans, à condition d'être né d'un mariage validé par l'*Avogaria di comun*, gardien du Livre d'or. On inscrivait dans ce Livre d'or naissances, mariages et décès des patriciens. Chaque mariage, avec une fille de patriciens ou une fille de citoyens d'origine, devait être approuvé *ipso jure* lors de réunions, les *collegetti*.

Avec la *serrata*, les Vieilles Maisons et les Nouvelles Maisons se partageaient le pouvoir à jamais, entre elles et pour leurs descendants.

L'état des finances publiques en avait néanmoins décidé autrement tant il est vrai que les dettes d'un État le poussent à faire des choses désespérées et contre nature. Lorsqu'elle se trouvait en difficulté, la Sérénissime avait un don certain pour monter la pression fiscale à un niveau quasi insupportable mais elle se gardait bien de franchir le seuil irrévocable. Elle avait donc décidé de faire de la place à ceux qui possédaient de l'argent et le Livre d'or s'était ouvert sur une nouvelle page blanche.

Les *Novissime*, "Toutes Nouvelles Maisons", étaient ainsi apparues en récompense de leur aide lors de la guerre contre Gênes. Elles avaient apporté leur soutien financier à l'État et leur vigueur, comme leur potentiel financier, constituait un appréciable sang neuf pour la Sérénissime. L'agrégation des *Case fatte per soldo*, "Maisons faites pour de l'argent", résultait du même besoin, évitant la faillite d'une république dont les différentes guerres avaient saigné à blanc les finances, notamment celle contre les Turcs pour la possession de l'île de Crète.

— *Missier* Cordolina descend d'une *Casa fatta per soldo*, reprit Chiara tout à sa leçon. En théorie, les patriciens de Venise sont égaux entre eux car chacun, membre d'une assemblée souveraine, le Grand Conseil, peut devenir doge. En théorie seulement. Leur seul titre se résume à N. H., *Nobilis Homo*, "homme noble" et N. D., *Nobilis Donna*, pour leurs épouses. Vous devez appeler les femmes "noble dame" ou "noble demoiselle".

Un sourire vint fleurir sur ses lèvres. Volnay la regarda plus attentivement.

— Malgré la règle, les patriciens aiment se faire appeler "Excellence" ainsi que leurs épouses… Certains, notamment ceux des Terres fermes, possèdent des biens féodaux auxquels un titre est depuis longtemps attaché, comtes ou marquis. Mais les convenances veulent qu'ils en usent avec tact et discrétion. C'est le cas du comte de Trissano. En revanche, lorsque vous serez face à Cordolina, vous devrez l'appeler *ser*, ou *sier*, abréviations de *messer* ou de *missier*…

— Messire ?

— Oui, ce titre n'est dévolu qu'aux procurateurs de Saint-Marc. L'ordre de la Stola d'Oro, l'Étole d'or, est très prisé par les patriciens mais la plus haute distinction reste la pourpre des procurateurs de Saint-Marc. Les procurateurs portent la toge pourpre et siègent au Sénat. Doge, grand chancelier et procurateur de Saint-Marc sont les seules charges à vie.

— J'imagine que ce type d'honneurs est réservé aux plus vieilles familles. Comment se fait-il qu'un homme venant des dernières maisons accède à celle-ci ?

Un sourire vint éclore comme une fleur sur les lèvres fines de Chiara.

— Pour la même raison qu'elle a créé les *Case fatte per soldo*, Venise s'est adjoint des procurateurs surnuméraires *fatti per soldo*, "faits pour de l'argent".

Volnay hocha la tête.

— Tout comme en France on crée et on vend de plus en plus de charges pour compenser la dette publique.

— Sauf qu'ici, les charges coûtent plus qu'elles ne rapportent. À Venise, on vit pour l'honneur et l'apparence. De grandes familles patriciennes tombées dans la misère portent leur nom avec la plus extrême arrogance et vous parlent comme à un laquais.

Un éclair glacé passa dans les yeux du commissaire aux morts étranges.

— J'aimerais bien voir cela, siffla-t-il entre ses dents.

— Ne vous échauffez pas, conseilla Chiara. Vous n'êtes pas à Paris. N'oubliez pas qu'ici, vous n'êtes rien.

Elle serra son bras pour lui montrer que ces paroles ne la concernaient pas personnellement.

En silence, Volnay admira les arcades imposantes des palais sur le Grand Canal sous certains desquels on déchargeait encore des marchandises, laines, blé, peaux ou sucre. Les plus anciens *palazzi* possédaient des tourelles. Le jeune homme était surpris de voir ces monuments majestueux serrés les uns contre les autres ou même parfois accolés à des maisons plus simples, voire des masures. L'espace exigu, propre aux fantasmes, semblait compensé par l'excès de luxe et de raffinement.

L'architecture *lombardesca*, plus récente, ornait les façades de plaques de marbre de couleur soigneusement poli, de dorures et de disques de porphyre. Cette mosaïque de couleurs enchantait les yeux. Le coude du Grand Canal leur permit d'apercevoir le clocher de l'église San Geremia et le palais Flangini. Sur une terrasse, un lion de pierre assis semblait les observer gravement.

— À Venise, l'apparence est reine, reprit Chiara, mais ce n'est qu'un masque. Les grandes familles désargentées tiennent leur rang en investissant leurs derniers ducats pour entretenir la façade de leur palais. Mais l'intérieur ne vaut pas toujours l'extérieur.

Elle pointa le menton en direction du quai où ils allaient aborder, montrant un palais aux influences toscanes.

— Ici, ce n'est pas le cas. Apostolo Cordolina a les moyens de vivre à hauteur de ses ambitions.

L'entrée sur l'eau du palais se précisa. Plissant les yeux, Volnay aperçut un dessus-de-porte représentant Minerve, la poitrine sanglée de fer, une lance à la main. Une fois débarqués, on les introduisit sans attendre dans un hall majestueux. Sous leurs pieds, l'ocre, le rouge et un vert sombre formaient des entrelacements lumineux sur le sol en mosaïque. Au plafond peint, une fresque allégorique représentait le Génie, chevauchant Pégase, mettant en déroute le Temps pour rejoindre l'Éternité et la Gloire.

Plutôt grande, la taille bien prise dans sa robe immaculée, une jeune fille à la beauté fascinante, dépassant tout ce qu'il connaissait, descendait à pas lents un escalier majestueux. Une magnifique chevelure blonde et soyeuse coulait autour de son visage comme une nappe d'eau lisse avant de recouvrir ses épaules. Elle avait de grands yeux bleus qui vous effleuraient comme une caresse froide ou un vent glacial.

— Voici Flavia, dit simplement Chiara.

Elle répondit au salut de Volnay d'une brève inclination de la tête et, prenant au passage le bras de Chiara, poursuivit son chemin avec elle comme si le jeune homme n'existait pas.

— Venez faire quelques pas dans la cour, proposa-t-elle.

Bouillant d'indignation, Volnay leur emboîta le pas. Des crépis multicolores tapissaient les façades intérieures. Une vigne vierge soigneusement entretenue striait harmonieusement les murs rouges de la cour. Des fleurs et des plantes vertes s'épanouissaient dans de grands bacs de terre cuite. Il régnait une odeur un peu lourde de fleurs sauvages et de rose, liée au parfum plus sucré de la lavande. Au centre de la cour, trois marches de marbre menaient à un puits dont les margelles en bronze représentaient des sirènes aux corps nus et aux regards langoureux.

Les deux jeunes filles ne s'occupèrent plus du jeune homme, conversant avec vivacité à propos de prochaines festivités. Volnay trouva leurs propos futiles et sans intérêt. Il rongea son frein en silence avant d'intervenir.

— Mademoiselle, je pense que vous êtes la fille de *messier* Cordolina même si je n'ai pas eu l'honneur de vous être présenté ! Je souhaiterais le rencontrer.

Flavia se retourna lentement comme si elle découvrait son existence et le dévisagea d'un regard dépourvu d'expression. Il y avait chez elle une insouciance hautaine et élégante qui vous renvoyait à ce que vous étiez.

— Avez-vous rendez-vous avec lui ?

— Non mais…

Agacée, la jeune fille secoua la tête. Ce mouvement fit voler ses cheveux blonds, parcouru de reflets dorés. Une mèche lui couvrait en partie l'œil gauche sans que cela paraisse la gêner.

— Alors, prenez rendez-vous. Mon père ne reçoit pas ainsi.

Embarrassée, Chiara intervint.

— J'ai averti votre père de la prochaine arrivée du chevalier de Volnay.

— Ah…

Cette fois, Flavia prit trois secondes pour examiner le jeune homme avant d'esquisser un sourire narquois.

— Le fameux commissaire aux morts étranges…

La jeune femme haussa les épaules pour souligner l'ironie de ce titre pour elle et se retourna brusquement.

— Suivez-moi.

La cour arrière donnait sur une salle de bal ornée de tableaux du peintre vénitien Ettore Tito qu'on apercevait par les fenêtres ouvrées. Flavia la parcourut jusqu'à un escalier d'honneur en deux circonvolutions aboutissant face à une niche abritant Adria, la nymphe de l'Adriatique. Le jeune homme lui trouva un curieux air de ressemblance avec Flavia.

Ils traversèrent un immense salon de passage, le *portego*, au plafond décoré de stucs blanc et or, illuminé par de grands lustres. Par d'immenses baies vitrées, on apercevait le Grand Canal. On accédait aux appartements nobles du premier étage par des portes délicieusement marquetées, entourées de pierre d'Istrie. Flavia obliqua soudain à gauche, suivant une galerie puis empruntant un couloir sombre qui menait à une pièce richement décorée et ornée d'objets précieux. Un homme approchant de la cinquantaine y travaillait, assis à son cabinet recouvert de papiers. Il se tenait bien droit, dans une attitude tout aristocratique. Deux yeux gris, presque argentés, éclairaient un visage de pierre sans expression. L'inclination de sa tête vers le haut et sa bouche aux plis ironiques indisposèrent d'emblée Volnay.

— *S'ier* Cordolina…

Le procurateur de Saint-Marc lui jeta un bref regard.

— Ah oui, vous êtes sans doute ce commissaire du Châtelet…

— Chevalier de Volnay, commissaire aux morts étranges de la ville de Paris.

— Ce commissaire du Châtelet convié par notre bonne amie Chiara, acheva Cordolina comme s'il n'avait pas été interrompu. Cette histoire de pendus et ces menaces sur le cousin de notre chère Chiara…

Il se leva pour saluer la jeune fille puis se tourna à nouveau vers le policier, le front chargé d'ennuis.

— L'affaire des pendus est résolue mais peut-être ne serez-vous pas venu pour rien d'aussi loin…

— C'est-à-dire ? demanda Volnay d'un ton peu engageant.

Il commençait à être agacé de la condescendance du patricien. Apostolo Cordolina le contempla d'un air narquois.

— Le comte de Trissano nous invite à souper.

Volnay attendit la suite. Les yeux gris lumineux du patricien le fixèrent plus intensément.

— Il pense qu'on va le tuer cette nuit.

Le commissaire aux morts étranges regarda tour à tour Chiara, troublée, puis Flavia, impassible ou indifférente. Cordolina reprit la parole d'un ton légèrement ennuyé.

— Toute cette histoire a commencé lorsque sa voiture a essuyé un coup de feu près de Chioggia.

Volnay se tourna vers Chiara qui hocha imperceptiblement la tête.

— Je sais tout cela, dit-il, Chiara me l'a raconté dans une lettre, cela ainsi que la tentative, huit jours après, de le poignarder.

Cordolina arqua délicatement un sourcil. Il émanait de toute sa personne une orgueilleuse assurance.

— Alors, vous ne savez pas tout et notre amie commune n'a pas encore eu le temps de vous narrer les derniers événements.

Il jeta un regard en biais à Chiara qui rougit imperceptiblement. La jeune femme avait eu autre chose en tête que le danger menaçant son cousin lorsque Volnay était réapparu et cela sautait maintenant aux yeux de tous.

— Il y a une semaine, reprit Apostolo Cordolina d'une voix nonchalante, on tenta d'empoisonner le comte. Les paris vont aujourd'hui bon train.

— Les paris ?

Flavia leva un sourcil comme s'il venait de faire preuve d'une ignorance crasse.

— On ne prend pas seulement des paris en Angleterre, remarqua la jeune fille. Savez-vous ?

Volnay ne se donna pas la peine de lui répondre.

— Il a été affiché sur la porte de son palais l'heure et la date de sa mort ! expliqua Cordolina. Cela s'est su dans tout Venise et a déclenché une vague de paris absurdes et démesurés.

— Et quand le comte de Trissano doit-il mourir ?

Les yeux gris argent de Cordolina étincelèrent.

— Ce soir, à minuit.

Tour à tour, Volnay dévisagea le procurateur, sa fille puis Chiara. Le sentiment d'une manipulation germait dans son esprit. Flavia et son père gardèrent un regard impassible mais Chiara baissa les yeux. Il se leva d'un bond.

— Partons maintenant !

Le père et la fille acquiescèrent imperceptiblement, nullement désorientés par sa décision soudaine. Embarrassée, Chiara voulut les suivre mais Cordolina l'arrêta d'un geste.

— Ma chère Chiara, il me plairait de vous savoir en sécurité pour cette nuit. Ayez confiance, nous veillerons sur la personne de votre cousin avec le chevalier de Volnay et mes hommes.

Il s'inclina pour la saluer. La discussion était close. Le père et sa fille passèrent devant Volnay comme s'il n'existait pas. Le policier se résigna à les suivre en refrénant un soupir d'exaspération. Flavia se raidit lorsqu'il prit place à côté d'elle plutôt que de son père sur la gondole. Puis, à nouveau, elle l'oublia, l'effaçant de son monde. Seule sur le quai, Chiara apprécia avec inquiétude ce rapprochement. Flavia sembla le remarquer et s'appuya alors sur le bras de Volnay pour s'asseoir plus confortablement. Elle semblait soudain jouer au chat et à la souris avec son amie.

Des serviteurs chargés de paquets et de marmites grimpèrent dans une seconde gondole qui tangua doucement tandis qu'ils prenaient place en tout répartissant.

— Que font ces gens ? demanda le policier.

Cordolina haussa un sourcil. Cela semblait constituer sa seule expression et elle était indéniablement aristocratique.

— Le comte nous invite à dîner. Vous comprendrez que, puisqu'il a déjà été victime d'une tentative d'empoisonnement, je prenne quelques précautions…

— Et donc, vous apportez votre dîner ? s'amusa Volnay.

— Exactement.

Le regard vif de Cordolina s'accrocha au sourire du policier.

— Que croyez-vous ? Si j'occupe la place qui est aujourd'hui la mienne, c'est que j'ai développé un certain art de survivre !

Le gondolier s'appuya d'un pied contre le quai et lança la gondole. Avec un pincement au cœur, Volnay contempla la silhouette immobile de Chiara qui s'estompait. Le frêle esquif filait sur l'eau comme une flèche. On traversa le Grand Canal, au milieu d'une flottille de bateaux de toutes sortes, pour se rendre au sextier de San Marco, en face de Santa Maria della Salute. Volnay jeta un coup d'œil à la dérobée sur sa voisine. Ses cheveux blonds et clairs chatoyants formaient des vagues sur ses épaules, au diapason de l'eau qui irriguait Venise. De nouveau, il concentra son attention sur son père.

— Mademoiselle votre fille nous accompagne-t-elle pour une raison particulière ?

Le regard de Cordolina se fit narquois.

— Le fils du comte de Trissano, Orazio, est son fiancé.

— Oh…

Volnay contempla de nouveau Flavia. Celle-ci lui rendit son regard comme si elle le voyait pour la première fois et haussa les épaules d'un air hautain. Combien il la trouvait glaciale en comparaison de Chiara à la personnalité chaleureuse, toujours curieuse de tout ! Une sanglante lumière précédait le coucher de soleil, prélude à un chatoiement de couleurs splendides. Le jeune homme cligna des yeux. Une idée germait dans son esprit. Il demanda :

— Existe-t-il à Venise des gens assez malheureux ou méchants pour former de sombres desseins contre la Sérénissime ?

— Tout le monde est heureux ici, répondit tranquillement Apostolo Cordolina, à part ceux qui perdent au jeu ou sont malheureux en amour !

Flavia approuva en hochant la tête d'un air pensif.

— Mais des gens se sont retrouvés à se balancer à l'aube au bout d'une corde, insista le policier.

— Une bande de mécréants qui a réglé son compte à une autre bande, rétorqua le procurateur. Tout cela est sans importance, l'affaire a été réglée vous dis-je.

— Quand même… J'ai trouvé à tous ces meurtres une certaine portée symbolique. Pourquoi les pendre, les uns après les autres, chaque jour, sous un pont ?

— Expliquez-vous, dit sèchement Cordolina.

— La méthode n'est ni efficace, ni discrète. C'est un peu comme si l'on avait voulu laisser un message.

— L'exercice de vos fonctions à Paris vous a habitué à des meurtres bien compliqués. Ici, nous n'assassinons pas avec la même sophistication qu'en France !

Exaspéré par l'attitude condescendante de Cordolina, Volnay se tourna vers sa fille.

— Mademoiselle, votre fiancé doit être un homme des plus plaisants pour avoir l'honneur de retenir votre attention.

Flavia lui manifesta une raisonnable indulgence, comme à un enfant qu'on plaint pour un manque d'éducation dont il n'est pas entièrement responsable.

— Mon fiancé est ce qu'il est. Il a un nom dans le Livre d'or et c'est tout ce qui importe.

— J'espère que les sentiments vont de pair avec ce projet de mariage.

— Vous n'y entendez rien, répondit la jeune fille d'un ton glacial. Les sentiments n'ont rien à voir là-dedans.

Ainsi remis à sa place, Volnay choisit de se taire tant le père comme la fille lui déplaisaient. Le procurateur de Saint-Marc dut sentir sa contrariété car il ne tarda pas à lui adresser de nouveau la parole.

— Regardez, chevalier, dit-il en désignant les palais qui se succédaient. Nous n'avons pas construit sur la roche mais sur l'eau en prenant notre adversaire à bras-le-corps.

Volnay contempla les géants de pierre et de marbre semblant flotter à la surface de l'eau.

— Rien de tout ce que nous possédons ne nous a été donné, reprit Cordolina. Il a tout fallu prendre de force ! Et garder de la même manière…

Surpris par ce discours, Volnay le considéra avec attention mais le patricien n'ajouta plus rien. La gondole toucha bientôt le quai et s'immobilisa. Flavia se leva. Volnay lui proposa sa main pour l'aider à débarquer. Elle lui jeta un regard étonné et, dédaignant son aide, s'appuya au bras de son père pour quitter la gondole. Les reflets d'or dans ses cheveux s'intensifièrent sous le soleil.

Enserrée entre un autre palais et une bâtisse de moindre importance, la Ca'Trissano était un palais de formes byzantines, couronné de coupoles, aux façades revêtues de marbres de Constantinople et de frises à feuillage. Une dentelle de marbre parachevait les façades en dessous du toit. Volnay admira les fenêtres ogivales au-dessus desquelles étaient sculptés l'Annonciation et les symboles des Évangélistes : le taureau de Luc, l'aigle de Jean, le lion de Marc, l'homme pour Matthieu.

— *"Chacun avait quatre visages, et chacun d'eux avait quatre ailes*, commença à réciter Flavia d'un ton monocorde. *Ils scintillaient comme étincelle l'airain poli et leurs visages ressemblaient à un visage d'homme. Tous les quatre avaient à droite une face de lion, à gauche une face de taureau et tous les quatre avaient une face d'aigle."*

— Ézéchiel, commenta Cordolina devant l'air étonné de Volnay.

Et il précisa :

— Chacun de ces symboles représente un élément,

l'homme représente l'eau. N'est-ce pas un bel hasard pour Venise ?

La question n'entraînait pas forcément de réponse, aussi Volnay se tut.

À côté du palais se trouvait une demeure étroite dont le premier étage en retrait offrait une large terrasse au regard. Trois demeures plus loin s'ouvrait un petit canal étroit et sombre, enserré entre deux façades.

Volnay leva de nouveau la tête. Huit fenêtres ouvraient vers l'extérieur sur la loggia du premier étage, ornée de panneaux de marbre de couleur polis, de patères et de blasons. Il lui sembla y apercevoir un ange pâle, une femme aux longs cheveux blonds qui les observait gravement et puis l'apparition disparut.

L'eau effleurait le quai de ses caresses mouillées. Ils gravirent deux marches d'escalier pour se retrouver devant un portail sur lequel figurait un ange au regard pensif, tenant un cartouche portant la salutation évangélique *Pax huic domui.*

La niche du vestibule abritait fièrement les armes de la famille. Un passage bordé d'arcades traversait le bâtiment au rez-de-chaussée. Les derniers rayons de soleil jouaient avec les couleurs chaudes mais discrètes des sols des palais de Venise, fabriqués à partir de petites pierres noires, dorées et ocre-rouge, pilées et réduites avant d'être mélangées à de la chaux blanche ou noire et des miettes de vieilles briques ou de tuiles.

Flavia et les deux hommes parcoururent une succession de pièces immenses ornées de peintures au plafond. La domesticité semblait rare et les hautes pièces rarement chauffées par quelques cheminées ou braseros. À l'étage, une élégante galerie ouverte, coiffée de chapiteaux sculptés, donnait sur le grand salon central où ils retrouvèrent le comte de Trissano, entouré de ses enfants et accompagné d'un jeune homme aux fines moustaches.

Le comte avait largement passé la soixantaine mais il était resté grand et robuste. Un long nez osseux pointait en avant, gâchant toute harmonie dans son visage. Il gardait un air calme et légèrement ennuyé. Pour un homme qui devait mourir à minuit, il semblait relativement tranquille, voire indifférent.

Le visage maigre de son fils, Orazio, ses yeux brûlants et son front fiévreux révélaient une vision tourmentée de la vie. Amarilli, sa sœur aînée, arborait une beauté discrète qu'elle cherchait pourtant à mettre en valeur par le maquillage. Ses yeux cernés de noir et sa bouche luisante de rouge n'étaient pas du meilleur goût pour Volnay. La chose semblait d'autant plus inutile qu'elle avait un visage aux traits réguliers, de beaux yeux bleus un peu tristes et une très longue chevelure blonde bien entretenue. À côté de Flavia, elle pouvait pourtant passer pour un peu fade même si, contrairement à la première, elle possédait quelques petites rondeurs qui lui allaient bien et une jolie peau blanche.

Le jeune homme aux fines moustaches se présenta en dernier à Volnay. Il se nommait Vitali et semblait exercer une charge importante dans la police de la Sérénissime, du moins devait-il le penser car il sautillait sur place pour se donner de l'importance.

— Chevalier, dit le comte de Trissano une fois les présentations terminées, je vous sais gré d'avoir parcouru toutes ces lieues pour nous aider à résoudre cette pénible affaire. Notre cousine Chiara nous a vanté tant vos mérites que vos capacités.

Volnay s'inclina légèrement. Le comte se tourna vers Cordolina.

— Mon ami…

Le procurateur marqua une légère surprise à s'entendre ainsi appelé.

— Mon ami, reprit l'autre. Je sais bien qu'en pareille compagnie je ne crains rien.

S'imaginant inclus dans ces paroles, Vitali se rengorgea. Volnay attendit la suite.

— Néanmoins, reprit le comte, un homme prudent et avisé ne laisse rien au hasard. J'ai donc convoqué ce soir un notaire pour relire mon testament. Voulez-vous me servir de témoins, vous-même et Vitali ?

Les deux témoins sollicités acceptèrent, le premier avec réserve, le second avec enthousiasme, heureux d'avoir été choisi. Flavia et Orazio les suivirent. Volnay se retrouva donc seul face à Amarilli qui s'accrocha à son bras.

— Chevalier, comme nous vous faisons pâle accueil, vous qui venez de si loin !

La fille du comte semblait posséder une personnalité lunatique, chaleureuse par moments, mélancolique la minute suivante. Sa première disposition l'habitait à l'instant. Elle entraîna familièrement Volnay à sa suite pour lui faire visiter la maisonnée. Au premier étage, un cabinet d'antiques et un cabinet de médailles retinrent l'attention de Volnay. C'était le royaume d'Orazio, grand collectionneur devant l'Éternel.

— Il passe ici des heures à contempler ces vestiges des temps passés, commenta Amarilli d'un ton indulgent.

Volnay se retourna en souriant vers elle.

— Cela signifie-t-il que vous désapprouvez ces inoffensifs passe-temps ?

Amarilli eut une petite moue charmante.

— Mon père se désole qu'il ne s'intéresse pas à ses affaires.

— Et vous, dame Amarilli, à quoi vous intéressez-vous donc ?

D'un pas las, la jeune comtesse gagna la fenêtre devant laquelle elle se tint, raide et immobile. D'un coup, sa seconde personnalité venait de la rattraper.

— À rien, chevalier. Je regarde le temps s'écouler.

Elle laissa passer quelques secondes avant d'ajouter :

— Je laisse passer la vie, j'y trouve si peu d'intérêt. Que de chagrins pour quelques secondes de joie…

Volnay frissonna, redoutant là les prémices de l'humeur noire qui lui avait déjà dérobé son père.

— Je me trouve si inutile, chuchota Amarilli.

Sur cette confidence, elle l'entraîna dans une grande pièce sombre où une bibliothèque à vitres grillagées recélait un trésor de volumes reliés en cuir rouge et gravés à l'or fin. Un petit escalier en bois conduisait à d'autres livres, trois mètres plus haut. Volnay manifesta une admiration silencieuse.

— Oh, ce n'est rien par rapport à Saint-Marc, dit fièrement Amarilli. Venise est le plus grand centre d'édition du monde. Une loi ordonne que deux exemplaires de chaque livre imprimé dans les États vénitiens soient offerts, l'un à l'université de Padoue, l'autre à la bibliothèque Saint-Marc.

Son regard parcourut les étagères de livres où s'entassait par endroits la poussière, révélant du coup la présence des livres préférés d'Orazio. Volnay tira à lui l'un d'eux, tournant des pages pour découvrir de merveilleuses enluminures.

— *Le Devisement du monde*…

— Ou le *Livre des merveilles*, ajouta Amarilli. C'est un certain Marco Polo, un Vénitien, qui l'a écrit après avoir passé vingt-cinq ans à la cour du Grand Khan des

Mongols. Après toutes ces années d'absence de Venise, lui et ses oncles reviennent et frappent au portail du palais familial. Une domestique ouvre la fenêtre et demande qui ils sont. Ils répondent simplement : "Les patrons." Tout cela, comme s'ils étaient partis la veille !

Volnay sourit, amusé.

— Orazio passe parfois ici des nuits entières à lire, reprit Amarilli. Il aime les poètes latins, les muses de Virgile. Il taquine Ovide, Horace… Il ne sort guère de jour, c'est un oiseau de nuit.

Pourquoi les enfants du comte de Trissano refusent-ils de vive leur vie ? se demanda Volnay.

De grands panneaux représentaient des scènes bibliques avec un luxe extraordinaire de détails et un raffinement inouï de couleurs. Ces peintures plongeaient le *portego* dans une atmosphère au lyrisme étrange tant la déchirure semblait inéluctable entre le plan divin et le plan matériel.

Violetta se glissa dans la pièce comme un fantôme. Elle marchait pieds nus et retenait son souffle. Les doigts de sa main étaient crispés autour d'une forme conique. Arrivée là, elle étouffa un petit gémissement puis reprit son avancée furtive. De nouveau, la nuit l'engloutit.

Le souper s'annonçait pénible. Vins et liqueurs ne suffisaient pas à égayer les esprits. L'atmosphère était lugubre. On devait tuer le maître de maison aux douze coups de minuit.

Les convives parlaient peu si ce n'est pour rien dire. Deux géants Atlas courbés soutenaient sur leurs épaules une gigantesque cheminée dans laquelle brûlait un maigre feu. On servit des écrevisses, de la lamproie de Binasco, des cailles de Lombardie et des becfigues. Le comte de Trissano ne desserrait pas les lèvres. Silencieux, Cordolina mangeait gravement sans quitter des yeux l'ensemble des convives. Volnay ne toucha pas à son assiette. Il demanda qu'on lui cuise deux œufs en coque. Ce fut tout ce qu'il absorba de tout le repas. Cordolina le considéra songeusement.

— Avez-vous peur de vous faire empoisonner ?

— Vous le craigniez vous-même en venant.

— Certes, et c'est pour cela que mes gens ont apporté le repas et mes cuisiniers sont aux fourneaux.

Volnay lui jeta un regard froid.

— Je n'ai pas de raison de vous faire plus confiance qu'aux gens du comte de Trissano.

À sa grande surprise, Apostolo Cordolina sourit.

— Peut-être vous ai-je mal jugé. Votre logique est des plus cohérentes.

C'est alors que le comte de Trissano releva la tête de son assiette à laquelle il n'avait guère touché pour se lancer dans un curieux monologue. À moins qu'il ne s'adressât à son invité français mais sans le regarder précisément.

— Nos ancêtres sont d'anciens citoyens romains venant de Trévise, Aquilée, Padoue ou de l'arrière-pays frioulan. À la chute de Rome, ils ont refusé d'être annexés par le nouveau royaume des barbares lombards. Pour leur échapper, ils s'installèrent sur le littoral, une longue lagune bordée de rives mouvantes et parsemée d'îlots de Grado à Ravenne… des terres dont personne ne voulait, émergées au milieu d'eaux saumâtres et de roseaux.

D'une main soudain fébrile, il émietta du pain sur la table.

— Là, dit-il en dispersant les miettes, sur ces îlots insalubres, souvent submergés par la mer, sur d'étroits cordons de terre et de sable, et des marécages, la dernière société de l'Empire romain byzantin s'est transportée pour se reconstituer à Torcello, Grado, Chioggia ou près des embouchures du Piave.

Il se saisit de sa coupe et, un instant, l'assistance sembla craindre qu'il n'en renverse le contenu sur sa table pour illustrer son propos.

— Les cours d'eau, les salines, les canaux creusés par les fleuves et les marécages fangeux infestés de moustiques constituaient autant de remparts contre l'envahisseur. Ceci leur permettait de rester sous la suzeraineté du dernier des empires romains.

Il s'interrompit pour vider sa coupe et la reposa doucement. Les convives ne le quittaient plus des yeux, hormis Flavia dont personne n'aurait su dire où se portait réellement son regard.

— Nos ancêtres apprirent à se déplacer dans ce labyrinthe de chenaux qui les protégeaient. La place vint toutefois à leur manquer. Ils ne pouvaient la prendre aux Lombards, ils l'arrachèrent à la mer. Saliniers, maraîchers ou pêcheurs, ils se firent marins, commerçant d'un rivage de l'Adriatique à un autre puis se lancèrent témérairement vers le Levant, Constantinople et les côtes égyptiennes.

Orazio et Amarilli l'écoutaient avec ravissement. Vitali hochait la tête pour marquer son approbation. Cordolina, lui, s'appliquait à dissimuler un léger ennui. Quant à Flavia, nul n'aurait pu dire si elle se trouvait là ou non en pensée.

— La Sérénissime ! reprit le comte d'un ton passionné.

L'eau a toujours été nourricière pour les pêcheurs et meurtrière pour les agriculteurs. Des forces contraires ont créé Venise.

Un étrange sourire passa sur son visage, le rajeunissant soudainement.

— Dès lors, la cassure était marquée entre la lagune byzantine et les Terres fermes lombardes. Puis sont apparus les premiers palais, ceux de Grado sur le Grand Canal, près de San Silvestro et de ceux des Orio et des Zorzi au Rialto.

Son regard glissa vers Cordolina avec une légère nuance de mépris.

— À cette époque, les ancêtres de certains patriciens d'aujourd'hui devaient être valets de ferme ! Ils n'ont pas participé comme nous à la quatrième croisade lorsque Venise a pris le contrôle de l'Empire byzantin.

Le procurateur de Saint-Marc ne broncha pas.

— Depuis, reprit le comte de Trissano, nous avons résisté aux barbares, à la peste noire, aux rois et empereurs d'Europe et aux Orientaux… Les Génois, les Pisans, les Milanais, les Français, les Espagnols, les Autrichiens, les Turcs… tous n'avaient qu'une phrase à la bouche : *Mora, mora, Veniciani !* "Qu'ils meurent, qu'ils meurent, les Vénitiens !" Et tous se sont cassé les dents sur ce noyau indestructible que nous sommes !

Il repoussa son assiette et, cette fois, regarda Volnay bien en face.

— Mais savez-vous sur quoi repose toute notre puissance ? Une forêt inversée ! Nos palais sont assis sur des millions de pieux des montagnes du Cadore, plantés très serrés dans la boue de la lagune. Ces pieux, minéralisés par le temps, se sont quasiment changés en pierres. Ormes, rouvres ou mélèzes, c'est cette myriade de pieux qui nous maintient depuis des siècles la tête hors de l'eau.

Ses narines se pincèrent et il ajouta d'un ton sarcastique :

— Un peu trop de monde a oublié que notre ville et sa puissance ne reposent que sur des bouts de bois pointus et taillés en pointe, noircis sur des feux de roseaux !

Moins j'ai de compagnie, mieux je me sens à l'aise. Le moine se trouvait devant une cheminée en forme de petit temple, composée de marbres rouges de France et de marbre de Carrare avec des bas-reliefs allégoriques. Il était resté assis une heure auprès du feu, aussi inerte qu'un morceau de bœuf sur l'étal du boucher. Patiemment, Chiara lui avait parlé sans qu'il réagisse. Mais, lorsque la jeune femme marqua son souhait de se retirer, il la retint. Rester seul lui paraissait soudain au-dessus de ses forces. La nuit, des ombres autour de son lit attendaient qu'il se couche pour le recouvrir d'un linceul glacé.

— Ce serait malvenu que de partager avec vous mon humeur et ma disgrâce, dit-il d'une voix rauque. Souffrez que je vous les épargne.

Chiara lui prit la main. La vie en société n'avait pas éteint sa bonté naturelle.

— Confiez-vous à moi comme à une amie.

— J'ai encore une amie ? demanda doucement le moine.

— En doutez-vous ?

Le moine hésita d'abord. Et, comme si une oreille féminine pouvait tout entendre, il se confia pour la première fois depuis bien longtemps. Ce serait toujours un peu de temps de gagné avant son rendez-vous avec les ombres.

— Mon humeur est ce qu'elle est, ma jeune enfant. Noire comme l'encre, noire comme le néant dans lequel je vais me perdre un jour.

Il frissonna.

— Hélas, le temps s'écoule, la vie m'a filé entre les doigts.

— Vous avez le regard hagard de ceux qui aiment trop fort, remarqua pertinemment Chiara.

— Chaque matin, je me lève et je me répète des phrases inutiles. Hélène, ce n'était pas le bon moment dans ma vie, trop tard, bien trop tard… Malgré cela, tout au long des journées, son souvenir me broie le cœur. Chaque nuit, son image me hante. Je m'efforce de chasser ces pensées mais, aujourd'hui encore, j'embrasserai volontiers jusqu'à la trace de ses pas.

— Peut-être souffre-t-elle aussi ?

— Peut-être. Mais c'est le chagrin d'un autre âge. Le mien est le dernier. Elle est si jeune et je suis si vieux…

— Que vous croyez !

Le moine haussa lugubrement les épaules.

— Autrefois, j'étais gai, j'étais léger. Un fouteur de joie ! Mais comme il se trompe celui qui se juge heureux… Je n'avais pas compris qu'à tout moment le bonheur pouvait aller voir ailleurs.

Son regard se perdit dans les flammes.

— Qui suis-je ? Et que serai-je demain ? Elle m'a effacé de sa vie et je n'existe plus. Que pourrai-je dire en me retournant et en regardant par-dessus mon épaule ? Je suis et j'ai été. Juste cela ?

Il sentait comme un goût de mort dans la bouche et frissonna. Un soupir expira sur ses lèvres en une lente agonie.

— Une chair se caresse, une bouche s'entrouvre… Brièvement, nous sommes emportés par la vague de l'amour, balayés par le désir et les sentiments. Et, au petit matin, on retrouve sa vie dévastée comme un champ de ruines.

Chiara le contempla, effrayée par la poignante mélancolie qui semblait sourdre de toute son âme. Elle ne savait quoi dire pour chasser l'humeur noire.

Si la façade côté canal était richement décorée, celle côté cour se trouvait nue comme souvent dans les palais vénitiens qui ne s'offrent qu'au regard de l'extérieur, celui des visiteurs de marque venant par l'eau. Une brume chaude laissait attendre l'orage. Volnay fit quelques pas dans la cour intérieure. Un habit de mousse en recouvrait les murs décrépis. D'immenses pins obscurcissaient la cour et laissaient au sol un tapis d'aiguilles qui crissaient sous les pieds.

Perdu dans un accablant sentiment de solitude, un angelot tendait le regard vers le ciel, espérant s'échapper de cette prison triste. Une ombre humide semblait s'être abattue sur cet endroit désolé. Il flottait dans l'air un curieux mélange d'odeurs de fleurs sauvages et de végétation en décomposition.

Le policier entendit ses pas résonner lugubrement entre les murs de brique. Levant la tête, il perçut un léger mouvement à une fenêtre au second étage. Quelqu'un l'observait mais avait précipitamment reculé pour ne pas être découvert. Le commissaire aux morts étranges plissa les paupières, tentant de s'orienter. Semblant l'épier, des têtes de paon sculptées ornaient le dessus des pointes des arcs des fenêtres. Au premier étage se trouvaient les appartements de la comtesse Amarilli. À l'étage au-dessus, ceux des domestiques. Il fit quelques pas, s'efforçant de regarder par terre, comme plongé dans de lourdes pensées puis, vivement, il leva les yeux. Une frimousse brune disparut aussitôt derrière les carreaux. Il fronça les sourcils. C'était Violetta.

Le moine ne dormait pas. Trop de comptes à régler avec sa mémoire. Les heures passaient sans qu'il se révolte contre cette triste fatalité de revivre sa vie durant la nuit. Au fil des heures, il lui semblait sentir son sang se coaguler et son souffle s'épuiser.

Mon fils m'a laissé seul. Je suis chez Chiara. Cela devrait me rassurer. Je connais Chiara. Du moins l'ai-je rencontrée l'an dernier à Paris. L'an dernier, autant dire dans une autre vie. Le temps a passé si vite. Il faut que je reprenne mon souffle. C'est ça. Reprendre mon souffle. Je suis le moine, une légende vivante pour certains, un cauchemar pour d'autres.

Je suis si fatigué. Il faut que je dorme.

Mais le sommeil m'a quitté. Définitivement.

Je ne dors pas, je ferme un instant les yeux. J'essaye de ne plus entendre ceux qui m'entourent. J'essaye de ne plus voir la misère qui accable ce pauvre monde dans lequel nous agonisons doucement. J'essaye de m'oublier.

Je ne dors pas, je ferme un instant les yeux.

Je dois penser à exister. Surtout, je dois me souvenir d'exister.

Flavia et les deux enfants du comte s'étaient retirés. Volnay inspecta soigneusement la chambre choisie pour le comte cette nuit afin de le préserver de tout malheur, regardant sous le lit, soulevant le matelas et ouvrant le coffre. Ceci fait, il sonda les murs sous le regard amusé de Vitali. Lorsqu'il se mit à taper du pied sur le sol carrelé, un rire nerveux secoua le comte de Trissano.

— Je vous répète, chevalier, qu'il n'existe aucun moyen d'entrer dans cette pièce en dehors de la porte.

— Je m'en assure, monsieur le comte, répondit simplement Volnay.

Car je ne fais confiance qu'à moi-même.

Son inspection terminée, il se retourna vers son hôte.

— Je ne vois guère de danger ici, mais permettez-moi de jeter un coup d'œil à la lucarne.

Il se haussa sur la pointe des pieds, arrivant à peine à entrapercevoir un coin de ciel noir malgré sa grande taille. La lucarne était trop étroite pour laisser passer quelqu'un.

— Vous la garderez bien fermée, dit-il.

— Seul un singe pourrait y grimper, objecta Vitali.

— Je pensais plutôt à un tireur situé de l'autre côté du Grand Canal même si personne ne me semble pouvoir viser aussi loin et avec assez de précision. De toute manière, la lucarne est trop haute. Personne ne peut vous apercevoir par celle-ci.

Le comte de Trissano laissa échapper un soupir de lassitude.

— J'aurais bien aimé dire au revoir à mon fils et ma fille.

Tout le monde se figea. Cordolina rompit le silence le premier.

— Vous les avez embrassés avant de monter vous coucher afin de leur épargner cette épreuve.

Il jeta un regard de biais au commissaire aux morts étranges.

— N'ayez crainte, vous les retrouverez au matin.

Le comte baissa les yeux à terre. Son visage était devenu livide et il semblait avoir perdu en quelques secondes toute son assurance.

— Courage, monsieur le comte, dit Volnay. Nous allons sortir et vous laisser vous reposer. Vous refermerez à clé derrière nous pour plus de prudence.

Cordolina haussa un sourcil et Vitali se renfrogna. Tout le monde sortit en murmurant un bonsoir embarrassé puis la clé tourna dans la serrure au milieu d'un silence de mort.

Le procurateur de Saint-Marc ne tarda pas à les laisser. Vitali s'était fait porter un fauteuil dans le couloir. Il s'y laissa tomber avec un soupir résigné.

— Je vais rester ici toute la nuit avec deux hommes. J'en ai posté deux autres au pied de l'escalier et deux au-dehors, sous la lucarne qui vous a inquiété. Cela vous paraît-il suffisant ?

— Cela me semble parfait, excepté…

— Excepté ?

— Excepté si vous êtes l'assassin !

Vitali se dressa d'un bond.

— Vous avez raison, je vais demander au majordome et à deux de ses serviteurs de se joindre à nous. Leur présence nous garantira de toute suspicion si un malheur devait arriver.

Il se signa.

— Quoique toutes les précautions aient été prises pour qu'il n'en arrive pas, ajouta-t-il précipitamment.

Un quart d'heure avant minuit, lorsque tout le monde fut réuni, Volnay sortit sur le quai. C'était une soirée douce, paisible et inoffensive. Une brume légère recouvrait les canaux, estompant les coupoles de l'église Santa Maria della Salute, de l'autre côté du Grand Canal. Dans Venise comme chez Chiara, on trouvait une grâce fragile et vouée à disparaître. Levant les yeux au ciel, il se perdit dans la contemplation des étoiles. Ici, le ciel semblait le reflet de la mer. Il entendit un clapotis dans l'eau et se retourna vivement.

— Monsieur… fit une voix hésitante.

À l'ombre des arcades, en partie dissimulée, se tenait une silhouette indistincte. Volnay s'approcha à pas lents, plissant les paupières pour accommoder sa vue.

— Violetta !

— Lelio, chuchota-t-elle précipitamment. Voulez-vous donc me trahir ?

— Pardonnez-moi.

Elle se pencha vers lui. Ses yeux brillaient d'une lueur fiévreuse.

— Je sais ce que vous faites ici. Mon maître est-il en danger ? Je l'ai aperçu. Le comte a la mort sur les lèvres…

Volnay la considéra un instant avec curiosité puis haussa les épaules.

— Personne n'est plus en sécurité que lui pour la nuit. Même le roi de France n'est pas aussi bien gardé !

Violetta se tordit les mains de désespoir.

— Ma maîtresse est en émoi.

— Votre maîtresse ? La comtesse Amarilli ? Je croyais que vous serviez le comte de Trissano ou son fils, Orazio.

Les épaules de Violetta se raidirent et son visage se figea.

— En fait, mon rôle n'est pas très défini mais Amarilli a besoin de mes services. Elle se sent si seule…

— Est-ce bien convenable pour elle d'avoir un jeune homme auprès d'elle ?

— Je suis femme…

— Pas pour elle, ni pour le monde autour de vous, lui rappela Volnay. Ne laissez pas le masque que vous portez aspirer votre âme.

Il s'approcha pour la scruter plus attentivement. La fragile ossature de son front et de sa mâchoire retint un instant son attention. Le clair de lune se déversait le long de son nez délicatement modelé et sur ses pommettes où il prenait des reflets argentés.

— Vous semblez tout à coup bien attachée à une Maison qui pille vos biens et vous asservit, remarqua-t-il.

Violetta sembla se troubler.

— Vous parlez d'une *Casa Vecchia*, une des plus anciennes gloires de Venise.

— Ces Vieilles Maisons trônent dans toute la gloire de leur arrogante inutilité, répondit tranquillement Volnay.

À sa grande surprise, l'index de Violetta se posa sur ses lèvres pour les sceller.

— Il y a des choses à penser mais à ne pas dire, chevalier.

Il pouvait presque sentir son corps frémissant à quelques centimètres du sien.

— Où croyez-vous être ? demanda-t-elle en enlevant son doigt.

Un instant, il crut que celui-ci serait remplacé par ses lèvres mais ce ne fut pas le cas.

— Ici, chuchota Violetta, les trois inquisiteurs de l'État ont des pouvoirs presque sans limites et les *confidenti* les renseignent sur tout ce qui se dit contre la Sérénissime. Les ombres écoutent dans la nuit.

— Je connais bien ce système, répondit sèchement Volnay. Lorsque le pouvoir en place a peur, il espionne tout le monde et encourage la délation. Des milliers d'yeux et d'oreilles perdus dans la foule ou dans l'obscurité…

Il recula d'un pas pour scruter les ombres épaisses sur le quai.

— Sont-ils là à nous espionner, ces fameux *confidenti* ? demanda-t-il en élevant la voix.

La jeune fille frissonna.

— N'avez-vous donc peur de rien ?

Volnay haussa un sourcil, semblant réfléchir.

— Mon Dieu, répondit-il d'un ton perplexe, non…

Violetta le considéra avec attention, son regard s'attardant sur la fine cicatrice au coin de l'œil droit, remontant le long de sa tempe. Le maintien sévère du jeune homme se trouvait compensé par un visage d'une beauté sauvage où brûlaient deux yeux d'un bleu pâle mais profond, très attentifs lorsqu'ils se posaient sur quelqu'un ou quelque chose. Toute sa personne irradiait une grande force de caractère et une terrible détermination.

— Vous êtes un curieux policier, dit-elle songeusement, à servir les pouvoirs en place tout en les critiquant.

— Je ne les sers pas, je traque des assassins. Dans un monde aussi injuste, cela m'a paru raisonnable de réparer l'injustice d'un crime. Après tout, qu'y a-t-il de plus précieux que la vie ?

Violetta jeta un rapide coup d'œil autour d'eux.

— Vous ne sauriez savoir ce que toute cette affaire attire, murmura-t-elle rapidement. Les *confidenti* bien entendu mais aussi des curieux ou même des parieurs. Les mises sont élevées, paraît-il, sur le fait que le comte de Trissano passe ou non la nuit.

Soudain attentif, Volnay se pencha sur elle.

— Vous semblez en savoir déjà beaucoup pour quelqu'un qui vient d'arriver ce matin.

— Amarilli m'a tout expliqué…

Le policier plissa les paupières.

— Ne devriez-vous pas l'appeler plutôt dame Amarilli ?

Violetta baissa les yeux. Volnay la considéra un instant, l'air pensif.

Un cri affreux troua alors la nuit, leur glaçant le sang. Il fut suivi d'un second cri puis d'une longue plainte inhumaine. Violetta gémit.

— Oh mon Dieu, il est mort !

Volnay la bouscula et se précipita à l'intérieur. Il gravit l'escalier comme un fou, trouvant Vitali à tambouriner sur la porte.

— Messire ? Messire ? Que se passe-t-il ? Ouvrez-nous !

Un gémissement leur répondit.

— Faites défoncer cette porte, vite ! ordonna le commissaire aux morts étranges.

Deux hommes de Vitali se saisirent d'un banc et, en trois poussées, firent éclater le panneau de bois. Volnay se précipita, suivi de Vitali.

Le comte de Trissano gisait sur le sol, une blessure béante à la poitrine. Autour de lui se trouvaient une carafe et un verre brisés, une petite console renversée et fracassée. Une mare de sang trempait le sol, dessinant des arabesques jusqu'à leurs pieds.

— Dieu ! Je ne pensais pas que ce vieillard puisse contenir autant de sang, murmura Vitali atterré.

III

Volnay se glissa en silence dans la chambre obscure et s'approcha du lit.

— Père, le comte est mort cette nuit et je n'ai rien pu empêcher.

Il s'aperçut que son père avait les yeux grands ouverts et écoutait. Encouragé, il poursuivit.

— Il s'est couché pour la nuit dans une pièce close, fermée de l'intérieur, avec une simple lucarne en hauteur. Nous avons fouillé de fond en comble cet endroit. Six personnes veillaient à sa porte et on l'a tout de même poignardé ! Lorsque nous avons ouvert, il n'y avait plus que le cadavre du comte et pas d'assassin.

— *Diabolicum*, dit le moine.

Puis ses paupières se fermèrent et il sembla se rendormir. Lorsque son fils fut sorti, il rouvrit de nouveau les yeux.

— Voici un meurtre bien étrange, chuchota-t-il. Se peut-il que…

Volnay s'était endormi peu avant l'aube d'un sommeil de plomb. Aussi le soleil éclaboussait-il déjà toute la ville lorsqu'il se réveilla. Il s'habilla rapidement et alla trouver Chiara pour lui annoncer la mort de son cousin. Il trouva la jeune femme dans le salon de musique en compagnie d'un homme d'une bonne cinquantaine d'années, aux joues rondes, à l'air aimable et au regard curieux sous des paupières un peu lourdes.

— Connaissez-vous M. Goldoni ? demanda Chiara avec un brin d'excitation dans la voix.

— L'auteur ?

L'autre se leva et s'inclina courtoisement.

— Lui-même. Carlo Goldoni, pour vous servir.

— Chevalier de Volnay.

Les deux hommes se saluèrent. Son père avait parfois entraîné Volnay aux pièces de Goldoni dont il aimait le génie comique. Le moine appréciait son sens de l'observation et sa justesse de ton ainsi que son talent à saisir les caractères dans des pièces comme *La Locandiera* ou *Les Jumeaux vénitiens*.

— M. Goldoni me racontait ses brillantes études à Pavie, expliqua Chiara dont les yeux brillaient.

L'auteur de théâtre eut un sourire modeste.

— Mes succès furent plus féminins que scolaires. Encore, ne durèrent-ils qu'un temps. À l'université de Pavie, les étudiants se disputaient les faveurs des jeunes filles du lieu. Les jeunes natifs de Pavie s'en offusquèrent et firent le pacte de ne jamais épouser une fille qui eût accordé ses faveurs à un étudiant. Les mères s'en émurent. Dès lors nous fûmes considérés comme un danger public et leurs filles se détournèrent de nous.

Un rire cristallin s'échappa de la gorge de Chiara.

— Les poules ont craint le renard dans le poulailler ! J'aime autant vous écouter que voir vos pièces. Vous avez tant d'esprit !

— Vous êtes bien indulgente. J'ai l'esprit follet. Je produis trop et trop vite, du bon comme du moins bon du fait de ma hâte. Même si je possède les dispositions d'esprit nécessaires à cela, j'ai souvent écrit par goût mais aussi par nécessité. Je laisse à la postérité le soin de me pardonner !

Volnay haussa les sourcils. Ces échanges aimables l'agaçaient au plus haut point mais il s'efforça de n'en rien laisser paraître.

— La postérité vous encensera, le rassura Chiara parfaitement à l'aise dans son rôle de maîtresse de maison. Et c'est un grand plaisir de vous recevoir.

— Votre vue est si charmante que j'en fais mes seuls délices lors de vos séjours à Venise, s'exclama Goldoni.

Il se tourna vers Volnay, le prenant à témoin.

— N'en est-il pas de même pour vous ?

— Non, répondit le commissaire aux morts étranges. Je suis ici pour affaires.

Chiara pâlit. Goldoni sourit, ravi de constater que le beau jeune homme aux cheveux noirs et au regard glacé ne constituait pas un concurrent sérieux auprès de la gent féminine.

— Permettez-moi de me retirer, dit sèchement Volnay, je dois me rendre à la Ca'Trissano mais il faut d'abord que je voie *sier* Cordolina.

— Je vous accompagne ! s'écria Goldoni. On m'attend moi aussi pour une affaire et je vous montrerai le chemin.

Il se leva d'un bond et esquissa une gracieuse courbette pour baiser la main de Chiara. Volnay dissimula son dépit. Il serait bien resté avec la jeune femme, une fois débarrassé de la présence de Goldoni, mais il était trop tard pour reculer. Lui aussi baisa la main de Chiara, la trouva fraîche en la portant à ses lèvres. Un peu contrariée d'être ainsi délaissée, la jeune femme eut un sourire pincé.

— Vous me raconterez plus tard votre soirée chez mon cousin.

Volnay se raidit. La présence de Goldoni l'avait distrait de sa première résolution mais, décemment, il ne pouvait quitter Chiara sans lui apprendre la terrible conclusion de la veille. Il se tourna vers l'auteur.

— Pardonnez-moi mais passez devant, monsieur, j'ai un message à donner à mademoiselle.

La ville irradiait de beauté sous la lumière de l'astre du matin. Goldoni le conduisit jusqu'à un quai où les gondoles se trouvaient attachées à d'élégants bâtons de verre colorés. Il s'entretint brièvement avec un gondolier et fit signe à Volnay de le rejoindre. Une fois l'embarcation lancée sur l'eau, il balaya la ville de la main.

— Comme vous le savez, Venise est divisée en six quartiers, les sextiers. San Marco, du nom de l'église du doge, Castello pour l'ancien Castel Olivolo, Cannaregio nommé ainsi pour les roseaux ou cannes dont il était envahi par le passé. À l'ouest de Cannaregio, on trouve encore des vergers, des potagers et des vignes. De l'autre côté du Grand Canal, au-delà du pont du Rialto, San Polo, le sextier de la Croce du nom de l'église de la Croce in Luprio et enfin Dorsoduro, qui fait le dos rond, d'où son nom. On dit qu'il faut une journée pour visiter chacun d'eux.

— Je n'en ai pas le temps, répondit sèchement Volnay.

— Pas le temps ? s'étonna Goldoni. Mais vous êtes à Venise, cité libre, enchantée et désenchantée, ville des mille délices et des grâces désœuvrées ! Le Grand Canal est la vitrine de Venise. Elle y entasse ses palais à la vue de tous. Les ambassadeurs disent que c'est la plus belle voie du monde.

— J'y vois pour ma part le reflet d'un orgueil incommensurable.

Goldoni marqua sa contrariété par un persiflage.

— Venant de France, vous comprendrez que l'orgueil n'est pas l'apanage des Vénitiens !

Volnay haussa négligemment les épaules.

— Je n'ai pas l'esprit de clocher.

— N'êtes-vous pas sensible au charme de cette ville ? insista Goldoni.

— Bien sûr que si mais Venise me semble une beauté aussi intemporelle que provisoire…

Goldoni secoua la tête avec orgueil.

— La fragilité de ses assises en fait sa force. Elle lui permet de ne pas oublier qu'au long des siècles, elle s'est toujours retrouvée seule face à tous et que, maintes fois, elle a manqué disparaître par la peste, le feu ou le fer. Mais ni la Nature, ni les hommes n'ont réussi à la faire plier.

Il se tut puis reprit avec un brin de fierté dans la voix.

— Ce qui n'était au départ qu'une risible communauté de pêcheurs et de saliniers, perdus dans leurs marécages, a tout simplement mis à bas l'Empire byzantin !

— Vous êtes trop tournés vers votre passé, vous, les Vénitiens.

Goldoni hocha tranquillement la tête.

— Peut-être. Venise reste néanmoins la plus glorieuse, la plus puissante et la plus ordonnée des républiques.

Volnay haussa un sourcil. Il savait que Venise n'avait pas besoin d'être envahie par les eaux pour sombrer. Ses caisses étaient vides, ses possessions orientales définitivement perdues, sa flotte militaire réduite à peu de chose, son commerce maritime concurrencé et dépassé par de plus grandes et plus puissantes nations.

— Vous êtes de Venise même ? demanda le Français par curiosité.

— Oui. Je naquis dans une grande maison de la paroisse de San Tommaso. J'ai accompli mes études à Rimini et Pavie, passé mon temps entre Modène, Udine, Pise, Parme ou Bologne mais Venise a toujours exercé sur moi le pouvoir d'un aimant. On croit s'en éloigner pour toujours et elle vous rappelle comme une maîtresse dont on ne saurait se détacher.

Sa voix exprimait une soudaine mélancolie.

— J'ai souvent été absent de Venise et lorsque je la retrouvais, elle n'était jamais la même.

Peu soucieux d'écouter l'auteur raconter sa vie, Volnay recadra la conversation.

— Que pensez-vous d'Apostolo Cordolina ?

Goldoni jeta un regard nerveux au gondolier et se mit à parler en français.

— C'est l'homme des alliances, un parlementaire consommé à l'éloquence pragmatique. Un homme riche et influent.

— Influent politiquement ?

Le Vénitien s'agita, mal à l'aise.

— Ici, la situation politique est compliquée. Venise a perdu de sa puissance et les assemblées palabrent beaucoup pour ne rien décider.

— Je vois.

Un silence puis Volnay reprit :

— Diriez-vous que *sier* Cordolina est un homme sans scrupule ?

— Je me garderais bien d'émettre une telle opinion ! se hâta de répondre Goldoni.

Le policier orienta différemment la conversation.

— Connaissez-vous la famille du comte de Trissano ?

— De réputation surtout. C'est une vieille famille vénitienne mais ses finances ne sont plus florissantes depuis un certain temps. Le comte est couvert de dettes. Déjà, il y a quelques années, il commençait à vendre ses propriétés et ses œuvres d'art.

— Que s'est-il passé pour qu'il en arrive là ?

L'auteur baissa la voix.

— Il s'est trop compromis avec ceux des Terres fermes. À Venise, l'argent se fait depuis des siècles sur l'eau, pas à terre.

— Qu'est-ce que cela signifie ?

Goldoni jeta un autre coup d'œil au gondolier impassible avant de répondre.

— Il y a bien longtemps, on délaissa les terres de Torcello, Grado, Chioggia, Jesolo, Héraclée ou Caorle autour de la lagune pour investir ce qui allait devenir les six sextiers de Venise. Ceux qui restèrent là-bas refusaient de fait le modèle vénitien du commerce maritime qui fit la gloire et la richesse de Venise.

— Oui, je me souviens que le comte de Trissano en a parlé lors de notre dernier souper. La cassure entre la lagune byzantine et les terres lombardes… Mais y a-t-il aujourd'hui de l'argent à faire dans les Terres fermes ?

L'auteur eut un geste évasif.

— C'est de là qu'on nourrit Venise et qu'on protège ses flancs d'incursions étrangères. Des routes de commerce terrestres les traversent également pour aller au cœur et à l'est de l'Europe. On y développe aussi quelques industries : manufacture d'armes à Brescia, soie et laine à Bergame et Vérone…

Il soupira.

— Après tout, la grande politique commerciale maritime et coloniale est loin derrière nous. Les Vénitiens ont perdu le goût de l'aventure. Plus personne ne veut commercer, la *Mercatura* est jugée indigne des patriciens alors qu'elle faisait leur fortune lorsqu'ils s'y adonnaient.

La conversation continuait en français pour échapper à l'attention du gondolier. Volnay réfléchit.

— Malgré sa situation financière difficile, le comte de Trissano a effectué des investissements dans les Terres fermes…

Il pensait à la dette du père de Violetta envers le comte et à l'effacement de celle-ci en échange de ses terres.

— On le dit, répondit laconiquement Goldoni.

— Mais encore ?

— Des terres…

— Quelles terres ?

Le Vénitien se ferma aussitôt comme une huître.

— Vous m'en demandez trop. Je ne suis qu'un poète à gages !

Le commissaire aux morts étranges essaya aussitôt un nouvel angle d'attaque.

— Le fils du comte de Trissano s'occupe-t-il des affaires de son père ?

Goldoni esquissa un sourire.

— Il n'en a, à mon avis, ni l'envie, ni les capacités. La meilleure solution pour son père était de le marier pour récupérer une belle dot mais Orazio est pourvu, semble-t-il, d'un tempérament lunatique qui rebute ou inquiète. Et puis, le palais est leur dernier bien tangible. Les prétendantes ne se bousculaient pas.

— Avant que ne surgisse Flavia Cordolina ?

— Les Cordolina n'ont pas besoin d'argent mais d'un peu d'ancienneté sur leur nom.

— Comme tous les nouveaux riches…

Goldoni eut une moue et poursuivit d'un ton dubitatif :

— S'allier à une vieille famille vénitienne a un sens car si une Maison s'écarte de la règle en épousant quelqu'un dont le nom ne figure pas dans le Livre d'or, l'*Avogaria di comun*, gardienne du Livre d'or, refuse que sa descendance prétende au patriciat. Mais pourquoi cette famille-là ? Flavia est très belle, son père est riche et puissant. Des familles aussi anciennes et sans doute plus influentes que celle du comte de Trissano se feraient une joie d'unir un de leur fils aux Cordolina. Je ne comprends pas ce choix.

Volnay cligna des yeux face à la réverbération du soleil sur l'eau.

— L'amour peut-être, hasarda-t-il.

Et à nouveau, ses pensées l'entraînèrent en France sur les traces d'un joli écureuil qui avait pleuré son départ. Goldoni éclata de rire.

— Flavia ? Je l'ai rencontrée une fois. Elle a de la glace dans les veines. Je ne la vois pas s'enflammer pour ce grand dadais d'Orazio !

Volnay réfléchit.

— Alors, peut-être que le comte de Trissano disposait de quelque moyen de pression pour obliger Cordolina à ce mariage ?

Goldoni haussa les épaules.

— Quelle drôle d'idée ! Mais pourquoi parlez-vous du comte au passé ?

— Il est mort cette nuit.
— Diable !
Le Vénitien se signa.
— Vous l'avez dit, murmura songeusement Volnay. Le diable, probablement…

On introduisit Volnay dans le *portego* de la Ca'Cordolina où il tourna en rond pendant un temps qui lui sembla interminable. Finalement, Flavia apparut en haut de l'escalier. Arrivé à sa hauteur, son regard passa à travers lui comme s'il était transparent.

— Monsieur, fit-elle avec ironie, au vu de vos exploits de cette nuit, vous êtes le dernier homme à qui je demanderais de me protéger !

Volnay s'inclina sévèrement.

— Rassurez-vous, mademoiselle, vous êtes la dernière personne à qui il me viendrait à l'esprit de proposer ma protection !

Elle eut un haussement d'épaules agacé qui fit onduler sa chevelure sur ses épaules.

— Nous sommes donc quittes !
— Je suis venu voir votre père.
— Il est à ses fonctions.

Le policier poussa un grognement exaspéré.

— Et c'est maintenant qu'on me le dit ? Savez-vous qui je suis ? Me prenez-vous pour un domestique à me faire ainsi attendre pour rien ?

— Je vous prends pour un importun rustre et sans manières, répondit Flavia d'un ton glacial.

Ils s'affrontèrent un instant du regard. On donnait parfois des combats de taureaux place Saint-Marc. Le choc entre les animaux ne devait pas avoir la même intensité que ce curieux et silencieux combat pour assurer sur l'autre sa suprématie. Les adversaires étaient pourtant de force égale car aucun d'eux ne cilla.

— Je vais à la Ca'Trissano, dit enfin Flavia sans baisser les yeux.

— Moi aussi.

Elle eut un mouvement d'épaules résigné.

— Vous pouvez m'accompagner.

— Vous êtes trop bonne !

— C'est mon éducation. Vous ne pouvez, bien entendu, pas comprendre !

Elle lui tourna le dos avec brusquerie.

De nouveau, lorsque la gondole glissa sur l'eau, Volnay se retrouva face à une évidence. Il n'y avait pas place pour la terre, ici. Juste l'eau et le ciel. Mais alors, que devenaient ceux des Terres fermes ? Il pensa à Violetta, sa haine comme sa peur de l'eau.

— L'hiver, quand la lagune gèle, on fait glisser les cercueils sur le Grand Canal, dit tout à coup Flavia.

Surpris par cette réflexion incongrue, Volnay lui jeta un regard interrogatif mais la jeune femme regardait droit devant elle sans le voir.

— L'eau ou la terre, il faut choisir, n'est-ce pas, lorsque l'on est vénitien ? fit-il soudain, frappé par l'illumination.

Flavia le considéra comme s'il était devenu fou.

— Que voulez-vous dire ?

Volnay pensait encore aux dettes contractées par le père de Violetta auprès du comte de Trissano.

— Le père de votre fiancé s'est tourné vers ceux des Terres fermes au lieu de ceux de l'eau et du commerce maritime. Que s'est-il donc passé ?

— Je n'entends rien à vos sornettes.

Il la contempla songeusement. La mâchoire serrée et le menton levé, elle fixait un horizon qu'il était incapable d'apercevoir. Sa chevelure ondoyait au rythme de la gondole qui filait sans bruit sur l'eau. Un sentiment trouble s'empara de lui, une envie de la gifler, de la déposséder de sa morgue mais aussi de la posséder comme de la protéger. Son cœur battit plus vite. Il expira doucement entre ses dents. Que lui arrivait-il ? Venise avait posé sa griffe de velours sur lui. Quitterait-il cette ville indemne ?

Pensivement, il posa pied à terre. On les introduisit sans plus attendre dans le palais des Trissano. Volnay balaya les lieux mornes du regard.

— Après ce mariage, ce palais sera à vous. Vous voilà très vite devenue maîtresse de maison.

— Dois-je vous gifler pour vous faire taire ? demanda Flavia sans hausser le ton.

Un raclement de gorge les interrompit. Orazio se tenait derrière eux. La nuit avait été éprouvante pour lui. D'une pâleur mortelle, son visage portait les stigmates d'un violent chagrin et du manque de sommeil.

— Flavia, chevalier… Comme c'est agréable de vous voir.

Il laissa échapper un soupir.

— Ne dites rien. Je sais que vous compatissez à ma douleur mais les mots n'ont aucun sens lorsque la vie n'est plus.

Sa bouche se contracta douloureusement

— Je veux un silence, un silence de mort !

Il passa sur la loggia balayée par une douce brise. Après un instant d'hésitation, Volnay et Flavia le suivirent. Debout, face au spectacle féerique du Grand Canal et, plus loin, du bassin de Saint-Marc encombré de navires, Orazio eut un sourire amer.

— Mon père l'a dit hier avant de mourir. L'arrogance de cette cité n'a d'égale que sa fragilité, perchée qu'elle est sur des bouts de bois qui nous supportent sans gémir depuis des centaines d'années !

Il continua d'un ton morne, le regard perdu au loin.

— L'eau nous a enrichis mais aujourd'hui elle nous tue. Les algues dévorent les escaliers du palais des Doges. Nos palais de marbre ont les talons dans la boue et les chevilles rongées par l'humidité. Les algues et la boue, voilà tout ce qui nous survivra !

Volnay et Flavia s'entre-regardèrent brièvement. Grande et famélique, la silhouette d'Orazio vacillait sous l'effet du vent pourtant léger. Le désespoir semblait sourdre de tous les pores de sa peau et, un instant, le policier craignit qu'il ne se jette dans le Grand Canal. Il fit un pas en avant mais déjà Flavia saisissait d'autorité le bras de son fiancé.

— Rentrons, voulez-vous ? Il fait frais sur la loggia et j'ai à vous parler. M. le commissaire aux morts étranges va nous laisser.

Elle accompagna ses paroles d'un signe de tête impérieux à son intention. Violetta entra, ou plutôt était-ce Lelio ?

— Votre Excellence, votre sœur vous quémande.

Elle s'en fut, sans un regard pour Volnay.

— Drôle de jeune homme, dit Orazio en la suivant des yeux. Sa bouche a la forme d'un joli petit arc de Cupidon. Avez-vous remarqué ?

Volnay secoua la tête. Orazio se tourna vers Flavia.

— Accordez-moi quelques minutes, je vais m'enquérir de ce que ma sœur me veut et je vous rejoins sans plus attendre.

— Faites, mon ami, répondit sa fiancée d'un air pincé.

Restés seuls, Flavia et Volnay se regardèrent en chiens de faïence.

— Quelle ambiance charmante, persifla le policier.

— Elle serait moins lourde si vous aviez su protéger le comte, remarqua la Vénitienne.

Un serviteur vint les interrompre.

— Pardonnez-moi, Excellence, dit-il à Volnay. Un moine est à la porte et vous demande. Il dit qu'il est venu de France avec vous.

On avait installé le moine dans un petit salon aux murs recouverts d'une tapisserie en soie peinte à la main, devant un chocolat bien mousseux qu'il contemplait d'un air perplexe. À l'aube, un filet de voix, une voix intérieure, l'avait arraché à un maigre et tardif sommeil. Épuisé, les yeux hagards, comme un nageur remontant des profondeurs, il avait ouvert grande la bouche et inspiré à fond. Alors, il s'était souvenu des phrases prononcées par son fils dans la nuit et s'était rendu à la Ca'Trissano. Là où sa voix intérieure lui ordonnait d'aller.

— Vous ne buvez pas ?

Violetta, ou plutôt Lelio, venait de surgir dans la pièce et le contemplait d'un air embarrassé. Le moine regarda Violetta et soudain un éclair traversa ses prunelles. Volnay le remarqua et s'en réjouit car il s'agissait d'un éclair de vie.

— Cette nuit, dit mystérieusement le moine, j'ai fait un rêve horrible. Je me noyais et je n'arrivais plus à respirer. Une main se tendait vers moi mais je n'arrivais pas à la saisir. À la fin, mes poumons explosaient.

— Eh bien… fit Volnay.

Il ne savait trop quoi dire. Le récit du rêve de son père le désolait tout autant que ses silences passés. Néanmoins, il ne se murait plus dans le silence.

— Mais à qui appartenait cette main? reprit le moine d'un ton soucieux.

Son regard accrocha celui de Violetta et il se rasséréna.

— Enfin, conclut-il, c'est le matin et je peux savourer mon chocolat.

La jeune fille intervint pour donner son point de vue.

— Votre rêve confirme qu'il faut se méfier de l'eau. Quant à moi, je vous tiendrais bien la main un jour, s'il le faut! Maintenant, buvez votre chocolat pendant qu'il est encore chaud. Je l'ai aromatisé de vanille, de miel et de fleur d'oranger.

— Je bois, murmura docilement le moine.

Mais, comme ses mains tremblaient un peu, Violetta vint s'agenouiller à ses côtés et l'aida à porter le bol à ses lèvres. Il but d'une longue traite et son collier de barbe s'orna d'un splendide collier de mousse. La jeune fille rit et sortit son mouchoir pour l'essuyer.

— Voilà qui est mieux!

Elle semblait le comprendre et savoir naturellement comment se comporter avec lui. Le moine inclina légèrement la tête. Malgré sa maigreur et son teint blême, il émanait de toute sa personne une dignité tranquille, une espèce d'aura majestueuse qui forçait le respect. Voir Violetta à genoux devant lui renforçait cette impression.

— Le chocolat préserve et guérit des maladies, dit-elle en se relevant souplement. Il redonne force et vigueur. Je suis heureuse de vous l'avoir préparé.

— C'est fort aimable de votre part, répondit poliment le moine.

Il la retint par le bras une seconde.

— Est-ce un bon maître que vous servez là?

Violetta sembla réfléchir un instant avant de répondre avec un sourire :

— *"Oh ! comme je voudrais entrer à son service*
Et cacher, jusqu'à temps que mon dessein mûrisse,
Ma condition..."

Elle s'inclina devant eux comme si elle s'attendait à des applaudissements puis tourna le dos. Volnay en profita pour se pencher sur son père.

— Père, chuchota-t-il, tu vas pouvoir m'aider à comprendre ce qu'il se passe dans cette maison sinistre.

Mais son père ne l'écoutait pas. Avec désespoir, Volnay vit son regard vrillé sur Violetta qui sortait.

— Quel drôle de petit intendant, murmura le moine.

— Tu sais bien que nous l'avons déjà rencontrée et que ce n'est pas un…

— Je me rappelle bien ! Tu me prends vraiment pour un gâteux par moments !

Volnay sursauta. Cela faisait bien des mois qu'il ne s'était fait rabrouer par son père. C'en était presque un soulagement !

Une servante entra.

— M. Lelio m'a demandé de m'assurer que vous ne désiriez rien d'autre ? À manger ou bien un café, un thé, un chocolat ?

Le moine resta inerte. Volnay se tourna vers lui.

— Veux-tu…

— Un chocolat, le coupa son père d'un ton distrait. Je prendrais bien un chocolat.

Son fils resta un instant abasourdi.

— Je prendrais bien un chocolat, répéta le moine.

— Tu en as déjà bu un, fit remarquer son fils.

— Ah vraiment ?

— Mais tu peux en prendre un autre ! s'empressa d'ajouter Volnay.

— Ah… oui… pourquoi pas ?

Le moine n'avait jamais autant rempli son estomac le matin depuis longtemps. Pour la première fois, son fils respira. Il savait que l'humeur noire ôtait tout appétit et désir de vivre. Le moine accueillit la seconde tasse avec un grand sourire que la servante lui rendit.

— Je vous ai apporté des petits pains, dit-elle, et de la confiture de pêches. Elle est très appréciée ici…

La servante ne semblait pas farouche et même disposée à faire connaissance. Volnay fronça les sourcils mais le moine semblait captivé par Violetta qui venait de refaire son apparition.

— Lelio, lui dit le policier pour respecter son travestissement, votre nouveau maître me semble dans une humeur des plus mélancoliques.

— Oui, la mort de son père l'a frappé de désespoir. Quant à dame Amarilli, elle est anéantie.

— Les enfants du comte étaient donc très proches de lui ?

Violetta sourit faiblement.

— Monsieur, il me semble normal que des enfants pleurent un père. Je ne puis vous en dire plus car vous n'ignorez pas que j'ai pris mon service ici hier !

— C'est juste, c'est juste…

Il vrilla son regard dans le sien.

— J'ai tendance à l'oublier tant vous vous êtes vite fondue dans ce décor de théâtre.

— Pourquoi parlez-vous de théâtre ?

Volnay fronça les sourcils, soudain pensif.

— Je l'ignore. C'est juste que, depuis hier, j'ai l'impression que l'on me donne la comédie à Venise.

— La tragédie, le corrigea le moine. Ou plutôt la tragicomédie…

Violetta tapa du pied par terre.

— Vous oubliez qu'on est mort dans cette maison et qu'une famille est en deuil ! Respectez au moins son sincère chagrin !

Et elle les quitta avec brusquerie. Les deux hommes s'entre-regardèrent, surpris.

— Tu l'as fâchée, constata calmement le moine.

— Cette jeune fille s'est bien vite mise dans la peau de son rôle, murmura le commissaire aux morts étranges entre ses dents. Une vraie comédie de Marivaux ! Quant à moi, j'ai l'impression d'être le dindon de la farce. N'est-ce pas Goldoni qui a écrit *La Plumeuse de pigeons* ?

— *La Pelarina*, mais il s'agit d'autre chose puisque des femmes rusées se liguent contre un homme pour lui extorquer une promesse de mariage.

— Une promesse de mariage ! s'exclama Volnay. Voilà ! On a extorqué à Cordolina une promesse de mariage de sa fille avec Orazio ! Du théâtre, te dis-je ! Et du Goldoni, cette fois !

— Tu divagues…

Volnay se leva et arpenta la pièce en laissant libre cours à son agacement.

— Peut-être mais en tout cas on me prend bien pour un pigeon ! Chiara semble avoir pris les menaces portant sur son cousin et cette affaire de pendus comme prétexte pour m'attirer ici. Cordolina m'a utilisé comme témoin de moralité pour sceller le meurtre du comte de Trissano. Je suis un pion qu'on manipule avant de l'expulser de l'échiquier car, maintenant, tu verras qu'on va me demander de repartir.

Il se tut car la porte venait de s'ouvrir, laissant apparaître la haute silhouette famélique d'Orazio. Ses yeux semblaient brûler dans son visage ravagé.

— Vous êtes encore là ?

Volnay se figea.

— Pardonnez-moi de ne pas vous laisser à votre chagrin mais je suis un policier. Hier j'ai échoué dans ma mission.

— Je ne vous en tiens pas rigueur. C'était écrit dans le livre du Destin aussi sûrement que dans le Livre d'or.

Volnay tressaillit à la manière dont il venait de prononcer ces derniers mots. Le moine releva la tête, soudain attentif. Orazio fit un pas en avant, indécis.

— Flavia vient de me rendre ma liberté, dit-il simplement. Notre mariage ne se fera pas.

— Vous nous en voyez navrés, dit le moine avec cette douce humanité qui le distinguait des autres.

Volnay garda le silence.

Tiens donc, maintenant que le comte est mort, ce mariage sans logique pour les Cordolina ne se fait plus. Se pourrait-il que j'aie vu juste ? Le comte possédait-il quelque moyen de pression sur Cordolina dont ne disposerait pas son fils ?

Orazio resta un instant pensif tandis que les deux enquêteurs l'observaient. Le jeune comte ne semblait guère troublé de sa rupture avec Flavia. Volnay crut même distinguer un soupçon de soulagement dans la manière dont son corps s'était relâché comme un soupir après cette annonce. Puis, comme si une pensée nouvelle lui traversait l'esprit, un rictus transforma le bas de son visage en un pli sarcastique et ses lèvres s'ouvrirent sur une plainte amère :

— *"Si féconde en formes changeantes est l'imagination de l'amour, que cela seul est bizarre à l'excès."*

Sur ce, il sortit. Volnay se tourna vers son père.

— Qu'a-t-il voulu dire ?

— Il a cité Shakespeare.

— Oh… Il suffisait bien de Violetta ! Qu'ont-ils tous dans cette maison à faire des vers et à déclamer de la sorte ?

— Sans doute l'ambiance des lieux, répondit très sérieusement le moine.

Le policier haussa les épaules et murmura :

— Cette rupture éclaire le sens de ce mariage absurde.

— Développe ta pensée !

Heureux de l'intérêt retrouvé de son père, Volnay s'expliqua.

— Souviens-toi du mot de Cassius : *Cui bono fuerit*. "À qui l'action a-t-elle profité ?" À Cordolina, bien entendu, si le mariage est le fait du comte plus que du sien ! Le comte mort, le chantage auquel il se serait livré sur le procurateur pour le pousser à unir sa fille à Orazio cesse. Cordolina reprend sa liberté pour nouer une nouvelle alliance, lui apportant plus d'argent et de pouvoir.

— Ce n'est qu'une hypothèse, le calma son père.

— Elle se tient d'autant plus que Cordolina m'a amené avec lui cette nuit-là pour être présent lors du crime. Sans lien avec sa Maison et venant de France, je suis un témoin de moralité parfait qui empêchera tout le monde de croire à un coup monté de Cordolina contre le comte de Trissano.

— Mon fils, nous aurions fort bien pu arriver le lendemain ou le surlendemain du crime.

Volnay laissa échapper un rire sarcastique.

— Eh bien, crois-moi, l'assassin nous aurait attendus !

— Et comment le meurtrier a-t-il commis son crime ?

Le front du policier s'assombrit.

— C'est une question que je n'ai pas fini de me poser. Mais…

Il pointa un doigt solennel en l'air.

— La solution de l'énigme réside en cette maison. Elle est la clé de tout. Ma logique bute sur un obstacle invisible, quelque chose m'échappe obstinément ! Retournons dans la pièce du meurtre.

En chemin, ils croisèrent Flavia. Elle s'immobilisa et les attendit, les yeux dans le vague, indéchiffrables.

— J'ai appris pour vous et Orazio, dit Volnay sans prendre de gants. Que faites-vous encore ici ?

— Je suis allée prendre congé de dame Amarilli. Cela vous regarde-t-il ?

Volnay la fixa sans ciller.

— Peut-être… Je n'ai pas encore décidé.

Flavia rit tout bas avec dédain.

— Où donc croyez-vous être ? Vous sentez-vous quelqu'un ici ? Vous auriez tort !

Volnay parla de sa voix la plus neutre, maîtrisant sa fureur.

— On m'a fait venir pour empêcher un meurtre. J'ai échoué mais je ne repartirai pas sans démasquer le coupable.

— Faites comme bon vous semble, personne ne se soucie de vous.

Le moine fit un pas en avant.

— Mademoiselle, pardonnez-moi d'un compliment aussi inapproprié en ces temps et lieux mais votre beauté n'a d'égale que votre fierté.

Flavia le considéra avec curiosité.

— Merci, mon frère, mais ce compliment sied-il bien à votre bure ?

Le moine s'inclina.

— Mademoiselle, je puis la quitter pour vous l'adresser !

Les lèvres de la jeune femme frémirent en un léger sourire.

— N'en faites rien, mon frère. Et que Dieu vous garde en sa bonne grâce car j'ai entendu dire que vous étiez un grand nécessiteux !

— Noble dame, mon cœur a toujours soupiré en vain, sans chercher à savoir pourquoi. Je suis heureux qu'il soit désormais trop vieux pour se briser à votre vue.

Ces mots semblèrent glisser sur Flavia qui retrouva son indifférence naturelle.

— Vous me voyez aussi peu intéressée par vos compliments que par vos souvenirs d'un temps passé.

Puis elle tourna les talons et s'en fut.

— Cœur de glace, cœur d'or, dit le moine.

Volnay le regarda, ébahi.

— J'aurais dit le quart de cela qu'elle m'aurait giflé !

— Tu ne sais pas t'y prendre avec les femmes !

— Moui… Elle t'a quand même traité de grand nécessiteux !

— Mon fils, la rumeur est le cheval au galop des gens médisants. Elle crée sans raison bien des mauvaises réputations et ce qui se dit, de la bouche à l'oreille des sots, passe aussitôt à la postérité.

Volnay le considéra un instant en clignant des yeux.

— Père, cette enquête te fait du bien !

Sur cette considération, le commissaire aux morts étranges reprit le chemin des lieux du crime, suivi de son père. Ils enjambèrent avec précaution la porte brisée la veille. Volnay regarda autour de lui avec une colère froide. On avait soigneusement lavé le sol et les murs.

— J'avais pourtant demandé qu'on ne touche à rien !

— Tu n'es pas à Paris, observa son père. Ici, les Vénitiens obéissent à leurs propres lois et se soumettent à leur autorité, pas à la tienne.

Le policier désigna un endroit à terre.

— Le comte gisait ici.

Il examina les taches humides sur les murs.

— C'est curieux. Il s'est appuyé en dessous de la lucarne. Et non dos au mur car j'ai remarqué hier soir la trace de ses mains sur la tapisserie, paumes ouvertes.

— Normal, si on l'a poussé ou bien s'il a essayé de se relever en s'appuyant contre le mur.

— À moins que…

Volnay prit une chaise et monta dessus pour se hisser à hauteur de la lucarne.

— Je n'ai pas remarqué de sang sur la poignée de la fenêtre, hier. Néanmoins, celle-ci était ouverte alors que j'avais recommandé au comte de la laisser fermée.

— Peut-être pour laisser entrer un peu d'air frais.

— Peut-être…

Le policier balaya la pièce des yeux.

— Le comte serait donc monté sur une chaise pour atteindre la poignée de la fenêtre dans l'intention de se donner de l'air. À peu près de ma taille, seul son visage apparaîtrait, or il a été frappé à la poitrine et dans le dos. Et comment d'ailleurs, grimper le long de ce mur ? Non ! Pour le tuer, il fallait être présent dans la pièce. Mais la porte était gardée et seul un singe pourrait se faufiler par la fenêtre.

Il descendit de son perchoir et s'approcha des taches brunes laissées par le sang sur le carrelage.

— Hier, j'ai voulu dessiner la position du corps et des objets mais pas moyen de se concentrer. Toute la maisonnée est entrée dans cette pièce en hurlant et en se lamentant. Je n'ai pas réussi à les en empêcher. Ils m'ont détruit les maigres indices que je pouvais trouver sans que Vitali bouge un doigt. Et il se dit policier !

L'exaspération gagnait Volnay. Son intérêt obstiné pour les détails se trouvait mis à mal par les pratiques de la police vénitienne.

— Le sang a beaucoup coulé, murmura le moine.

Le commissaire aux morts étranges comprit le sens de la remarque de son père.

— Une blessure horrible à la poitrine, expliqua-t-il, causée sans doute par une lame que l'on n'a pas retrouvée. La blessure dans le dos, quant à elle, est peu profonde. Le comte a dû bouger ou tenter d'esquiver car le coup me semble avoir été donné de biais. Ton avis me serait précieux et j'ai pensé à toi pour examiner le corps mais les autorités vénitiennes ne veulent pas en entendre parler.

— Tant pis pour eux, fit le moine, ils ne savent pas ce qu'ils perdent à se passer de mes compétences !

— Bien entendu, reprit Volnay froidement, il existe une solution plus simple. Vitali entre dans la chambre et assassine le comte mais cela implique que ses policiers et trois serviteurs de la Ca'Trissano soient complices. Cela me paraît un risque énorme. Avec tant de monde au courant, quelqu'un finit toujours par parler ou par faire chanter…

Il se mit à faire le tour de la pièce en tambourinant du poing et tapant du pied. Jamais, son père ne l'avait vu dans un tel état d'agacement.

— Arrête de sonder ces murs et ces planchers, mon fils. Il n'existe pas de passage secret.

— Bien sûr que si ! Il y a certainement une porte qui s'ouvre, si épaisse qu'en sondant on ne trouve rien.

Je dois aller dans les pièces attenantes. Quelqu'un se trouvant dans ce palais a assassiné le comte hier. Je trouverai qui !

— Tu perds ton temps. Prends ton affaire calmement. À mal enfourner, on fait les pains cornus !

— Accompagne-moi ! insista le policier.

— Non, je vais prendre le frais dans la cour. Et j'en profiterai pour m'y soulager discrètement car j'ai bu trop de chocolat !

Ils se séparèrent donc et Volnay, rassuré sur l'état de son père, reprit ses recherches. En chemin, le moine croisa dans un escalier un petit homme portant une perruque carrée, comme le font généralement les médecins pour se donner un air sérieux et compétent.

— Pardon, monsieur, de ma curiosité. Êtes-vous médecin ? s'enquit le moine.

— Diantre, oui. Nous connaissons-nous ?

— Je n'ai pas cet honneur, *Excellent*. C'est à l'allure que j'ai reconnu un homme de science.

Vaguement flatté, l'autre inclina la tête.

— J'étais hier avec ceux qui ont découvert le corps du comte, mentit le moine. On lui a porté un coup à la poitrine et dans le dos. Un seul devait être mortel à mon avis mais peut-être n'avez-vous pas été amené à voir le corps ?

— Bien sûr que si ! On m'a fait chercher d'urgence dans la nuit, d'autant plus que je réside à quelques pas d'ici. Et vous avez parfaitement raison : seul le coup à la poitrine a été mortel. Il n'a pas entraîné la mort immédiate mais son sort était sans appel.

— Quant au dos ?

— La blessure a été bénigne, le coup n'ayant pas été porté assez fort, la lame n'a que peu pénétré dans la chair.

— Le coup aurait-il été porté de biais ? proposa le moine.

— C'est fort possible. De travers, de trop près et pas avec assez de force si vous voulez mon avis !

Le médecin s'arrêta et lui jeta un regard soudain soupçonneux.

— Vous posez, mon frère, d'étranges questions pour un homme de votre qualité.

— Mon esprit est comme une poule qui picore et je n'ai de cesse à trouver réponse à toutes les questions qu'il se pose. Mais je vous importune. Quelqu'un est-il souffrant pour faire ainsi appel à vos précieux services ?

— Pas précisément. J'étais le médecin du comte avant cet affreux événement mais je me fais du souci pour sa fille. Sa santé est aussi fragile que l'était celle de son père et cette épreuve a dû l'ébranler. Je viens prendre de ses nouvelles. Pensez donc, on a osé parier sur la mort de son père et aujourd'hui certains boivent du vin de Chypre en se réjouissant de sa disparition !

— Des paris ?

— Des sommes énormes ! De nos jours, les gens n'ont plus aucune décence. Parier sur la mort de son prochain !

Et tout en continuant à bougonner, le médecin le quitta pour gagner l'étage.

— J'espère qu'il ne va pas trop la saigner, murmura le moine pour lui-même.

Il sortit dans la cour. Sous ses pieds, les aiguilles de pin crissèrent. Il jeta un regard au puits surélevé, avec les lions grondants sur la margelle, planté au milieu de ce décor de briques rouges dévorées par la mousse. Les pins filtraient les rayons du soleil. Silencieusement, le moine s'enfouit dans l'ombre la plus épaisse et attendit. Bientôt, on vint.

Le haut du corset replié découvrait la naissance de seins palpitants. En proie à une émotion contenue, Amarilli se mit à arpenter la cour en se parlant à elle-même.

— Quel silence de mort ici !

Le moine sortit de l'ombre.

— Ce n'est que la fin de l'acte, madame. Le public retient son souffle. Le rideau va bientôt s'ouvrir pour l'acte suivant.

La comtesse se retourna lentement et le considéra avec surprise.

— Le sens de vos paroles m'est obscur, mon frère.

— Nous sommes de simples acteurs dans le théâtre de la vie, dame Amarilli. Des comédiens et des comédiennes à qui la parole a été donnée pour dissimuler leur pensée. Nous nous mettons en scène, nous nous donnons à notre public et, une fois nos tirades débitées, nous attendons qu'on nous applaudisse et qu'on nous aime. Je sais de quoi je parle, croyez-moi !

— Comment parlez-vous pour un moine !

— Je ne crois ni en Dieu, ni en la destinée. Notre vie n'est faite que du hasard et de nos choix, ou encore du hasard de nos choix. Ainsi, je ne me sens pas redevable envers la Providence pour cette délicieuse rencontre.

Amarilli eut un sourire indulgent.

— Et moi de cette stupéfiante conversation.

— Notre vie ressemble à nos marivaudages de France ou à la comédie de l'art de votre pays. J'aime la *commedia dell'arte*, ses bouffonneries et ses improvisations. Notre quotidien est le canevas à partir duquel on brode et on improvise la suite à donner.

— Et nos songes, l'étoffe dont on fait les rêves…

Le moine hocha la tête et s'approcha encore d'elle.

— Nos nuits ne reproduisent pas forcément nos jours, elles leur ajoutent tous nos désirs inassouvis, nos angoisses les plus secrètes, celles-là même que nous taisons à nous-mêmes.

Amarilli porta la main à sa gorge comme si une main glacée venait de l'enserrer.

— Parfois je me réveille aux moments les plus obscurs de la nuit, dit-elle vivement.

— Je sais. Lorsque la respiration s'enfonce en nous au plus profond de la nuit, nous nous sentons seuls au monde.

La comtesse écarquilla les yeux de surprise.

— Oh oui ! Vous l'avez vécu vous aussi, cet instant noir !

Le moine eut un sourire las.

— Trop souvent, ces derniers temps. Mais, courage, la roue tourne. Repoussez le chagrin et les doutes. La nuit est belle lorsqu'elle est paisible et que nos rêves nous ouvrent les portes dorées de cités inconnues.

— Mais mes matins sont si chagrins…

— Vous vous contentez de vous lever, de marcher, respirer et manger, la tança le moine. Ne fuyez pas la société des autres, c'est n'être bon à rien que de ne vivre que pour soi. Pour Aristote, l'homme est un être plus social que les abeilles et les loups qui vivent ensemble. Il vous appartient de donner un peu plus d'intérêts et de sentiments à votre vie en y mêlant les autres. Que serions-nous sans nos émotions ?

— Nos émotions ?

Amarilli prit sa respiration et dit très vite :

— Souffrez cette confidence, mon frère. Je suis vierge et chastement vertueuse. Aucun homme ne me convient.

Elle leva la tête. Son regard accrocha au passage la vision de la silhouette furtive de Lelio qui disparaissait de la loggia.

— Jusqu'ici…

— Alors, laissez parler votre cœur. Il est de plus sage conseil que vous ne le pensez.

La comtesse le contempla un instant, entre rires et larmes.

— Que vous êtes étrange !

— Je ne vous le fais pas dire, j'agace bien du monde !

Amarilli leva de nouveau la tête et s'humecta nerveusement les lèvres.

— Hélas, je ne suis plus un beau parti. Les années passent pour moi ainsi que pour la Ca'Trissano. Il y a huit jours, mon père a été obligé de vendre tous nos bijoux de famille.

Le moine la considéra d'un œil appréciateur.

— À mon avis, vous ferez le bonheur de quelqu'un, même sans dot !

— Je dois rentrer, chuchota précipitamment Amarilli. Merci, mon frère, pour vos paroles de réconfort. Revenez vite me voir !

Et elle le quitta.

— J'ai compris, murmura le moine à lui-même. Dans cette histoire, personne pour m'aimer : j'en suis réduit au rôle du confident. Qu'importe, endossons notre rôle puisque le destin l'a voulu ainsi.

Il alla regagner son coin d'ombre.

Je suis dans une pièce de théâtre, songea le moine. *Je ne dois pas bouger de là. Chaque personnage va faire son apparition sur la scène.*

Bientôt Violetta apparut. Elle marchait, le front baissé, en proie à des tourments intérieurs qui minaient son beau visage.

Comme le disait Sénèque, songea le moine, *un visage troublé révèle d'ordinaire bien des choses, c'est ainsi que de grands projets sont involontairement trahis.*

— Lelio…

La jeune fille sursauta puis sourit en le reconnaissant. Sans façon, elle vint s'asseoir près de lui sur le banc. Le moine remarqua que, bien que d'une politesse parfaite, elle était loin de posséder les manières propres à sa condition.

— Gardez ceci pour vous à l'instant, dit-il sur le ton de la confidence, mais Flavia Cordolina a rendu sa liberté à votre maître Orazio. Leur mariage ne se fera pas.

Saisie d'étonnement, Violetta ouvrit la bouche et oublia de la refermer.

— Tant mieux, dit-elle finalement.

— Pourquoi cela ? demanda doucement le moine.

Elle rougit.

— Je comprends, se méprit le moine. Orazio est un grand et beau jeune homme.

Violetta garda un silence obstiné et s'appliqua à contempler le bout de ses souliers.

— Au moins, hasarda le moine pour relancer la conversation, avez-vous bien été accueillie dans cette famille ?

— Oh, oui !

Les yeux étincelants, Violetta se tourna vers lui.

— Orazio est un peu distant mais il se montre gentil avec moi. Amarilli possède une âme généreuse. Elle semble constante en ses faveurs et je n'ai pas à redouter de caprices de sa part, seulement la lassitude de me voir…

— Une si jolie figure ? Vous n'y pensez pas ! Votre fortune est faite, enfin pour un temps du moins car celle de cette famille n'est pas florissante.

— Là n'est pas l'important, décréta Violetta d'un air dédaigneux, et je n'ai pas l'habitude du faste. Je bénéficie de l'attention d'Amarilli et de ses conseils pour mieux me conduire en société car, je dois l'avouer, j'ai été élevée un peu comme une sauvageonne. Enfant, je courais la campagne et grimpais dans les arbres pour y trouver des nids.

— C'est bien la meilleure des éducations ! remarqua le moine.

— Pensez-vous que je puisse un jour devenir une grande dame ? s'écria Violetta avec un accent enfantin dans la voix.

— Vous en avez toutes les capacités.

Elle eut une petite moue charmante.

— J'en doute.

— Vous êtes pourtant de noble condition…

La jeune fille se troubla.

— D'une famille ruinée des Terres fermes et je ne sais rien des bonnes manières.

— Chacun d'entre nous sent plus qu'il ne sait l'usage qu'il peut faire de ses facultés. Laissez-vous guider par votre instinct et, pour l'instant, confinez-vous dans la sage limite de votre rôle.

— Vous avez raison. Je vais cacher ma condition *"ce qui peut arriver plus tard, je laisse au temps le soin d'en décider"*.

— Décidément, remarqua le moine, on cite beaucoup Shakespeare dans cette maison ! J'aimerais que, parfois, l'on pense à Marivaux ! L'ambiance se teinterait de plus de légèreté…

Violetta se pencha sur lui avec sollicitude.

— Mais vous-même ? Vous avez meilleure mine depuis que nous nous sommes quittés sur la route et vous semblez avoir retrouvé l'usage de la parole !

Le moine demeura un instant songeur.

— Ma foi, dit-il finalement, l'endroit ne me déplaît pas tant que ça et je conserve d'une vie passée quelques heureux souvenirs à Venise.

Violetta serra son bras avec enthousiasme.

— Je vous l'ai déjà dit lors de notre première rencontre où vous m'avez réconfortée. Rien n'est jamais perdu avant l'heure. La roue de la Fortune tourne.

— Lelio ! fit une voix féminine dont l'écho se répercuta dans la cour.

Violetta bondit sur ses pieds.

— On me cherche ! Revenez vite et nous parlerons de vous car vous en savez plus sur moi que moi de vous !

Violetta l'embrassa rapidement sur la joue et le quitta avec un grand sourire.

Drôle de petite servante, se répéta une fois de plus le moine attendri.

Bientôt Volnay apparut, ses vêtements recouverts de poussière, et s'épousseta.

— J'ai fouillé les combles, expliqua-t-il.

— C'est très bien, mon fils.

— J'ai aussi déplacé quelques meubles.

— Ne te fais pas de mal !

Volnay haussa les épaules.

— Je continue mon enquête. Je trouverai peut-être dans la bibliothèque de ce palais quelques plans de la bâtisse. Viens-tu avec moi ?

— Non, fils. Je suis bien ici. Va et fais ce que tu dois faire.

Volnay le considéra un instant puis tourna les talons. Resté seul, le moine songea au personnage suivant.

Si j'étais un auteur, pensa-t-il, *je ferai maintenant entrer Flavia car, à mon avis, le spectateur éprouve envers elle la même antipathie que mon fils mais sans la connaître vraiment. Il faut toujours laisser une chance aux gens, surtout lorsque la première impression est mauvaise !*

Il attendit. Une heure s'écoula. Le moine trompa son ennui en composant dans son esprit une palette de couleurs avec celles qu'il volait autour de lui. D'un pinceau imaginaire, il repeignit chaque élément de la cour à l'aide de couleurs plus chaudes, privilégiant l'ocre, le jaune et le rouge de Vénétie. Il commença par la margelle du puits, puis s'attaqua aux briques du mur avant de passer aux façades du palais.

Puis il ferma les yeux.

Quelqu'un va entrer et m'embrasser...

Seule la brise effleura ses lèvres.

— Peut-être me suis-je trompé, chuchota le moine en rouvrant les yeux. Après tout, au théâtre, l'unité de lieu est parfois rompue. Il est temps de nous évader de la scène. D'ailleurs qui se soucie d'un personnage tel que moi ? Une fois que l'on m'a vu, on m'oublie aussitôt !

Et personne ne fit attention lorsqu'il se glissa comme un fantôme hors du palais.

Dans San Marco, le moine gagna les merceries, des rues commerçantes encombrées d'étals et de boutiques, qu'il remonta jusqu'au marché du Rialto aux étals colorés. Une foule nombreuse s'y pressait. À l'Herberie du Rialto, les barques déchargeaient sans fin fruits, légumes, viandes et laitages. Les marchands de cire et de savon comme les poissonniers ou les marchands d'huile ou d'oranges côtoyaient les fabricants de paniers ou les orfèvres qui contribuaient à la renommée de Venise dans le monde entier. Les vendeurs chantaient tout en déballant leur marchandise et les gondoliers sifflaient entre leurs dents. Un fond de gaieté sans borne habitait le cœur des Vénitiens qui chantaient à tout-va en travaillant.

Un soleil blanc écrasait la ville. Les gondoles glissaient sur l'eau. L'ombre sublime des palais miroitait dans le Grand Canal. Des chansons légères s'élevaient des ateliers et des commerces. Les hommes se retournaient au passage de femmes riantes. Entre eau et ciel, le moine avançait seul, étranger à toute cette joie ambiante. À un moment donné, il leva la tête en plissant les yeux, aveuglé par tant de clarté.

Le bleu donne le vertige, pensa le moine. *La couleur du bonheur, étrange mélange d'eau et de ciel. Tout ce qui n'est pas sur terre se pare de ce bleu. Ici, nous sommes en suspension dans ce bleu changeant d'heure en heure, inaccessible aux ombres. Il me semble que, si je me jetais dans l'eau, j'entrerais dans le ciel.*

Mais, au milieu de ce bleu, restait une tache sombre. Il lui semblait se déplacer auréolé d'un halo noir, celui de son humeur, et il se sentait comme un corps étranger et malade dans un organisme sain. Tout à coup, il s'immobilisa, incapable de poser un pied devant l'autre.

— Je ne sais plus où je dois aller, murmura-t-il accablé. J'ai perdu mon chemin.

Alors, elle vint à lui, car elle avait senti sa détresse, et lui prit la main.

— Venez, un vent favorable nous amènera plus loin que nous ne le pensons.

IV

Comme chaque palais, celui-ci comportait son entrée côté canal pour les visiteurs de marque et côté cour pour les autres. Volnay les examina tour à tour avant d'aller se planter sous les fenêtres de la chambre dans laquelle était mort le comte de Trissano. Impossible de monter sur un mur lisse, mais descendre…

Il faut que j'aille inspecter les toits !

Dans la cour, Orazio et son intendant levèrent les yeux pour observer avec inquiétude la haute silhouette du commissaire aux morts étranges parcourir les toits.

— Pourvu qu'il ne se rompe pas le cou, chuchota le serviteur.

L'attention d'Orazio fut soudain attirée par une présence en haut de l'escalier qui surplombait la cour.

— Amarilli ! Que fait donc cet homme sur les toits ? Est-ce vous qui l'avez mené là-bas ?

Sa sœur les rejoignit, leva les yeux au ciel et pâlit.

— Mon Dieu !

Tout le monde se figea lorsque la grande silhouette noire du commissaire aux morts étranges se découpa au-dessus du Grand Canal. On le vit secouer la tête puis regagner la lucarne par laquelle il était passé. En bas, les spectateurs poussèrent un soupir de soulagement.

— Quelle pièce donne au-dessus de la chambre où le comte a été assassiné ? demanda Volnay au domestique qui l'avait conduit là.

— C'est une chambre mais elle est inoccupée, le personnel s'est réduit ces derniers temps…

— Et de part et d'autre ?

— La chambre de l'intendant et celle de ce jeune M. Lelio arrivé ce matin.

— Cette chambre inoccupée est-elle fermée à clé ?

— Non, messire, nous l'avons laissée ouverte car elle ne contient qu'une paillasse, une table et une chaise.

Le policier glissa une main dans sa bourse.

— Bien, encore une chose. On a tiré, il y a quelque temps, un coup de feu sur la voiture du comte dans les Terres fermes. Je souhaite voir celle-ci.

Le domestique l'y conduisit. Sur le carrosse, on voyait les armes de la famille, deux gueules à deux tours crénelées d'argent et posées sur un rocher de sable. Volnay respira. On n'avait fort heureusement pas changé la portière. En revanche, on avait dû enlever les plombs incrustés. Il passa soigneusement la main sur la paroi jusqu'à sentir une chose ronde sous ses doigts. Il la retira discrètement et la garda dans sa main fermée, attendant le moment d'être seul pour la mettre dans son mouchoir.

— Est-ce vous qui conduisiez la voiture lorsque l'on a tiré ?

— Non, messire, et cet homme nous a quittés depuis pour retourner à la ferme de ses parents près de Chioggia. Néanmoins…

Il s'arrêta, le temps de voir une autre pièce briller dans la main du Français.

— Il a raconté que le visage de l'agresseur était dissimulé par un chapeau à large bord et qu'il était vêtu comme un paysan. Quelqu'un de petit et maigre. Je ne sais rien dire de plus.

Avec une petite moue, Volnay lui tendit la pièce.

— Ramenez-moi à votre maître.

Devant Orazio, le policier formula sa requête.

— Puis-je voir le bureau de feu votre père ?

Cette fois, le nouveau maître des lieux ne dissimula plus son agacement.

— À quoi bon tout cela ?

— J'essaye de comprendre qui en voulait à votre père.

Orazio baissa la tête.

— Amarilli vous accompagnera, dit-il d'une voix sourde.

En dehors d'être seul, c'était ce que Volnay pouvait espérer de mieux car il désirait en savoir plus sur la diaphane comtesse.

Amarilli le conduisit jusqu'au bureau de son père, une pièce sobre, simplement décorée sur un mur par trois tableaux, et éclairée par une fenêtre en ogive. Le premier tableau représentait une course de gondoles, un autre une bataille à coups de bâton sur le pont di Santa Fosca. Le jeu semblait violent et l'on voyait nombre d'assaillants tomber à l'eau. Le dernier représentait une chasse au canard, à l'arc et en barque, sur la lagune. Volnay le considéra longuement.

— C'est une distraction très prisée des patriciens, se crut obligée de dire Amarilli.

Elle parlait un français parfait mais avec une prononciation trop appuyée sur les *s*.

— Puis-je voir les papiers de votre père ? demanda le policier en quittant à regret le tableau des yeux.

— C'est vous le policier, observa Amarilli mal à l'aise.

Volnay s'installa devant le bureau du comte et examina les documents qui le recouvraient.

— Qu'est-ce que cette dague ? s'enquit-il en voyant une arme posée sur un livre.

Amarilli s'approcha.

— Je ne l'ai jamais vue jusqu'ici. C'est curieux.

— Ah…

Un registre intrigua Volnay car il était encore vierge, hormis la première page où l'on avait tracé fiévreusement quelques mots.

— Est-ce l'écriture de votre père ?

— Oui.

La comtesse se pencha sur le registre et lut :

— *"Coltivar el mar e lassar star la terra."*

Volnay hocha la tête.

— *"Cultiver la mer et laisser la terre en friche."* Si je comprends bien, c'est la philosophie qui a mené à l'expansion maritime de Venise. Contrairement à d'autres cités-États d'Italie, elle a choisi de mener son expansion non dans le développement de ses terres mais sur les eaux. Des colonies et le commerce maritime…

Il médita un instant avant de poursuivre.

— Seulement, votre père a barré par deux fois cette phrase tant il semblait en désaccord avec elle. Désaccord qu'il a d'ailleurs exprimé en se tournant vers les Terres fermes pour y racheter des terres malgré sa situation financière délicate.

— Cela n'a rien d'extraordinaire, commenta Amarilli. Le commerce maritime de Venise a périclité, la Méditerranée n'est plus notre *mare nostrum* et même l'Adriatique ne nous appartient plus en propre. Les investissements se sont portés progressivement vers les industries ou l'agriculture à fort rendement comme le froment ou la vigne. On a également encouragé la culture de mûriers pour les vers à soie, ce qui profite à nos ouvrières car elles sont très habiles pour la tisser.

Volnay considéra avec attention la comtesse. Ses paroles révélaient une femme intelligente et parfaitement au courant des problèmes de son époque, loin de l'image falote qu'elle pouvait donner de prime abord.

— Est-ce du fait de cette position qu'on a tiré sur votre père ? L'histoire de Venise est remplie de débats houleux et de règlements de comptes entre factions opposées.

— Ces temps dont vous parlez remontent loin. Aujourd'hui, on se contente d'en discuter dans les assemblées.

— Et de décider quoi ?

— Généralement de ne rien changer, soupira Amarilli. Mon père, bien entendu, était partisan du changement mais ceux qui pensent comme lui sont minoritaires au sein du Grand Conseil.

— Il n'empêche, grommela Volnay. On a attenté plusieurs fois à la vie de votre père. Un tel acharnement doit bien reposer sur quelques raisons profondes.

— J'avoue que je ne vous comprends pas toujours, dit Amarilli. Pourquoi ne pas laisser les morts reposer en paix ?

— Parce qu'ils ne le sont pas tant que nous n'avons pas retrouvé leur meurtrier.

— Qu'en savez-vous ? s'écria la comtesse d'une voix soudain aiguë.

— De la mort doit forcément jaillir la lumière. Et cette lumière, c'est la vérité.

— Le monde se porte parfois mieux lorsqu'elle est enfouie profondément.

Volnay la considéra avec curiosité.

— Pourquoi dites-vous cela ?
— Je ne sais pas.
Elle fit quelques pas dans la pièce, effleurant au passage les divers objets ayant appartenu à son père.
— Nous sommes à Venise, chuchota-t-elle enfin d'une voix faible. Tout est plus compliqué qu'ailleurs.
— Je me demande si votre père ne jouait pas avec des forces qui ont fini par l'engloutir…
Amarilli posa sa main sur son poignet. Sa blancheur naturelle semblait devenir crayeuse. Ses yeux laissaient entrevoir une lueur effrayée.
— Ce qui est fait est fait. Désormais, rien ne le ramènera !

Volnay retourna dans la cour et ne vit pas son père. Il s'enquit de sa présence auprès du personnel mais personne ne l'avait vu. Troublé, il retrouva Chiara dans son jardin.
— Je suis inquiet, mon père a quitté la Ca'Trissano et personne ne sait où il est allé.
— Cette ville ne lui est pas étrangère, remarqua Chiara avec justesse, et même s'il se perd, il me semble qu'il a retrouvé sa langue depuis son arrivée à Venise.
— Il est vrai qu'il connaît cette ville comme sa poche. C'est ici qu'il a rencontré ma mère.
— Oh, je l'ignorais.
Volnay se mordit les lèvres. Il s'en voulait de cette confidence qui pouvait être interprétée comme un signe de rapprochement.
— M. Goldoni vous a accompagné chez le comte de Trissano ? demanda Chiara qui avait senti son trouble et ne voulait pas insister.

— Il m'y a déposé mais, grâce à Dieu, ne m'a pas suivi.

— Vous n'appréciez pas sa conversation ? s'étonna Chiara. Il a pourtant une manière de dire les choses qui les rendent plaisantes.

— Goldoni est un auteur, rétorqua Volnay. Il sait manier les mots à sa guise et vous dire ce que vous avez envie d'entendre.

Chiara lui jeta un regard à la dérobée, le cœur palpitant. Volnay serait-il jaloux ? Elle n'osait y croire. En même temps, cela l'effrayait car elle se souvenait que sa jalousie l'avait conduit à frôler la mort en défiant son rival d'alors, Casanova. Un autre Vénitien…

— Je n'en suis pas jaloux, ajouta Volnay d'un ton égal.

Et il continua d'un ton ironique :

— Si tant est que cette pensée vous ait effleurée…

La jeune fille frémit. Il semblait lire en elle comme dans un livre ouvert.

— Vous n'avez pas toujours été ainsi, se plaignit-elle.

Volnay pensa à l'Écureuil, laissée à Paris, et aux taches de rousseur qui parsemaient son visage. Il était fou de chacune d'elles.

— Ma situation actuelle, dit-il lentement, m'amène à voir les choses différemment.

Chiara sentit les larmes lui monter aux yeux. Dans un effort désespéré, elle les ravala et se pencha pour respirer le parfum d'une fleur. Tournant ainsi le dos à Volnay, elle pouvait lui cacher autant son désarroi que l'ampleur de ses sentiments dévastés. D'un coup, elle se sentait aussi désemparée qu'une enfant. Le moine également avait dû connaître cette sensation lorsqu'Hélène s'en était allée. Volnay, qui avait manqué se faire tuer en duel pour elle, ne ressentait plus rien à son égard. Comment en était-on arrivé là ? Elle sentit le regard attentif du jeune homme dans son dos.

Un bruit de pas sur l'allée de sable le fit se détourner et Chiara respira.

— Ah, Vitali ! s'exclama Volnay. Vous tombez bien. Mon… euh, le moine a disparu.

— Depuis quand ?

— Il y a quelques heures, il a quitté la Ca'Trissano et on ne l'a pas revu.

Vitali dissimula son étonnement.

— Parle-t-il notre langue ?

— Oui.

— Loge-t-il ici ?

— Oui.

— Eh bien, il retrouvera son chemin, conclut sans malice l'Italien.

— Mais pourquoi n'est-il pas là ? s'impatienta Volnay.

— Allons, intervint Chiara, il mène probablement son enquête de son côté, vous le connaissez, à moins qu'il ne visite la ville…

— Si vous le souhaitez, fit Vitali conciliant, nous pouvons aller à Saint-Marc. Tous les étrangers de passage viennent l'admirer. Nous parlerons en chemin de notre enquête.

Malgré sa petite taille, le Vénitien bénéficiait d'une belle stature et d'une certaine prestance. Il lissait entre ses doigts ses moustaches lorsqu'il prenait le temps de la réflexion dans une conversation ou lorsqu'il apercevait une jolie femme comme Chiara à qui il présentait maintenant ses hommages. Volnay le considéra un moment avant d'acquiescer. Pour retrouver son père, comme pour l'aider dans son enquête, Vitali lui serait utile.

— Je vous suis, dit-il.

Le ton sec du commissaire aux morts étranges arracha Vitali à l'expression de ses louanges empressées auprès de la jeune femme. Un moment, Chiara se reprit à espérer. Voir des hommes à ses pieds agaçait Volnay !

— Évitons les gondoles et marchons un peu, proposa le Français. J'ai besoin de mes pieds pour réfléchir !

Ils empruntèrent une étroite ruelle où l'ombre semblait avoir absorbé tout le soleil.

— Une rue à Venise, s'appelle une *calle*, se crut obligé d'expliquer Vitali, et les rues sont les *calli*. Je vous dis ceci si vous êtes amené un jour à demander seul votre chemin même si vous parlez très bien notre langue. En dehors du Grand Canal, on désigne par *rio* un petit canal, et par *rii* les canaux…

— Je vous remercie de votre obligeance, répondit Volnay en dissimulant un sourire.

De grands nuages couraient dans le ciel comme des chevaux au galop. Ils traversèrent bientôt le pont du Rialto, seul pont sur le Grand Canal. Un pont de pierre d'une seule arche, d'un rayon de vingt-deux pieds, de quatre-vingt-dix pieds de largeur, et d'une blancheur de marbre. Vingt-quatre boutiques au toit couvert de plomb y déployaient de chaque côté leurs étals. Le pont du Rialto permettait grâce à son élévation, à tous les bateaux de passer et Volnay redécouvrait avec stupeur la cohue des embarcations marchandes ou des galères sillonnant le Grand Canal.

Au marché, les poissonniers vendaient des pattes de crabe, des sardines, des anguilles, des calamars, du poisson bleu et des petites seiches dont l'encre incrustait de noir leurs gros ongles. Tout était nouveau pour Volnay comme ces rues des merceries où l'on marchait sur des pierres quarrées de marbre d'Istrie, piquetées à coups de ciseau afin de les rendre moins glissantes. Il leva la tête pour contempler la bannière au lion flottant aux mâts des navires ou à la hampe des trois mâts devant la basilique. Mais ses pensées le rattrapèrent bien vite et il se tourna vers Vitali.

— Une chose m'intrigue, cette blessure superficielle au dos…

— Rien de plus simple, s'étonna Vitali. Le comte tournait le dos à son agresseur, il l'entend soudain et commence à se retourner, déviant le coup porté. Mais le second coup lui sera fatal lorsqu'il fera face à son agresseur.

— Le coup dans le dos a pu être porté après le coup à la poitrine, objecta Volnay, le comte essayant d'échapper à son agresseur…

— Tout ceci a-t-il beaucoup d'importance ? demanda Vitali perplexe.

— Plus que vous ne le pensez. Il n'y a rien de plus utile que l'observation des faits, la corrélation des indices entre eux, l'étude des mobiles possibles et surtout le scepticisme comme unique religion !

— Je n'entends rien à votre discours, décréta Vitali avec une pointe d'insolence. Ni à votre conduite. On me dit que vous vous couvrez de toiles d'araignée dans les combles et que vous courez comme un fou sur les toits de la Ca'Trissano.

Volnay s'arrêta de marcher et posa sur le Vénitien un regard glacé.

— Avez-vous quelque autre opinion personnelle à proférer sur ma conduite ?

L'autre se fit attentif au changement d'expression

chez le Français et à sa main désormais posée sur sa hanche, à deux doigts de la garde de son épée.

— En aucune façon, dit très vite Vitali.

Volnay se détendit légèrement.

— Répétez-moi ce que vous m'avez dit hier. Vous avez entendu un cri suivi d'un fracas de verre brisé puis un second cri et une longue plainte. Tout comme moi à l'extérieur.

— C'est exact, fit l'autre soulagé de la nouvelle tournure de la conversation.

Ils reprirent leur marche.

— Un premier cri affreux, murmura Volnay, suivi d'un second grand cri. Un pour chaque coup mais celui dans le dos n'aurait normalement pas dû arracher une telle plainte à un homme comme le comte de Trissano…

— C'est un détail.

— Le diable est dans les détails, rétorqua Volnay. Imaginez que le premier cri ne soit pas le résultat de la douleur mais le fait pour le comte de reconnaître son assassin. Un proche…

Troublé, Vitali secoua la tête.

— Un proche qui n'a pu entrer…

— Certes, fit le Français agacé. Mais comme il y a une explication à tout, je la trouverai !

Vitali se passa un doigt le long de la moustache. Ils venaient de croiser deux belles patriciennes qui, se sentant observées, détournèrent la tête en étouffant un sourire.

— Dites-moi, reprit Volnay. J'ai trouvé le palais des Trissano mal entretenu, la domesticité peu nombreuse et ses habitants nostalgiques de temps meilleurs.

— Il est de notoriété publique que le comte se trouvait fort endetté, répondit le Vénitien embarrassé.

— Lorsqu'on est perclus de dettes, on a deux choix :

emprunter aux usuriers ou donner son fils à marier à une jeune femme à la dot aguichante.

— Vos paroles sont d'une grande sagesse, approuva Vitali.

— À quoi s'occupent ces usuriers lorsqu'ils n'extorquent pas de l'argent à leurs clients ?

— Oh, comme tout le monde. Les Vénitiens aiment le jeu, les tarots, la musique, le théâtre…

— Les femmes…

Vitali lissa sa moustache et prit un ton de conspirateur.

— Ici, les plaisirs restent discrets. Les gens riches possèdent des *casini di compagnia* ou *di conversazione*, des petites maisons ou des appartements aménagés pour les plaisirs du jeu ou de la chair.

— J'aimerais bien en visiter une.

Le Vénitien jeta un regard surpris à l'austère commissaire aux morts étranges.

— Vraiment ?

Volnay étouffa un sourire.

— Dans une enquête, il est bon de s'imprégner des lieux !

Ne sachant s'il plaisantait, Vitali détourna son attention sur la place Saint-Marc dominée par son campanile. Des échoppes hétéroclites s'étalaient sur la *piazza* pour y vendre bijoux, étoffes précieuses ou épices. Les gens la traversaient, se retrouvaient et s'arrêtaient pour de longues palabres ou des discussions passionnées. Quelques Orientaux à barbes longues se promenaient le long des portiques. Les enfants prenaient leurs distances avec leurs parents pour courir ou regarder les montreurs de marionnettes. On s'adonnait aussi aux jeux de hasard entre les deux colonnes du lion ailé et de saint Théodore.

— Le lion ailé est l'emblème de la république de Venise car il est celui de saint Marc, expliqua Vitali en surprenant son regard.

Il refusa l'invitation à une consultation d'un astrologue et reprit :

— Savez-vous que le corps de celui-ci a été dérobé par des marchands vénitiens à Alexandrie et dissimulé par eux à l'intérieur d'un porc salé pour que les musulmans ne se risquent pas à y jeter un œil ?

Il s'interrompit pour désigner les quatre chevaux de bronze de Lysippe étincelants dans la lumière au-dessus du grand portail.

— Nous n'avons pas seulement rapporté de Byzance ces chevaux mais aussi le sang de Jésus, le clou de la Croix, le bras de saint Georges et un fragment du crâne de Baptiste !

— Vous, les Vénitiens, vous êtes des petits malins, commenta Volnay. Vous volez des reliques, vous détournez une croisade pour vous emparer de Constantinople, la capitale de vos anciens alliés. Et bon nombre des trésors qui ornent la basilique Saint-Marc proviennent de vos pillages en Orient.

Vitali se rembrunit.

— Nous, les Vénitiens, n'avons jamais massacré les nôtres, dit-il avec aigreur. Nous avons recueilli assez de survivants de vos guerres de Religion pour le savoir ! Et lorsque les exactions se multipliaient partout en Europe contre ceux qui n'avaient pas la vraie foi, Venise osait écrire à l'empereur Charles Quint : "Notre État et nos domaines sont ouverts et libres aux luthériens et aux hérétiques et nous ne pourrons les proscrire !"

Volnay ne put lui donner tort et, d'ailleurs, sa dernière intention était de se mettre Vitali à dos. En silence, il admira les jeux d'ombres sur les arcades du palais des Doges. Au centre de la façade occidentale, au-dessus d'un balcon, un doge s'agenouillait devant le lion ailé de saint Marc mais du moine, aucune trace.

Volnay essaya de chasser son inquiétude. Son père venait en quelques heures de faire des progrès stupéfiants. Il se nourrissait et reprenait goût à la conversation. Ses remarques n'étaient pas dénuées de bon sens et seul son comportement l'intriguait encore par moments. Le retour de Violetta dans sa vie n'y était peut-être pas étranger. Un lien ténu semblait s'être créé entre elle et le moine. Un lien de père à fille…

La *piazzetta*, une petite place, prolongeait la *piazza*. Des vagabonds y chantaient et jouaient d'instruments de musique, vivant là d'aumônes. Sur des tréteaux de foire, une contorsionniste s'exhibait, emmêlant habilement ses membres en un nœud inextricable. Volnay la vit porter un de ses pieds derrière la nuque avec une grâce exquise puis, aussi fine et fluide qu'une anguille, se faufiler à travers un étroit cerceau de fer en disloquant bras et épaules.

Mus par la même pensée, Vitali et lui s'entre-regardèrent.

Se pouvait-il qu'une telle personne puisse passer à travers la lucarne du comte de Trissano ?

Vitali hocha sentencieusement la tête.

— Rien ne nous interdit de l'interroger.

Volnay dissimula un sourire. L'œil de Vitali brillait d'un éclat inaccoutumé tandis qu'il lissait furieusement sa moustache. Souple comme un chat, la jeune contorsionniste possédait des charmes certains avec sa chevelure rousse touffue, ses yeux noirs perçants et un petit menton pointu.

— On la mangerait avec un grain de sel ! confirma le Vénitien.

Il la regarda, en équilibre sur les mains, genoux pliés, placer un pied sous son menton, le second sur le genou de l'autre jambe repliée. À l'image de Venise, elle adaptait la morphologie de son corps à un espace restreint, tout en l'étirant et l'allongeant.

— On dit que ces gens-là enduisent leurs articulations d'une huile de serpent pour leur donner la souplesse de celui-ci, chuchota Vitali.

Volnay haussa un sourcil mais ne fit aucun commentaire.

Tout à coup, la contorsionniste s'affaissa au sol comme une poupée de chiffon puis enserra ses chevilles de ses doigts. Elle sembla ensuite se tasser sur elle-même jusqu'à ne former qu'une petite boule d'où s'échappait une touffe de cheveux.

Le public applaudit et les pièces roulèrent à terre dans sa direction. Les deux enquêteurs s'approchèrent. Juchée sur ses longues jambes, la contorsionniste n'arrivait pas à la hauteur de Volnay mais dépassait de peu Vitali qui s'en trouva contrarié.

Elle se nommait Teodora et appartenait à une compagnie de danseuses de corde. Elle jouait également cette saison comme Deuxième Amoureuse au sein d'une troupe se produisant au San Giovanni Grisostomo, théâtre appartenant à un sénateur de Venise.

Vitali parla de reproduire le cadre d'une fenêtre et de rémunérer grassement Teodora si elle pouvait y passer au travers. La jeune fille accepta le défi mais refusa poliment l'invitation à souper de Vitali. Rendez-vous fut pris pour le lendemain, au même endroit.

— Il va falloir que j'aille prendre les mesures de la lucarne à la Ca'Trissano puis trouver un menuisier pour fabriquer un cadre, se lamenta Vitali.

— Ne vous en plaignez pas, si votre idée est bonne vous aurez prouvé qu'une contorsionniste a pu tuer le comte !

Le Vénitien se tourna vers lui, indigné.

— Vous moquez-vous de moi ?

— Non, le rassura le commissaire aux morts étranges. J'aurais fait la même chose à votre place si j'avais été à Paris. Nous ne pouvons négliger aucune possibilité !

Vaguement rassuré, Vitali l'entraîna à l'ombre des arcades des Procuraties.

— Avez-vous mangé quelque chose depuis ce matin ? s'enquit-il avec courtoisie.

— Pas depuis hier soir.

— Vous n'avez pas grand-chose dans l'estomac alors.

Vitali avait gardé en mémoire que, la veille, Volnay s'était contenté de deux œufs alors que lui-même dévorait des becfigues. Plus loin, des gargotes proposaient des sardines frites, de petits poulpes imbibés d'huile ainsi que de la polenta blanche ou jaune qu'on tranchait avec de larges couteaux. Il l'entraîna dans l'une d'elles où l'on servait des grives aux longs becs, cuites à la broche et poivrées entre deux feuilles de laurier. Pendant qu'on leur préparait les petits oiseaux, les deux hommes se restaurèrent de tartines de pain grillées au four, recouvertes d'huile d'olive et parées d'un foie pilé avec des câpres et des herbes aromatiques. Vitali s'afficha immédiatement comme un grand travailleur des mâchoires.

— Connaissez-vous l'usurier qui a prêté de l'argent au comte de Trissano ? demanda le Français.

— Oui, répondit Vitali la bouche pleine, il se nomme Dal Colvino.

— Où peut-on le trouver ?

— Là où l'on joue.

— Il joue ? s'étonna Volnay.

— Non, il guette les perdants. C'est souvent vers lui que ceux-ci se tournent lorsqu'ils veulent continuer de jouer !

— Ceci est bien pensé !

— La république de Venise a ouvert au siècle dernier un *Ridotto publico*, expliqua Vitali. Au palais de San Moisè, tout le monde peut jouer et dilapider son argent au profit de la Sérénissime. Ce n'est donc pas un endroit où vous trouverez Dal Colvino.

— Pourquoi ? s'enquit le Français.

— Vous savez ce que l'on dit ici ? *"Ne vous mêlez pas du gouvernement et sinon faites tout ce que vous voudrez."*

Vitali se tut pendant qu'on apportait les petits oiseaux dont il s'appliqua à détacher les os avec dextérité.

— Je vous conseille d'ailleurs d'en faire de même.

Il retira un petit os coincé entre ses dents et continua :

— On apprécie les étrangers à Venise tant qu'ils ne s'occupent pas de politique.

— Et vous-même ?

L'autre sursauta.

— Vous n'y pensez pas, je suis *cittadino*, pas patricien ! La conduite de notre belle cité leur est impartie, à eux seuls mais à eux tous, et cela fonctionne ainsi depuis des siècles.

— Le vent du changement finira bien par souffler un jour sur cette vieille Europe, murmura sombrement Volnay.

Vitali ne releva pas et se caressa amoureusement le ventre.

— Quand la cornemuse est pleine, soupira-t-il, on n'en chante que mieux !

Il regarda soudain Volnay avec une pointe d'inquiétude. Le chevalier comprit et sortit sa bourse pour régler le repas. Le Vénitien se détendit.

— Peut-être nous pourrions commander encore à boire…

Vitali semblait vouloir faire jambe de vin pour mieux cheminer.

— Nous avons mieux à faire, fit sèchement Volnay en se levant.

Ils gagnèrent une gondole pour se faire conduire non loin du théâtre San Samuele.

— C'est ici, indiqua le Vénitien en baissant instinctivement la voix.

Une lanterne allumée à l'extérieur de la bâtisse avertissait le joueur qu'il pouvait entrer. Éteinte, il ne le pouvait pas.

— Êtes-vous déjà venu ici ? s'enquit Volnay.

— Une ou deux fois, peut-être, répondit Vitali d'un ton embarrassé.

À l'entrée, Volnay sortit sa bourse pour s'appauvrir de dix livres vénitiennes. Pour sa part, Vitali loua prudemment deux masques. Un singulier escalier aux pommeaux de pierre en forme de pomme de pin menait à l'étage noble, le *piano nobile*. Là, des miroirs parsemaient les murs de la grande salle en marbre coloré. Des coquillages de nacre et des motifs en stucs aux thèmes floraux décoraient la pièce où s'étiraient rubans et volutes de pierre. Une fresque gigantesque couvrait le plafond représentant la rencontre de Mars et Vénus.

Volnay parcourut les lieux des yeux. Des personnes en habit noir et portant perruque distribuaient gravement les cartes, leur calme détonnant avec la fébrilité des joueurs rivés à leur table. Autour, des hommes masqués de blanc lutinaient des jeunes filles pas très innocentes.

Les deux policiers se mêlèrent aux joueurs et aux spectateurs. Des alcôves ornées de frises de marbre et parsemées d'angelots ou de petits amours invitaient à de furtives étreintes. Ici, on jouait et on séduisait mais, tout bien pesé, cela restait de bon aloi. Pour aller plus loin, on disposait certainement de chambres au-dessus…

Volnay fit le tour de la salle de jeu et son collègue lui expliqua la présence d'autres pièces attenantes. Ici, une salle des soupirs pour les perdants afin qu'ils se réconfortent, là une autre pour se restaurer ou déguster un café servi par un domestique en livrée verte.

Vitali lui désigna un vieillard au regard perçant, assis dans un fauteuil. Debout devant lui, un homme joignait les mains en un geste de supplique ou de désespoir. L'autre, les lèvres pincées, secouait lentement la tête.

— Voici Dal Colvino…

Vitali se mêla assez naturellement à la gent féminine. Sa faconde lui permettrait de s'assurer les bonnes grâces des demoiselles, voire plus s'il mettait la main à la bourse. Volnay le tira par le bras.

— Regardez !

— Tiens, quelle surprise ! s'exclama Vitali en suivant du regard la direction que lui indiquait le Français. Le comte Orazio !

Les yeux de Volnay s'étrécirent.

— Voilà qui n'ira pas renflouer les coffres de la Ca'Trissano !

Il observa plus attentivement Orazio. Son visage n'affichait pas les stigmates passionnés du jeu mais plutôt une superbe indifférence.

— Où a-t-il trouvé cet argent ? se demanda tout haut Volnay.

— *Sier* Cordolina lui a peut-être payé un dédit pour compenser l'annulation du mariage de sa fille avec lui. Cela serait élégant de sa part…

— Aussi s'empresse-t-il de le dépenser tant il lui brûle les mains…

— Non, observa Vitali en plissant les yeux, il gagne !

— Étrange…

Se sentant observé, Volnay jeta un rapide coup d'œil autour de lui. Derrière un voile, une jeune femme le regardait fixement.

— Plaisez à une et vous plairez à toutes, plaisanta le Vénitien en tiraillant sa moustache.

— Je suppose que son intérêt pour moi est tarifé.

Vitali éclata de rire.

— On n'apprend pas au vieux singe à faire la grimace !

— Attendez-moi là, fit doucement Volnay.

Il rejoignit la jeune femme. De près, sa jeunesse éclatait mais dans son regard se lisait un mélange de malice et de calcul que seule amène, hélas, l'expérience de la vie.

— Mes hommages, madame, fit Volnay en s'inclinant.

Elle releva son voile, découvrant des boucles noires, un teint d'ivoire bruni, des yeux couleur d'ardoise et une large bouche gourmande.

— Vous pouvez m'appeler Sérafina, dit-elle avec une voix légèrement voilée. Mais je ne reconnais pas votre accent, d'où venez-vous, monsieur ?

— De France.

— Oh ! De Paris ?

D'enthousiasme, elle battit des mains.

— J'adore les Français, ce sont des amants incomparables.

Volnay arqua un sourcil.

— Je ne suis pas là pour valider ou non cette réputation.

Il lui glissa dix livres dans la main.

— Quelques questions. Le comte Orazio vient-il souvent ici ?

— Qui cela ?

Le policier lui désigna le jeune homme à la table de jeu.

— Jamais vu jusqu'à aujourd'hui, répondit-elle aussitôt.

Volnay se mordit les lèvres, le mystère se compliquait. Saisi d'une inspiration, il désigna discrètement Vitali qui venait d'ôter son masque pour embrasser les lèvres humides de champagne d'une des hôtesses des lieux.

— Et celui-ci ?

Sérafina étouffa un gloussement moqueur.

— Un joueur acharné… et endetté. Avec les femmes comme au jeu, Vitali y va de cul et de tête comme une corneille qui abat des noix !

— Des conquêtes féminines ?

L'autre fit la moue.

— Il babouine, il fait le beau, mais il n'est pas difficile. Il aimerait une chèvre coiffée ! Toutefois, avec les femmes, il a courte haleine.

Elle lui fit un clin d'œil entendu.

— Vous voyez ce que je veux dire ?

Son regard se fit plus calculateur. Ses clients habituels ne possédaient pas la beauté sombre du jeune Français.

— Ne voulez-vous pas m'accompagner ? Je dispose d'une chambre en haut…

— Sans façon, merci.

— Décidément, fit-elle d'un ton pincé, vous ne faites pas honneur à la réputation des Français.

— Je n'ai nul besoin d'un brevet de virilité, fit Volnay en s'inclinant sèchement.

Il tourna les talons et l'oublia aussitôt. Le commissaire aux morts étranges ne mélangeait jamais le plaisir et le travail. Et puis, la pensée de l'Écureuil l'accompagnait et il s'y sentait ridiculement fidèle.

Dal Colvino en avait fini avec son débiteur et jaugeait les joueurs avec attention. Volnay se dirigea vers lui.

— Monsieur, on m'a dit que vous prêtiez de l'argent ?

L'autre porta à son nez des bésicles pour le contempler.

— Vraiment, on vous a raconté cela ?

Sa bouche se plissa en une moue dubitative.

— Votre accent n'est pas d'ici. Français, si je ne me trompe.

— C'est exact.

— Je vois. Vous êtes ce policier venu de France pour assister la famille de Trissano.

Volnay ne put s'empêcher de marquer sa surprise.

— Vous voyez juste mais comment…

L'usurier eut un sourire désabusé.

— Un jeune Français entre ici, accompagné de Vitali, et se met à poser des questions. Qu'en déduiriez-vous ?

— Qu'il serait sage de lui répondre !

L'autre s'étouffa.

— Pour qui vous prenez-vous ? Vous n'êtes rien ici !

Volnay lui jeta un regard glacial.

— Peut-être préférez-vous qu'un procurateur de Venise vous envoie un inquisiteur ?

— Les inquisiteurs de l'État ?

Dal Corvino grimaça.

— Ainsi, ce que l'on raconte de vous est vrai. Vous êtes un protégé de Cordolina.

Le policier préféra ne pas le détromper.

— Et amateur de jolies femmes…

— Pardon ? s'étrangla Volnay.

— On vous a vu vous livrer à une cour effrénée auprès de Flavia Cordolina !

— Une cour effrénée ? Auprès de Flavia !

Volnay n'en revenait pas.

— Oh, vous savez, dit Dal Corvino, nous ne sommes pas à Paris. Ici, tout le monde s'observe.

— Et tout le monde parle pour ne rien dire, comme partout ! répliqua dédaigneusement le policier.

Il tira un fauteuil vers lui et s'y assit sans quitter l'usurier du regard.

— Quels sont les types de placement que l'on peut faire à Venise ? lui demanda-t-il.

Il désirait mettre en confiance son interlocuteur avant de le presser.

— Pour le commerce maritime, répondit l'usurier, il existe globalement trois possibilités. La *rogadia* où vous achetez une marchandise en la confiant à la vente à un marchand sur une place lointaine. La *colleganza* lorsqu'un financier confie son capital à un marchand et au retour retrouve son capital et trois quarts des profits. À noter qu'un marchand peut cumuler plusieurs commandes de ce type. Enfin, il vous reste la *bilatérale* où le marchand apporte un tiers du capital et en retire la moitié des profits.

Volnay se pencha brusquement sur son interlocuteur.

— *Sier* Cordolina m'a raconté que vous étiez le créancier du comte de Trissano, mentit-il avec aplomb.

Dal Corvino le considéra un instant sans se départir de son calme.

— Vous n'êtes pas si bien renseigné que cela, monsieur le commissaire aux morts étranges. Quelqu'un m'a racheté ma créance.

Le cœur de Volnay battit plus vite.

— Qui cela ?

L'usurier retira ses bésicles et se frotta l'arête du nez d'un air appliqué.

— Secret professionnel ! répondit-il d'un ton sans appel. Même *sier* Cordolina le comprendra. À Venise, nous sommes des gens discrets. Maintenant, laissez-moi travailler, votre présence va finir par gâter mes affaires.

Volnay le toisa d'un air menaçant mais cela laissa l'autre de marbre.

— Nous nous reverrons ! fit le policier.

— Ma foi, si vous avez besoin d'un prêt à un taux intéressant…

Le Français lui tourna le dos et revint au centre de la pièce. Une silhouette familière tournait autour des tables, s'avançant et se reculant comme pour changer de point d'observation. L'autre sembla également le reconnaître et s'approcha prudemment.

— Chevalier ! Est-ce vous ?

L'homme ôta son masque et Volnay reconnut Goldoni.

— J'ignorais que vous jouiez.

Goldoni se fendit d'un fin sourire.

— Je ne joue pas mais j'étudie les caractères. Je puise dans les personnages du réel la trame de mes pièces. Vous n'imaginez pas ce que je tire de l'observation de la foule universelle des hommes !

— Peut-être m'aiderez-vous à en tirer quelques conclusions ? proposa Volnay.

Le visage de Goldoni rosit de plaisir.

— Vous aider dans votre enquête ? Quel honneur !

— Ne parlez pas si fort, conseilla le policier. Je vous propose de quitter cet endroit. J'ai vu ce que je souhaitais et j'en ai appris bien plus que prévu.

Goldoni approuva. Volnay s'approcha de Vitali sur lequel pesait une main féminine car il gagnait.

— Venez-vous, Vitali ?

L'autre prit un air embarrassé.

— C'est que je suis en veine au jeu.

— Restez alors, fit sèchement Volnay.

Il ne pouvait comprendre qu'au beau milieu d'une enquête, on puisse ainsi se dissiper. Ses pensées à lui, du matin jusqu'au soir, restaient focalisées sur l'énigme qu'il devait résoudre. Une âme de chasseur l'habitait.

— Désirez-vous que je vous montre quelques curiosités ? proposa Goldoni avec affabilité.

— Pourquoi pas ? fit Volnay.

Ce dernier savait qu'il était plus facile de faire parler les gens lorsqu'ils se concentraient sur autre chose. Ils sortirent de la maison de jeu et se dirigèrent vers le quai. De lourds anneaux étaient encastrés dans les pavés pour amarrer les barques. Le Vénitien dit quelques mots à un gondolier et bientôt l'embarcation fila sur l'eau, en direction de Santa Croce.

— Quelqu'un a racheté toutes les dettes du comte

de Trissano à l'usurier Dal Corvino. Est-ce usuel ? demanda Volnay à Goldoni.

Le Vénitien haussa les épaules.

— Dame, oui, les usuriers ont toujours besoin de fonds et les créances immobilisées ou difficiles à recouvrer ne les enchantent pas.

— Cela devrait représenter beaucoup d'argent.

— Diantre, dit Goldoni, les gens riches ne manquent pas à Venise mais il faut pouvoir trouver un intérêt particulier à la Ca'Trissano pour vouloir y investir.

— Quel serait-il ?

— Ma foi, je n'en ai pas la moindre idée. Aucun à mon avis.

— Néanmoins, Cordolina s'y est intéressé, fit Volnay d'un ton songeur. Se pourrait-il que ce soit l'intérêt du comte de Trissano pour les Terres fermes qui l'ait poussé dans cette voie ?

— Qui peut savoir ce que pense Apostolo Cordolina ? répondit prudemment Goldoni.

La rétine badigeonnée de lumière et de couleurs, Volnay détourna les yeux des orgueilleux palais bordant le Grand Canal.

— Pourquoi le comte de Trissano s'est-il détourné de l'eau salée, le commerce maritime, pour s'intéresser aux Terres fermes et à l'eau douce ? s'enquit-il d'une voix basse.

— Je n'ai pas connu personnellement le comte de Trissano, répondit Goldoni, mais pour toute question sur la régulation de l'eau, ce sont les gens de la Magistrature des eaux qu'il faut rencontrer. Bien entendu, ce ne sont pas eux qui se chargent de la réalisation pratique mais ils prennent de sages décisions pour maintenir le fragile équilibre de la lagune et éviter que nous ne soyons un jour engloutis par les eaux.

— Avant d'aller les voir, dit doucement Volnay, j'aimerais bien que quelqu'un fasse mon éducation à ce sujet.

L'auteur réfléchit un instant.

— Oh, je connais un vieux juif dans le Ghetto qui semble correspondre à ce que vous recherchez. Je l'avais rencontré au théâtre San Samuele lorsqu'il était venu me complimenter pour une de mes pièces. Sa conversation étant fort intéressante, j'ai eu plaisir à souper avec lui et à le revoir quelques fois. Il est savant en maintes matières et l'eau n'a pas de secret pour lui. Il se nomme Baldassare mais je ne me souviens plus de son nom.

Il fit une pause.

— Je ne l'ai pas revu depuis quelques années et j'ignore s'il est encore vivant. Je sais toutefois où il logeait à l'époque. Je vous indiquerai comment vous y rendre si vous désirez le rencontrer.

— Avec grand plaisir.

— Ah…

Le Vénitien s'était redressé et fixait un point.

— Voyez !

Goldoni désigna un très ancien palais donnant sur le pont dell'Anzolo.

— Le palais Soranzo, près du pont dell'Anzolo. Vous apercevez dans une niche un haut-relief représentant un ange.

Il lui raconta alors l'histoire de Giuseppe Pasini, un usurier, avocat à ses heures et surtout très avare. Celuici possédait un singe apprivoisé qui faisait l'admiration de tout Venise. Un jour, *fra* Matteo Da Bascio, un très vénérable moine capucin, vint dîner chez lui. Lorsqu'il l'aperçut, le singe alla se cacher et, lorsqu'on le retrouva, montra les dents au moine comme s'il était enragé. *Fra* Matteo comprit alors à qui il avait affaire et lui ordonna au nom de Dieu de révéler qui il était. Tremblant de rage, le singe avoua qu'il était le démon venu emporter l'âme de Pasini mais celui-ci avait l'habitude de réciter le soir un Ave Maria. Et cette prière, chaque soir, empêchait le démon d'emporter l'âme de l'avocat. Le moine fit le signe de croix et ordonna au démon de disparaître. Celui-ci s'élança et pulvérisa le mur, disparaissant au milieu des vapeurs de soufre. Après quoi, il revint à la salle à manger, se saisit de la nappe et en tordit un pan, faisant couler du sang.

— Voici, lui dit-il, le sang des pauvres que tu as pressurés. Maintenant, rends tes profits d'usurier si tu veux sauver ton âme immortelle. Autant vous dire que…

— L'avocat devint un généreux bienfaiteur, compléta Volnay d'un ton sarcastique. Je connais ce type d'histoire.

Un peu mécontent de cette intervention, Goldoni fit signe au gondolier de se rapprocher de la façade du palais pour lui faire admirer l'effigie de l'ange.

— Nul maçon ne put reboucher le trou par la brique et la chaux. Seul, cet ange y parvint.

Volnay contempla l'ange dans sa niche aux embrasements décorés. De la main droite, il bénissait et, de la gauche, il portait un globe surmonté d'une croix.

— Un singe, murmura le policier. Après tout, ce n'est pas plus bête qu'une contorsionniste !

Ils longeaient des *rii* de plus en plus étroits, les façades des maisons se rapprochaient et les recouvraient de leur ombre tassée jusqu'à ce que, au détour d'une place, une déflagration de lumière les aveugle. Et partout, le bleu les poursuivait.

Jusqu'à présent, seul le bleu de Sèvres des porcelaines de la Manufacture royale, splendeur bleu nuit violacé et ourlé d'or recouvrant les nappes blanches des belles demeures, avait retenu l'attention du moine. Et puis son regard avait plongé dans le Grand Canal qui semblait renfermer en lui seul toute l'immensité du ciel.

Le moine essaya de lui parler du bleu tel qu'il l'avait perçu ou plutôt comme il s'était imposé à lui. Le bleu d'Alexandrie, l'indigo profond et subtil de l'Inde lointaine, le bleu de guède ou bleu pastel. Le bleu de Prusse, plus dur, mais aussi le bleu des roches, lapis-lazuli et azurite, ou le bleu turquoise des sulfates de cuivre.

— Je suis fasciné par tout ce bleu, dit le moine.

— Le bleu apaise, répondit-elle. On dit que les murs du paradis sont de saphir.

— Non, le bleu n'est pas une couleur mais une réponse. Où donc m'amenez-vous ?

Elle lui tenait toujours la main ou plutôt la tirait et lui, soudain las, devait hâter le pas afin de la suivre.

— Avez-vous vraiment besoin de le savoir ?

Son ton était presque sauvage.

— Pas vraiment, répondit le moine, on ne va jamais aussi loin que lorsqu'on ignore sa destination finale.

— Nous y voilà !

Elle désigna une grille en fer forgée et introduisit une clé dans la serrure.

— Est-ce chez vous ? demanda-t-il.

— Non, je ne possède rien sur terre…

— Comme moi, hormis mes souvenirs…

— Parfois, ne vaudrait-il pas mieux ne pas en avoir ?

— Nous sommes un peu fous, fit le moine pour seul commentaire.

— *"Je suis aussi folle que vous pour peu que folie triste et folie gaie se vaillent !"*

Elle avait poussé la grille et ils se trouvaient dans un jardin laissé à l'abandon. Les drapés d'une robe de lumière plissaient le ciel de Venise. Au-dessus de leurs têtes, les ailes des oiseaux claquaient dans le vent. Au milieu de l'herbe folle se trouvait un jardin sec consistant en une bande de sable bien ratissée et parsemé de cailloux d'une rondeur parfaite. Au centre se dressait une fleur, une seule. Mais plus loin, dans l'herbe folle, d'autres fleurs sauvages croissaient à perte de vue.

Le moine se pencha et les effleura du bout des doigts. Les fleurs… L'instinct de l'enfant est de les arracher pour tenir contre sa poitrine ce vertigineux bouquet de couleurs et d'odeurs. Celui de l'homme mûr est de se pencher pour en respirer les effluves.

— Quand j'étais petite fille, mon père me manquait déjà. Je m'échappais de la surveillance de ma mère pour le chercher. Bien entendu, je ne le retrouvais pas alors je venais ici. Et savez-vous quoi ? Mon chagrin s'y dissipait toujours.

Elle s'assit sans lui lâcher la main. Il fit de même et porta la main à son cou.

— Avez-vous perdu quelque chose ? s'enquit-elle.

— Oui, quelqu'un de cher m'a offert une pierre d'azurite, un remède contre la mélancolie, mais je l'ai malencontreusement égarée.

— Une amoureuse ?

— En quelque sorte…

— Elle ne l'est plus ?

— En quelque sorte…

— Alors pourquoi parlez-vous d'elle au présent ?

— Parce qu'il n'y a que les femmes qui parlent au passé.

Elle se pencha vers lui, son regard essayant d'accrocher le sien.

— Comment s'appelait-elle ?

— Elle s'appelle Hélène, répondit le moine avec accablement.

Et des larmes brillèrent dans ses yeux à l'évocation de ce prénom aimé.

— Vous m'en parlerez, fit-elle, cela vous fera grand bien de ne plus garder ce fardeau pour vous seul.

Le silence glissa sur eux.

— Ma femme me manque, dit soudain le moine. Elle est morte il y a bien longtemps mais, même encore aujourd'hui, elle me manque cruellement.

— Je suis désolée pour vous.

— Elle a mis au monde mon fils, puis une fille s'est présentée lors d'une seconde couche, mais elle en est morte. Elle aurait pu avoir votre âge…

— Si cela avait été moi, vous n'auriez pas eu une fille très sage.

— Oui, vous avez fait bien des bêtises dernièrement.

— J'en ai peur.

— Ce n'était pas très malin de votre part.

— Non, je l'avoue.

— Je pourrais bien entendu résoudre seul cette énigme, dit le moine d'un ton détaché.

— Vraiment ?

— Oui, je crois avoir compris le principe de l'affaire.

— En avez-vous parlé au commissaire aux morts étranges ?

— Je n'en ai pas eu le temps mais je ne le ferai sans doute pas.

— Pourquoi ?

Le moine haussa les épaules.

— Vous le savez. Cela mettrait au jour bien des cachotteries et dissimulations.

Il détacha son regard des fleurs sauvages pour le porter sur sa compagne. Celle-ci baissa la tête.

— Y compris pour vous, acheva le moine.

— C'est juste… mais qui peut me blâmer ?

Elle se leva et fit quelques pas autour du banc. Sans un mot, elle se tint derrière lui.

— Êtes-vous certain de n'avoir parlé de tout cela à personne ?

— À personne.

— C'est bien.

Violetta ajouta d'un ton sincère :

— Je suis désolée pour vous.

Le moine ferma les yeux.

— Ce n'est pas grave, dit-il.

V

À la fin de l'après-midi, le moine se présenta chez Chiara et demanda s'il était possible de lui fournir un chevalet, une toile, un pinceau et des couleurs. Après quoi, il s'enferma dans sa chambre et se mit à peindre avec frénésie. Dehors, les clairs-obscurs accentuaient les reliefs mais seul comptait l'éclat de la couleur sur sa toile. La peinture éveillait en lui des rêves passés qu'il avait cru oublier. Il jeta sur la toile des morceaux de bleu de ce ciel si limpide, le bleu saphir de la lagune et celui, plus sombre, des canaux, éclaboussés des reflets de jaspe et de marbre des palais.

À son retour, son fils se rua chez lui. Prudemment, Chiara le suivit.

— Où étais-tu ? s'écria-t-il.

Le moine s'immobilisa, son pinceau à la main.

— Je me suis un peu perdu ces derniers temps.

Il sembla méditer cette phrase. Puis, sa voix se raffermit et il adressa un regard attendri à Volnay.

— Perdu, oui, c'est cela. Mais je t'ai toujours, toi, mon fils.

Volnay écarquilla des yeux étonnés devant ce charabia dont il ne comprenait pas un traître mot.

— Je me suis inquiété. Dans ton état…

Les yeux du moine étincelèrent brièvement.

— Mon humeur noire s'est teintée de bleu.

Et d'un large geste, il désigna sa toile.

— C'est magnifique ! fit Chiara.

Elle s'approcha du tableau. La toile était recouverte de toute la palette des bleus en une seule et gigantesque tache. Le moine avait utilisé la transparence du bleu pour augmenter l'impression d'infini et de profondeur. On retrouvait sur sa toile le bleu des yeux de princesse, des champs de lavande, des rivières de montagne comme celui de l'eau plus claire sur les rivages des plages, le bleu de la mésange, l'eau précieuse des saphirs, l'azur du ciel…

— Je n'ai jamais vu chose pareille, murmura-t-elle avec admiration.

— Qu'as-tu représenté ? demanda Volnay incapable de trouver une signification à cette œuvre.

— J'ai à nouveau réuni ciel et mer, répondit simplement le moine.

Puis il se perdit dans la contemplation de cet horizon qu'il venait de fendre et d'élargir d'un coup de pinceau. Chiara entraîna doucement Volnay hors de la pièce avant de lui chuchoter :

— Je crois qu'avec le bleu, il retrouve l'innocence de l'enfance, l'univers du rêve… Souvenez-vous lorsqu'enfant, nous nous demandions pourquoi le ciel est bleu ?

La jeune femme se rapprocha encore de lui. Le flanc de Chiara épousait déjà le sien lorsqu'elle lui glissa à l'oreille :

— Lorsqu'il a dit qu'il s'était perdu, votre père a voulu vous dire qu'il s'était retrouvé.

Volnay s'immobilisa.

— Pas tout à fait. Je ne sais pas ce qu'il a trouvé en se perdant. Pas la clé de l'énigme tout de même ?

Ils se trouvaient dans les appartements d'Amarilli aux murs recouverts de tableaux représentant de délicates fêtes champêtres. La jeune comtesse se tenait près d'une cheminée au riche manteau de marbre taillé. Derrière eux, se dressait un lit à baldaquin aux châlits dorés.

Violetta pinça une dernière fois les cordes de son luth, terminant sur une note grave inattendue.

— Où donc avez-vous appris à jouer aussi divinement du luth, Lelio ? s'enquit Amarilli.

— Chez moi. À la campagne, les distractions sont rares. Dois-je continuer ?

— *"Si la musique est la pâture de l'amour, Jouez encore, donnez-m'en jusqu'à l'excès."*

Violetta rit.

— Puisse Dieu vous entendre, ma dame. Puisse Dieu vous entendre !

Elle caressa le manche d'ébène, laissa courir ses doigts sur la table en bois d'épicéa de l'instrument en forme de poire, effleurant les trois rosaces décorées, sculptées dans le bois même de la table.

— Ce luth est magnifique, je n'en ai jamais joué sur d'aussi beau.

— Continuez donc, Lelio.

— Non.

Lelio avait pris un air buté.

— Madame, il vous faut sortir prendre l'air.

— Non, laissez-moi à ma peine, larmoya Amarilli.

Lelio, ou Violetta, insista.

— Dame, le chagrin m'ennuie.

— Vous n'y entendez rien. Je viens de perdre mon père.

— Vous consacrer tout entière à votre douleur ne changera pas le cours des choses. Je ne vous demande pas d'oublier votre peine mais de sortir quelques minutes. Dehors, l'air est doux. Vous n'en serez que mieux disposée.

— Je ne suis pas apprêtée.

Lelio prit cela pour un début de victoire.

— Votre tenue est des plus charmantes.

Amarilli soupira.

— Je suis aussi élégante qu'inutile !

— Vous êtes belle.

— Vous me flattez l'oreille comme un premier violon. Je n'ai rien de plus qu'une autre.

— Dame Amarilli, il n'existe point de beauté comparable à la vôtre. Vos lèvres sont vermeilles et votre teint blanc comme neige…

— Cessez donc vos louanges, s'exaspéra la comtesse, les avez-vous apprises par cœur ?

— Au chapitre de mon cœur justement, je pourrais vous en apprendre beaucoup.

— Vous vous oubliez, Lelio. Votre impertinence m'amusait, elle m'agace maintenant. Oubliez-vous que je suis en deuil ?

— Il me semble, noble demoiselle, que vous êtes en deuil de vous-même depuis bien plus longtemps que de votre père.

Amarilli rougit violemment.

— Comment osez-vous ?

Violetta se tint devant elle, raide et un peu tremblante.

— Noble dame, pardon de vous courroucer mais bien avant la mort de votre père je me suis aperçue que vous ne viviez qu'à moitié et…

— Il suffit ! Sortez ! Sortez !

Amarilli hurlait comme une enfant en tapant du pied. Sans un mot, Violetta tourna les talons et, tenant sous le bras sa dignité offensée, sortit. La voix d'Amarilli la rattrapa.

— Et ne revenez jamais !

Lorsque la porte claqua, la comtesse ajouta d'une voix plus faible :

— Sauf si je vous en intime l'ordre !

Violetta descendit l'escalier, le cœur battant et les yeux levés au plafond comme attendant qu'on la rappelle. En bas, elle fit quelques pas dans la cour et l'écho de ses pas la renvoya à sa solitude.

— Hélas, chuchota-t-elle pour elle-même, c'est bien ma chance. J'hérite ici de trois ans de servitude et de l'éternité d'un amour impossible.

Derrière ses longs cils, Chiara contemplait Volnay aller et venir, déroulant le fil de ses pensées avec une sombre détermination. Depuis son retour, une fois rassuré sur le sort de son père et tout à son enquête, le jeune homme n'avait même pas eu un regard pour sa robe de soie rose à taille longue et pincée. Pas plus que pour ses cheveux noirs relevés par un ruban de la même couleur que la robe.

Brutalement, Volnay s'arrêta de marcher.

— Venise est un bien curieux endroit, remarqua-t-il. Cette ville trouble les sens et les sentiments. Mais ici, mon père a repris vie.

Le cœur battant, Chiara acquiesça.

— Ce bleu lui procure un apaisement salutaire.

— Pas seulement…

Il se jeta dans un fauteuil et joignit les mains avec force. Un instant, il sembla hésiter avant de se confier.

— Je vous ai dit tout à l'heure que ma mère était vénitienne…

Chiara écarquilla de grands yeux, s'apercevant à quel point elle ne connaissait pas ce jeune homme si secret.

— Vous m'aviez dit que votre père avait rencontré votre mère à Venise mais pas qu'elle était native d'ici. Comment se fait-il ?

— Mon père a été un grand voyageur. C'est ici qu'il a fait sa connaissance et qu'ils se sont aimés, lui et ma mère.

Chiara se mordit les lèvres, comprenant que Volnay savait sans doute déjà tout ce qu'elle lui avait raconté sur l'histoire de Venise mais s'était comporté comme s'il l'ignorait. Le jeune homme reprit :

— Ce type d'union avec quelqu'un qui n'est pas citoyen d'origine n'est ni conseillé, ni encouragé. Les deux jeunes gens ont dû fuir de Venise. Ils n'ont connu le bonheur d'être ensemble que peu de temps car ma mère est morte lorsque j'avais à peine deux ans.

— Mais alors… vous êtes à demi vénitien !

Volnay haussa légèrement les épaules, l'air ailleurs.

— Cela n'a que peu d'importance. Je n'ai pas vécu ici.

Il n'y a pas qu'au père que Venise délie la langue ! pensa Chiara.

Mais déjà, en veine de confidence, Volnay continuait :

— Ma mère ressemblait beaucoup à Hélène, la jeune femme que mon père a connue et aimée à Paris. Ceci explique bien des choses…

De nouveau, la tristesse sembla l'accabler.

— Il a sans doute cru pouvoir revivre sa vie… tant d'années après !

Il fronça les sourcils et ajouta mystérieusement :

— Nous pouvons avoir une seconde chance mais ce n'est jamais la même que la première, n'est-ce pas ?

Peu certaine de saisir le sens de la question, Chiara ne répondit pas.

— En amenant mon père à Venise, continua Volnay, j'ai cru que je le libérerais de ce souvenir d'Hélène.

— Mais c'est bien ce qui s'est passé ! s'exclama Chiara.

— Non, c'est autre chose et j'ignore quoi.

— Néanmoins, votre père a repris vie.

— Reste à savoir s'il retrouvera le goût de la vie, conclut Volnay toujours pragmatique.

Son regard s'égara par-delà une fenêtre, admirant le jeu de la lumière sur les façades et les toits des maisons. Pris d'une brusque impulsion, il se tourna soudainement vers Chiara.

— Connaissez-vous quelqu'un qui possède un singe ?

La jeune fille le regarda comme s'il était devenu fou. Comment pouvait-on passer d'un sujet à un autre aussi rapidement ?

— Pas à ma connaissance, mais j'ai su que dans certains palais ils servent d'animaux de compagnie.

— Pourriez-vous en savoir plus ? Et vérifier que Cordolina n'en possède point un ?

— Je puis me renseigner mais pourquoi ?

— Une légende, dit brièvement Volnay. Celle du diable qui se fait singe… Et un singe pourrait bien entrer par une lucarne !

Satisfait, Volnay continua. Désormais, ses pensées se concentraient sur les fils de l'énigme.

— L'usurier Dal Colvino aurait vendu ses créances qu'il détenait sur le comte de Trissano. Ce n'est point

Cordolina qui m'apprendra à qui, surtout s'il est lui-même l'acquéreur ! Mais vous-même…

Chiara tapa du pied par terre et s'impatienta.

— Suis-je devenue à mon corps défendant une auxiliaire de police ? Ne voyez-vous donc que cela en moi ?

Elle se demandait soudain si les confidences du jeune homme n'avaient pas pour seul but de l'amadouer. En dépit de son peu d'expérience en matière d'amour, ses quelques amants passés, et ses plus nombreux soupirants, l'avaient habituée au désir des hommes et à leur intérêt pour elle. Même Volnay à Paris la regardait d'une autre manière. C'était cette flamme dans son regard qui avait disparu et qu'elle n'arrivait pas à ranimer. Elle se sentait aussi désemparée qu'une vestale ayant laissé éteindre le feu sacré qu'elle se devait d'entretenir jour et nuit dans son temple.

— Voyons…

Comme s'il avait deviné le cours de ses pensées, Volnay s'approcha d'elle et, posant un genou à terre, s'empara de sa main qu'il porta à ses lèvres.

— Je me livre à vous en toute confiance, ma ravissante amie.

Le contact de sa peau sembla lui-même le surprendre. Aussi pressa-t-il plus que de raison sa main contre ses lèvres pour en retrouver la texture et les saveurs d'antan. Le cœur battant, il se releva, vacillant légèrement.

— Où en étions-nous, murmura-t-il. La dette… oui…

Chiara s'était levée à son tour et se tenait contre lui.

— La dette, chuchota-t-il en la fixant dans les yeux tandis que son visage se rapprochait encore. Important de savoir…

Les lèvres de Chiara étouffèrent les mots qui sortaient de sa bouche. Un instant la terre s'arrêta de tourner tandis qu'il la tenait enlacée contre lui. Un peu haletant, Volnay chuchota :

— Il faut que je voie Cordolina.

— Oh, nous avons mieux à faire. À cette heure, il doit encore se trouver aux Procuraties.

Et elle l'embrassa de nouveau.

— Voulez-vous m'y accompagner ? demanda Volnay à la fin du baiser. Seul, j'ai peur qu'on ne me laisse entrer.

— Moi qui pensais que c'était pour le plaisir de ma compagnie ! dit-elle en un sourire un peu pincé.

Volnay jeta un regard cajoleur à Chiara.

— S'il vous plaît.

— Oh, vous êtes terrible, je ne sais rien vous refuser !

Ils se retrouvèrent donc à marcher à travers Venise, et Volnay admirait au passage ce que Chiara ne voyait plus : la grâce d'un pont qui enjambe les *rii*, jetant son reflet tremblant dans l'eau, la féerie chatoyante des couleurs qui chatouillaient l'œil dès le réveil, les violents jeux d'ombres et de lumières…

Tout à coup, il s'arrêta devant une curieuse sculpture à hauteur d'homme, représentant une énorme bouche dans un visage aux yeux globuleux surmontés d'énormes sourcils de pierre.

— Qu'est-ce que ceci ?

— Une *buca* pour les dénonciations anonymes.

— Diable, fit Volnay. D'un pays à l'autre, on n'est jamais dépaysé !

De chaque côté de la place Saint-Marc, les bâtiments des Procuraties abritaient les bureaux des procurateurs. Élus par le Grand Conseil, ils siégeaient de droit au Sénat.

— Il vaut mieux que je voie Cordolina seul, fit Volnay. L'entretien ne sera pas forcément agréable.

— Raison de plus que je sois là pour l'adoucir !

— Je n'y tiens pas. J'ai besoin de forcer un peu les choses et de mettre de la tension dans la discussion. Accompagnez-moi pour me faire introduire mais restez en dehors de cet entretien.

À l'intérieur des Procuraties, il fut assailli par un déluge de stucs et de dorures. Les pièces croulaient sous les boiseries et les ors tandis que des fresques apportaient aux plafonds une profondeur inattendue au milieu d'une confusion d'anges et d'archanges. Dans les couloirs fourmillaient les toges pourpres des procurateurs de Saint-Marc, celles écarlates des conseillers ducaux ou violettes des sages du Collège. Ils croisèrent également des avocats du palais portant toge ample et longue, avec leur ceinture de velours noir ornée de plaquettes d'argent, et leurs manches s'allongeant presque jusqu'à terre.

Combien tout semblait plus magnifique à Venise qu'à Paris, pensa Volnay. Et il en eut encore la confirmation lorsqu'on l'introduisit dans le bureau de Cordolina sans trop attendre, contrairement à la France où il était de bon ton, tant à la Cour que dans l'administration royale, de laisser les gens faire banquette pendant des heures pour montrer qu'on était bien occupé. Le procurateur se trouvait assis devant un bureau au bois sombre, d'exécution raffinée, et décoré de bronze doré.

— *Ser*, j'ose abuser de votre bienveillance dont j'ai déjà bénéficié.

Cordolina prit un air de grand ennui. Il portait une robe pourpre à larges manches, fourrée d'hermine.

— Venant de vous, une introduction aussi courtoise me fait craindre le pire. Venez-en plutôt aux faits, cela nous fera gagner du temps à tous deux !

Volnay acquiesça.

— J'ai découvert qu'un usurier nommé Dal Corvino possédait toutes les créances envers le comte de Trissano.

Un rictus ironique orna un instant les lèvres d'Apostolo Cordolina.

— Il suffisait de me poser la question, je vous aurais répondu.

— M'auriez-vous révélé que vous aviez racheté à Dal Corvino toutes les dettes du comte ?

Celle-là, Cordolina ne l'avait pas vue venir. Aussi, marqua-t-il un temps de silence avant de murmurer :

— Ridicule…

Mais Volnay avait remarqué son hésitation et se trouvait fixé.

— Je me suis posé bien des questions sur cette situation, reprit le policier. Pourquoi, possédant toutes les dettes du comte de Trissano, teniez-vous tant à unir votre fille au fils de celui-ci ? Cela ne vous rapportait rien de plus.

— Un nom des plus anciens, répondit froidement Cordolina. Vous avez entendu le comte lors de sa dernière soirée : ses ancêtres étaient aux croisades alors que les miens ramassaient la bouse des vaches !

Volnay sourit légèrement.

— Comme me le faisait remarquer Goldoni, les noms glorieux des Vieilles Maisons ne manquent pas pour s'unir à votre famille. Dans bien des palais, on déroulerait un tapis de soie sous les pas de votre fille. Et leurs situations resteraient encore largement plus florissantes que celle de la Ca'Trissano !

Il marqua une pause avant de reprendre.

— À moins que vous ne soyez forcé tant d'unir votre fille à la Ca'Trissano que de racheter les dettes de celle-ci pour les éteindre… Une partie de la dot, finalement…

D'abord saugrenue, l'idée lui paraissait désormais comme une monstrueuse évidence. Cordolina manifesta de subtils signes d'impatience.

— Des maisons de jeux, des auteurs de théâtre et des usuriers. Voilà les gens qui vous renseignent ! Croyez-vous donc que si le comte de Trissano avait barre sur moi pour me contraindre à un mariage, j'enverrais aussi vite ma fille rompre ce projet, au lendemain de sa mort ?

Et l'argument lui sembla si infaillible qu'il croisa les bras et contempla Volnay avec satisfaction.

— Cela pourrait seulement signifier que votre fille ignorait l'arrangement, remarqua le jeune Français.

— Vous avez réponse à tout, fit Cordolina d'un ton las. Si le temps était un trésor, vous seriez le benêt qui me pousse à le gaspiller. Et pourtant, je reste à vous écouter. En vérité, je m'en étonne moi-même.

— C'est juste que vous désirez savoir jusqu'à quel point le benêt est informé !

— Eh bien parlez puisque je ne puis vous en empêcher !

Volnay le fixa de ses yeux bleus, clairs et glacés.

— J'ai une seconde hypothèse légèrement différente. Lorsque vous avez racheté les dettes du comte de Trissano, celui-ci s'est senti menacé. Il a voulu mêler ses intérêts aux vôtres. Mariant son fils à votre fille, il vous empêchait de lui nuire car que dirait-on dans Venise d'un homme qui ruine sa belle-famille ? Et nous en revenons au chantage employé par le comte à votre endroit et qui cesse à sa mort…

Un silence pesant comme le plomb s'abattit.

— Vous feriez mieux de rentrer chez vous, dit finalement Cordolina. Invitez donc Chiara à vous accompagner à Paris. Elle ne se fera pas prier, croyez-moi.

Saisi d'une colère froide qui se lisait sur son visage, Volnay inspira profondément.

— Monsieur, je vous prie de ne pas vous mêler de mes affaires privées.

— Elles ne le sont plus depuis que cette jeune femme a pris sur elle de vous appeler à Venise.

Volnay fixa intensément Cordolina, la main sur la poignée de son épée. L'autre ne cilla pas.

— Vous ignorez de quoi vous parlez, reprit enfin le procurateur de Saint-Marc. Le Conseil des Dix et les trois inquisiteurs de l'État ne plaisantent pas avec la matière criminelle.

— Justement, répliqua Volnay. De quoi vous mêlez-vous, vous, un procurateur de Saint-Marc ?

Pour la première fois depuis le début de leur entretien, Cordolina sembla trouver la question digne d'intérêt.

— La Sérénissime est une république, expliqua-t-il d'un ton docte. Elle a toujours été jalouse de son indépendance, de sa souveraineté et de son intégrité. Elle a tout autant refusé le pouvoir d'un seul que le pouvoir de quelques-uns. Ici, on met en avant l'État et non l'individualité.

— Sur ce dernier point, permettez-moi d'être sceptique.

Le procurateur de Saint-Marc secoua la tête d'un air navré.

— Vous ne comprendrez pas Venise tant que vous n'admettrez pas que le principe de la Sérénissime, c'est le gouvernement collectif d'une classe dont tous les membres sont égaux. Pour cette dernière raison, elle a institué au fil des siècles un contrôle réciproque d'un conseil sur l'autre, des magistratures entre elles…

— Et bref, que vient faire au milieu de tout cela un procurateur de Saint-Marc ?

— Les frontières sont étroites entre les compétences et le rôle de chacun, répondit énigmatiquement Cordolina.

Le commissaire aux morts étranges fit la moue.

— Puisque vous n'avez pas décidé d'être plus clair sur vos activités, revenons-en à notre crime.

— Un crime que vous n'avez pu empêcher, remarqua ironiquement le Vénitien.

Volnay lui jeta un regard aigu.

— J'ai de plus en plus l'impression que vous m'avez amené à la Ca'Trissano non pour empêcher un meurtre mais pour le constater ! M'aiderez-vous à en résoudre le mystère ?

— Je vous donne Vitali. Il fera ce que vous voudrez, il est bête de compagnie.

— Merci de ce précieux renfort !

— Vous ne vivez pas ici, vous n'êtes ni patricien, ni *cittadino* ou *popolano*, trancha Cordolina. Vous ne pouvez pas nous comprendre.

Il s'interrompit pour dévisager songeusement le jeune homme, s'appliquant à déchiffrer un infime sentiment dans ce masque sévère, ce regard tranquille et froid.

— Mais vous ne partirez pas, n'est-ce pas ? reprit-il gravement. Je sais juger les hommes. Vous ne quitterez pas Venise sans avoir démasqué l'assassin du comte de Trissano parce que vous n'avez pas su le protéger.

— Vous ne me culpabiliserez pas, répondit tranquillement Volnay. Arrivé du matin, je n'en savais pas assez pour sauver le comte. Vous, en revanche, vous auriez pu soit le sauver, soit l'épargner !

Cordolina prit un air suave.

— Rentrez chez votre amie et profitez de la soirée. L'air est doux. Pendant ce temps, je vais méditer quelques épouvantables méfaits !

Et, sur ces mots, il lui tourna le dos.

Dissimulée derrière une lourde tenture, la porte pivota doucement et Flavia entra, secouant sa longue chevelure blonde ondulante.

— Qu'en penses-tu, ma fille ? demanda son père.

— Il est moins bête qu'il n'en a l'air et il semble très déterminé.

— Il n'arrivera à rien.

— Ne soyez pas si prompt à conclure, fit Flavia. Il fait preuve de logique et possède un sens certain de l'observation. Rien ne lui échappe.

Un sourire sans chaleur passa sur ses lèvres.

— À moins qu'il ne reparte à Paris.

— J'en doute, dit le procurateur de Saint-Marc d'un ton tranquille. À force de le presser de partir, j'obtiens comme prévu l'effet inverse. Jusqu'à présent tout se déroule selon mes plans mais il convient désormais de l'astreindre à résoudre la bonne affaire !

Ses doigts effleurèrent distraitement le menton de sa fille.

— Il va falloir que tu t'occupes personnellement du chevalier de Volnay.

— Chiara ne va pas apprécier, remarqua placidement Flavia.

— J'en conviens mais il est urgent de lui faire servir nos intérêts. Va, obéis à ce que demande la patrie, sans chercher plus loin !

En 1683 était apparue la première *bottega da caffè* sous les arcades des Procuraties. Depuis les *botteghe da caffè* ou *d'acque* s'étaient multipliées et leurs chaises empiétaient désormais sur la place Saint-Marc tandis que le vent emportait avec lui les *chiacchiere*, bavardages ou commérages. On servait du café, des chocolats frappés et mousseux, du vin de Chypre un peu sucré dans lequel on trempait des biscuits et l'*ombria*, le verre de vin blanc frais qui tenait son nom de ce qu'on le dégustait en déplaçant son siège pour suivre l'ombre du Campanile.

À l'enseigne de La Reine des Amazones, ils burent un *rossoli*, une liqueur piémontaise à base de pétales de roses, de fleurs d'oranger, de jasmin, cannelle et girofle. Sans un regard pour la tour de l'Horloge en face de lui, Volnay dégusta lentement sa boisson tout en scrutant les entrées des Procuraties.

— Que vous a dit Cordolina ? s'impatienta Chiara.

— Il m'a conseillé de repartir au galop vers Paris, avec vous si besoin.

— Oh ! s'offusqua la jeune femme. Il s'est permis de dire cela !

— Ses conseils valent leur pesant d'arsenic.

— Pourquoi ? protesta Chiara. Après tout, le conseil a du bon si nous repartons ensemble…

On était en public. Sa main glissa vers celle de Volnay pour une étreinte furtive.

— Cordolina me fait suivre ou bien il a des espions partout, dit le policier en retirant sa main. Il savait que je m'étais rendu dans une maison de jeu.

— Une maison de jeu ?

Chiara semblait choquée.

— Dans le cadre de mon enquête, précisa le commissaire aux morts étranges.

Et il ajouta avec une petite satisfaction mesquine :

— D'ailleurs, j'y ai retrouvé Goldoni !

— Oh…

Volnay lui jeta un rapide coup d'œil. Il savait que les femmes de qualité ne se rendaient pas dans ce genre d'endroits. On les poussait souvent à vivre recluses au fond de leurs palais. Et lorsqu'elles sortaient, accompagnées de leurs servantes, nombre d'entre elles le faisaient voilées et masquées, perchées sur des sabots aux semelles gigantesques, les *zoccoli*, officiellement pour ne pas se mouiller les pieds. En fait, ces chaussures, qui les transformaient en de grands échassiers à la démarche maladroite, constituaient un gage de vertu en les empêchant physiquement de sortir du droit chemin. Depuis quelques années, les mœurs s'étaient pourtant relâchées et un certain nombre de dames de qualité trottaient désormais comme de petites souris dans les merceries.

Bien entendu, des femmes comme Flavia ou Chiara représentaient cette modernité tandis qu'une comtesse Amarilli semblait se morfondre dans les salles obscures de son palais.

— Quelles sont vos intentions ? demanda Chiara.

Et la petite inquiétude délicieuse qu'on retrouvait dans son intonation soulignait le double sens de sa question. Volnay ne saisit pas celui-ci, du moins fit-il comme tel.

— J'ai agité assez de vase pour qu'un poisson nommé Cordolina s'affole un peu, répondit-il d'un ton neutre. Nous allons attendre qu'il sorte et je le suivrai. Je suis curieux de savoir avec qui il s'acoquine.

— Cordolina s'affoler ? s'étonna Chiara sceptique. Il a de la glace dans les veines !

— Nous verrons bien s'il aura à parler à un complice. Ah, voilà ! Quelqu'un sort…

— Mais… c'est Flavia !

Le commissaire aux morts étranges hésita sur la marche à suivre.

— Non, décida-t-il enfin, j'attends un plus gros poisson. Encore que les gardons ne soient pas à dédaigner lorsqu'on a faim !

Chiara haussa un sourcil, signe d'une incrédulité tout aristocratique.

— Que s'est-il donc passé dans le bureau de Cordolina ?

— Mon père dirait que j'ai brillamment confirmé une intuition !

Devant l'incompréhension de Chiara, il lui expliqua rapidement ses conversations avec l'usurier Dal Corvino puis Cordolina.

— De ceci, dit-il satisfait, je tire la certitude qu'Apostolo Cordolina a racheté toutes les dettes du comte de Trissano.

— Sans que rien ne le contraigne, sans doute pour en faire don au comte lors du mariage, en les mettant dans la dot de sa fille.

L'explication de Chiara semblait si logique qu'elle laissa le policier sans voix.

— Ah, fit la jeune fille ravie. Vous voyez que je vous suis utile à quelque chose !

Volnay la considéra brièvement.

— Très utile, n'en doutez pas. J'ai d'ailleurs une question à vous poser. Comment Cordolina a-t-il fait fortune ?

— Sa richesse provient de son grand-père. Celui-ci était devenu, à force d'efforts, capitaine d'un navire à la fin de sa vie. Son fils a embarqué à quatorze ans comme arbalétrier sur un bateau de la compagnie. Il s'y est fait un nom comme enseigne puis en travaillant dans les comptoirs d'Orient. Avec ses économies, et peut-être le fruit de quelques détournements, il s'est mis à investir des parties de cargaison : cire, coton, tissus, bois, épices, sucre, vin ou maïs. Tout lui a réussi et, malgré les pirates barbaresques, français, espagnols, il n'a jamais perdu une seule mise.

— La chance l'accompagnait, remarqua Volnay.

— Et sa fortune l'a servi au bon moment lorsque Venise au bord de la banqueroute décida de vendre l'accès au Livre d'or et aux charges.

— Et Apostolo ?

— Apostolo Cordolina a consolidé sa fortune dans le commerce du sel de Corfou et du tabac de Santa Maura. Puis, il a prudemment diversifié ses activités en se faisant armateur et banquier. Il a ensuite senti le vent tourner et décrété au Sénat que Venise devait développer l'industrie. Il a investi dans la dentelle à Burano, le verre à Murano et s'est intéressé à tout ce qui fait la renommée de Venise aujourd'hui : les soies et colorants, l'industrie des peaux et des fourrures, l'or et l'argent travaillé et l'orfèvrerie. Ses ateliers écoulent leurs produits dans l'Europe entière.

— L'argent n'est donc pas un problème pour lui ?

— Certes, non.

Cordolina ne sortit pas. Chiara s'impatienta et Volnay décida de rentrer. Il souhaitait également retrouver son père.

Les couleurs du jour s'assombrissaient, les ombres se faisaient fantasmagoriques. Pendant qu'il marchait aux côtés de Chiara, les pensées de Volnay le ramenaient une fois de plus à Paris, là où il avait avoué à une jeune fille de seize ans qu'il l'aimait. Le souvenir de ces quelques semaines, de gêne d'abord puis de bonheur, avec l'Écureuil suffisait à lui faire chavirer le cœur même si le parfum fleuri de Chiara venait douloureusement exaspérer ses sens. Un moment, son cœur se teinta de ténèbres. Au loin, le soleil sembla trembler à l'horizon avant de se fondre dans la mer.

Rien de tout ce qui va se passer n'est écrit, ni inexorable. Je suis maître de mes choix.

— Vous êtes une femme et un parti des plus enviables, murmura Volnay en sortant de ses pensées. Ne songez-vous donc pas à vous marier ?

Chiara releva la tête d'un air de défi.

— Les lois de notre société donnent à l'homme avantage sur la femme, je ne conçois pas d'épouser quelqu'un qui ne me soit supérieur afin qu'il bénéficie de cet avantage par ses propres mérites.

Il dissimula un sourire, retrouvant d'un coup la Chiara rebelle du printemps dernier à Paris, celle qu'il avait aimée plus que de raison. À nouveau, son humeur s'assombrit.

Sur le Grand Canal, passaient des embarcations à quatre rameurs, recouvertes de satin, de damas et de drap d'or.

— Des invités de marque, commenta sobrement Chiara. La Sérénissime ne les loge pas à ses frais car elle n'en a plus les moyens. Mais c'est toujours un honneur pour les patriciens de les recevoir dans leurs palais. Cela contribue à la renommée de leur famille.

Depuis 1730, Venise se trouvait être la première ville d'Italie dotée d'un éclairage public. Les lanternes de mille cinq cent cinquante réverbères formaient autant d'épingles de lumière piquées au cœur de la nuit. Dans les rues éclairées, des boutiques servaient encore et la foule se pressait dans un joyeux désordre.

— Ces échoppes sont ouvertes parfois jusqu'à minuit, expliqua Chiara.

Certaines vendaient de l'huile, de la farine ou des épices et l'on proposait dans d'autres saucisses et poulets grillés.

— Allons prendre le frais sur la lagune, proposa la jeune femme.

— Pourquoi donc ?

— Pourquoi pas ?

Le soleil couchant plongeait ses derniers rayons dans le sillage des gondoles lorsqu'ils remontèrent, dans leur embarcation sur le Grand Canal, en direction de la pointe de la Douane de mer. Les trilles de violons vinrent résonner agréablement à leurs oreilles.

— D'où vient cette musique ? s'enquit Volnay.

— D'une *accademia*, les patriciens aiment à donner des concerts en leur palais. Ils laissent alors les fenêtres ouvertes pour en faire bénéficier les Vénitiens et montrer qu'ils ont les moyens de rémunérer un orchestre pour une soirée.

— Toujours le paraître…

— Vous et moi ne sommes pas comme cela, dit vivement Chiara en se tournant vers lui et en plantant son regard dans le sien avec un brin de défi.

— Moi non, fit doucement Volnay, vous non plus je crois.

— Soyez-en certain, fit sèchement Chiara.

Les deux jeunes gens se turent. Sous le clair de lune, tel Narcisse, Venise contemplait son reflet dans le Grand Canal.

Un tel concentré de beauté ne devait-il pas pousser un jeune homme à embrasser la première belle fille venue ? se demanda Chiara. Sa bouche assoiffée avait mal d'une telle attente.

— Je vous retrouve telle que je vous ai laissée,

murmura songeusement Volnay, pas plus sage mais plus mûre, plus réfléchie…

— La lecture et l'observation ont fondé ma raison, répondit Chiara, l'expérience l'a affermie. Pénétrer dans le cœur des hommes m'a en revanche été beaucoup plus difficile !

Volnay ne commenta pas.

Des barques et des bateaux à voiles encombraient encore le Grand Canal, leur gondole se faufila, longeant la rive de San Marco où s'alignaient les palais aux élégantes façades de marbre multicolore.

L'embouchure du Grand Canal apparut bientôt, dominée par la gigantesque silhouette de l'église Santa Maria della Salute, dédiée à la Vierge Marie à l'époque où la peste emporta un tiers des habitants de Venise. Puis ce fut la Douane de mer.

— Ne serait-il pas plus sage de rentrer ? demanda Volnay.

— Vous êtes un garçon trop prudent, il vous faut apprendre à prendre des risques, répondit mystérieusement Chiara.

Volnay médita un instant sa réponse puis renonça. Il voyait au loin scintiller les fours de Murano, l'île où l'on avait exilé les maîtres verriers pour éviter les incendies à Venise.

— Êtes-vous toujours fâché contre moi ? s'enquit Chiara d'une voix douce et sucrée.

— Pardon ?

— Après votre duel à Paris avec Casanova, j'ai veillé à votre chevet mais, une fois rétabli, vous n'avez plus souhaité me voir.

— Je vous avais embrassée et, vous, vous vous êtes donnée à lui, lui rappela sèchement le jeune homme.

Chiara baissa la tête et masqua sa rougeur de son éventail.

— Un seul moment que j'ai depuis toujours regretté, fit-elle d'une voix faible. Casanova sait vous faire tourner la tête mais ensuite que reste-t-il de tout cela ? Des remords…

Sa main couvrit la sienne dans une caresse pressante.

— Oubliez tout cela, je ne veux être qu'à vous !

Les bourrasques imprévisibles de la douce mais capricieuse Adriatique chahutèrent l'embarcation et Volnay recueillit Chiara dans ses bras. Le gondolier dit quelque chose en italien et la jeune femme prit un air boudeur.

— Il dit qu'il faut rentrer, le temps se gâte.

Mais, jusqu'au retour à San Giacomo dall'Orio, elle ne bougea plus d'entre les bras de Volnay, la tête pressée contre sa poitrine, occupée à déchiffrer les battements de son cœur qui s'affolait.

À leur arrivée, un serviteur leur remit avec empressement une lettre de *sier* Cordolina. Chiara la lut en fronçant ses fins sourcils, l'air contrarié. Comme elle gardait le silence, Volnay vint la déchiffrer par-dessus son épaule.

— Une invitation à souper chez Apostolo Cordolina ? Diable, que lui arrive-t-il ?

Chiara s'agita nerveusement.

— Il vous conseille de prendre votre cheval pour Paris puis il vous invite à souper. Tout ceci n'est pas très logique. Qu'a-t-il encore derrière la tête ?

Volnay réfléchit.

— En fait, glissa-t-il à Chiara, Cordolina me repousse pour la forme mais c'est pour mieux me retenir. Je sens qu'il a encore besoin de moi, d'où cette invitation.

— Je préférerais que nous soupions en tête à tête, fit Chiara d'un ton boudeur.

— Pardonnez-moi mais je suis impatient de savoir ce qu'il attend de moi.

La jeune femme réprima un mouvement d'humeur puis, devant l'obstination du jeune homme, elle céda. Une fois qu'ils eurent embarqué, leur gondolier choisit de quitter le Grand Canal pour couper par les *rii*. Ils passèrent ainsi sous le pont delle Tette où s'exhibaient les prostituées, les seins nus, pour attirer les clients et surtout, selon le Grand Conseil, encourager les Vénitiens à des péchés mineurs plutôt que de céder aux péchés contre nature. Pour cela, le Conseil des Dix recommandait aux prostituées de se montrer jambes et seins découverts afin de détourner les hommes des amours prohibés. À la vue de ces corps offerts au premier venu, Chiara détourna délicatement la tête.

Volnay la questionna soudain.

— Quels sont vos liens avec la famille des Cordolina ?

— Mon père est en affaires avec eux. Cela suffit pour qu'ils m'invitent souvent lorsque je réside à Venise.

— Et Flavia, est-elle votre amie ?

— Comme vous l'avez remarqué, sourit Chiara, Flavia n'est pas très expansive mais elle est intelligente et se montre toujours bien disposée à mon égard.

— La voyez-vous souvent ?

— Nous allons parfois à la comédie ou à l'opéra, au théâtre San Moisè ou San Samuele, ou encore aux Bains.

Volnay plissa les yeux, essayant d'imaginer Chiara revenant avec Flavia des bains de vapeur. Leurs corps parfaits ayant macéré dans une eau emplie d'herbes aromatiques avant d'être huilés puis parfumés et massés.

Après un instant de silence songeur, il reprit :

— Êtes-vous proche de Flavia ?

— Vos questions sont troublantes.

Elle glissa sur lui un regard voilé par ses longs cils et l'examina un moment avant de répondre :

— Je ne la crois pas très sociable.

Volnay sourit.

— Vous m'étonnez !

— En fait, elle dissimule ses pensées et ne laisse rien filtrer. On ne sait jamais si c'est par indifférence ou par dessein.

À la Ca'Trissano, Amarilli appela une domestique.

— Va chercher Lelio pour m'accompagner. Je veux prendre le frais dans San Marco.

Violetta survint presque aussitôt comme si elle attendait à la porte de ses appartements.

— Eh bien, Lelio, n'êtes-vous donc point satisfait ? demanda la comtesse. Je cède à vos caprices ! Je sors. La soirée est-elle fraîche ? Dois-je prendre un voile ?

L'autre sourit effrontément.

— Charmante dame, marchez à tête découverte, nul regard ne vous offensera. J'y veillerai. L'air est doux, une étole sur vos épaules suffira.

— Aimable Lelio, si prévenant !

Dehors, Amarilli marcha d'un pas songeur, sans regarder autour d'elle, comme plongée dans un monologue intérieur dont elle s'échappa enfin pour lui poser une question indiscrète.

— Lelio, un jeune cœur comme le vôtre doit certainement battre à l'unisson d'un autre…
— Certes, dame.
Amarilli sourit nerveusement.
— Et quel âge a-t-il ce cœur ? demanda-t-elle d'un ton faussement indifférent.
— Il a quelques années de plus que le mien.
— Et son cœur à elle, est-il bien disposé à votre égard ?
Violetta fronça légèrement les sourcils.
— Je le pense mais je ne sais à quel point.
— Et comment le saurez-vous ?
— Je l'ignore. Les mots ont parfois du mal à sortir de ma bouche.
Amarilli eut un rire frais et se fit tout à coup plus familière.
— Sur ce point, tu m'étonnes beaucoup ! Allons, parle-moi d'elle. Est-elle belle ?
— Plus que je ne saurais dire mais elle est de haute condition.
— Ah vraiment ? fit la comtesse d'un air songeur. C'est bien regrettable. Tiens, coupons par ici.
— Voulez-vous vraiment prendre cette ruelle ? s'inquiéta Violetta tout à son rôle de protecteur. Il y fait bien sombre…
Amarilli s'y engagea sans hésitation et Violetta hâta le pas pour la rattraper. Au bout d'une dizaine de mètres, la comtesse s'arrêta.
— Tu as raison, Lelio. Il fait trop sombre ici. On n'y voit rien et personne d'ailleurs ne peut nous voir. Tu parlais donc de cette dame qui ignore les penchants de ton cœur. Si tu ne dis rien, il ne se passera pas grand-chose.
— Certes, dame. Certes…

Violetta se pencha vers elle.

— Lelio, murmura Amarilli soudain effrayée, tout ceci n'est pas bien…

— Dame…

La comtesse scella ses lèvres d'un baiser.

— Pas bien du tout, murmura-t-elle avant de recommencer.

Une douzaine d'invités se pressaient sous les lustres en cristal de Murano de la Ca'Cordolina. Volnay éprouva un certain choc en découvrant la présence de Goldoni. Chiara quant à elle semblait ravie.

— Ah, vous voilà Carlino.

Elle l'avait appelé *Carlino*, ce qui signifiait "petit Carlo". On n'en était pas encore à *Carino*, "petit chéri", pensa Volnay agacé.

Ils allaient souper dans un grand cabinet garni à profusion de miroirs dans lesquels se reflétaient la lueur des torchères, les flammes de la cheminée et les girandoles au plafond. Verres, coupes, plats, aiguières et assiettes, tous émaillés, colorés, gravés et incrustés d'or, scintillaient sous les lumières. Des motifs complexes de fleurs de saison et de fruits ornaient la table ainsi que des épices enfermées dans des cubes de verre. Des carafes d'un cristal des plus purs semblaient emprisonner des vins exquis.

Volnay plissa les yeux, attentif au placement à table. Un rusé renard comme Cordolina allait sans aucun doute élaborer son plan de table comme un champ de bataille. Il découvrit avec stupeur qu'il serait à la droite de Flavia et Chiara reléguée plus loin, en face de Goldoni !

L'auteur brillait plus par sa conversation que par sa présence physique, relativement anodine. Mais il possédait une voix et une prononciation à son avantage, sachant donner une tournure gracieuse à ses phrases.

— Oh, racontez-nous comment vous en êtes arrivé à devenir auteur ! s'exclama une convive.

Goldoni ne se fit pas prier.

— Ma mère prit soin de mon éducation et mon père me fit construire un théâtre de marionnettes. Plus tard, il m'a poussé à faire mon droit, j'ai ensuite tout fait de travers !

Un éclat de rire général récompensa ce bon mot. Encouragé, Goldoni continua.

— J'ai écrit dès mon plus jeune âge mais mon père sanctionna par le feu mon goût à écrire et c'est ainsi que mes premières œuvres finirent dans les flammes.

On servit en entrées de petits artichauts cuits, au cœur fondant, arrosés de citron. Ceci annonça la venue d'une cohorte de courgettes, aubergines et céleris, dorés au four et farcis d'oignons et de champignons, aromatisés par des herbes dont le parfum semblait rester en suspension dans l'air : thym, laurier, origan…

— Les caractères ! reprit Goldoni enthousiaste. Voilà ce que j'ai voulu décrire dans mes pièces ! Dans mon œuvre, je me suis toujours employé à manier la simplicité et à faire parler le cœur des hommes dans ce qu'il a de plus vrai.

Il se pencha en avant. L'attention de son auditoire lui était acquise.

— Quand j'ai débuté dans le théâtre, les comédiens de l'art improvisaient à partir de canevas convenus. J'ai voulu poser les bases d'un véritable travail d'écriture.

— Tout en restant dans la comédie, se crut obligé de préciser un convive.

— Mais ma vie elle-même est une comédie, s'écria Goldoni. J'ai parfois été la dupe des femmes. Je me suis même vu contraint de signer une promesse de mariage à cause de la ruse d'une fille, de sa mère et de sa servante !

On s'exclama et des rires fusèrent.

— Un des premiers intermèdes que j'écrivis, reprit Goldoni satisfait, s'appelle *La Cantatrice*. J'y décrivais les stratagèmes de ces sirènes et de leur mère. Comme à l'époque je prenais peu de soin de mes productions je le perdis mais j'eus la surprise de le redécouvrir représenté à Venise sous le titre de *La Pelarina*.

Il se pencha pour s'adresser plus particulièrement à Volnay en sa qualité d'étranger peu apte à saisir toutes les subtilités de la langue :

— Littéralement, "la femme qui pèle ses amants". Ou qui les plume…

Volnay jeta un coup d'œil à Chiara puis à Flavia, l'une arborait un sourire pincé et l'autre un air d'indifférence absolu.

— Et, continua Carlo Goldoni en élevant la voix pour préparer sa chute, comme un autre que moi s'attribuait le mérite tant de l'avoir écrit que d'en tirer du profit, je pus dire avec le poète : *Sic vos non vobis nidificatis, aves. Sic vos non vobis nidificatis, apes !* "C'est vous qui faites vos nids, mais ce n'est pas pour vous que vous les faites !"

On applaudit à cette conclusion et Goldoni, modestement, remercia en levant son verre.

On mangea ensuite des huîtres crues et non cuites, ce qui étonna fort Volnay, ainsi qu'un pâté de truite aux truffes et des pâtes légèrement fermes, *al dente* comme ils disaient.

Il engagea la conversation avec Flavia. À sa grande surprise, elle lui répondit aimablement et s'enquit même de la manière dont il exerçait sa charge de commissaire aux morts étranges en France.

— Quelle méthode employez-vous donc lorsque vous enquêtez ?

— L'observation des faits et l'appropriation de tous les détails.

Il sourit en se rappelant ce grain de chapelet qui lui avait permis de résoudre une affaire par le passé.

— Et puis, l'étude des caractères, reprit-il.

Il jeta un coup d'œil vaguement amusé à Goldoni qui pérorait en bout de table.

— Comme notre ami auteur, je pense. Dans nos bonnes sociétés, tout le monde se dissimule derrière un masque, vous, moi…

— Est-ce pour cela que vous ne laissez jamais rien paraître ? demanda Flavia ingénument.

Volnay la considéra un instant avec gravité.

— Certes, fit-il enfin, je ne souhaite pas que l'on ait prise sur moi.

— C'est bien dommage, répondit Flavia en posant brièvement sa main sur la sienne. Vous y gagneriez…

Elle se redressa pour le considérer avec attention.

— Et ensuite ? Arrachez-vous leur masque à toutes les personnes vous entourant ?

Ses grands yeux clairs le fixaient intensément.

— Rassurez-vous, dit Volnay d'un ton léger, je me contente de le soulever.

— J'apprécie vos manières civilisées, répliqua Flavia en le récompensant d'un sourire.

De nouveau, une brève pression de ses doigts sur sa main, comme une caresse légère, une récompense pour bien s'être tenu.

— Je pars des faits, des personnes et j'essaye de découvrir le mobile, continua Volnay sans bouger sa main. Tuer de manière préméditée n'est pas un acte anodin. Il faut de puissantes raisons pour en arriver à cette extrémité. Quand vous tenez le mobile, vous le comparez aux intérêts en jeu de chacun et à leur caractère, puis à la manière dont ils auraient pu commettre ou commanditer le crime. Il convient ensuite de prendre un peu de hauteur pour conceptualiser tout cela afin de rapprocher les éléments les uns des autres. La preuve vient ensuite par un détail que vous relierez à celui que vous soupçonnez.

Flavia se pencha sur lui.

— Tout ce que vous dites est absolument fascinant.

Un instant Volnay se perdit dans le regard sans fond de Flavia. Un éclat de voix dissipa soudain son attention. C'était Goldoni qui s'exclamait :

— Mais oui, bien sûr ! J'ai connu cette comédienne, une certaine Giovanna Casanova, dite Zanetta ou la Buranella car née dans l'île de Burano. Elle jouait le rôle de Deuxième Amoureuse dans une troupe pour laquelle je commençais à écrire. À l'époque, c'était la maîtresse du directeur de la troupe, de l'abbé Grimani, son frère, ainsi que du patricien Baffo.

— Dieu nous délivre des comédiens ! s'exclama quelqu'un.

— Mais pas des comédiennes ! gloussa un autre.

— Depuis, reprit Goldoni, elle a donné le jour à un certain Giacomo Casanova…

Chiara s'enflamma d'un coup :

— J'ai bien connu Casanova à Paris !

Où il était devenu son amant et rival de Volnay.

Volnay pâlit. Se rendant compte de son impair, Chiara rougit. Tout ce trouble n'échappa pas à Flavia qui, d'un air satisfait, s'empara à nouveau de la main du jeune homme.

— Vous apprécierez la suite, dit-elle d'un ton étrange.

Il ne sut pas si elle parlait de confidences à venir ou des plats qu'on servait : un brochet au bleu, de l'esturgeon de Ferrara, de l'agneau servi enrobé d'une panure de mie de pain, des jaunes d'œufs additionnés de parmesan… La cuisson au four et à la flamme semblait le mot d'ordre et de fait la cuisine était plus légère et moins grasse qu'à Paris, évitant graisse et jus.

Sous l'œil attentif de la fille du procurateur, Volnay s'appliquait à manger avec la même aisance que l'assemblée. Par moments, il jetait de brefs regards à Chiara puis à Flavia. Toutes deux si belles. L'une brune, chaleureuse et passionnée. L'autre blonde, distante et glacée. Cependant égales dans la perfection des traits de leur visage.

Il goûta au vin de Scopolo et aux vins de Chypre mais ce ne furent pas eux qui l'enivrèrent le plus. La conversation s'achemina vers les problèmes de Venise. De son côté, Cordolina s'appliquait à n'émettre aucun commentaire sur les sujets politiques.

Grives de Pérouse et oies de Romagne, rôties et bien assaisonnées, se présentèrent encore aux convives. Flavia et Chiara avaient cessé depuis longtemps de manger, Volnay également. Les deux jeunes femmes s'observaient par moments. Le regard de Chiara s'assombrissait de minute en minute tandis que celui de Flavia restait sans expression. Néanmoins, lorsqu'elle se sentait observée du bout de la table, Flavia n'hésitait pas à se montrer plus familière avec Volnay, semblant s'amuser à provoquer Chiara.

Les desserts apparurent sous la forme de palais en sucre, de chocolats, de fraises arrosées de jus d'orange et de délicieux sorbets de lait parfumé : les *papine*.

On servit pour les accompagner d'exquis muscats de Corfou.

L'estomac plein, le voisin de gauche de Flavia, un jeune patricien de la Vieille Maison des Mocenigo, entreprit une cour assidue auprès de la fille de son hôte. Flavia semblait exaspérée par sa conversation et ses compliments. Le premier, le procurateur de Saint-Marc se leva et pria ses invités de passer prendre des digestifs et des rafraîchissements dans le *portego*.

En passant, Cordolina effleura le bout des doigts de sa fille et, comme répondant à un signal, celle-ci se leva et se tourna vers Volnay.

— Je vais prendre le frais, m'accompagnerez-vous, chevalier ?

— Je viens avec vous, dit vivement Chiara que personne n'avait vu venir.

Cordolina la retint courtoisement mais fermement par le bras.

— Restez, Chiara, j'ai à vous entretenir d'un point important.

Volnay leur jeta un regard surpris puis suivit Flavia sur la terrasse. La jeune femme se dirigea aussitôt vers un escalier extérieur qui menait à l'étage supérieur.

— Suivez-moi, lança-t-elle par-dessus son épaule d'un ton sans réplique.

Volnay réprima un sourire.

— Où allons-nous ?

— Voir mon jardin d'hiver, répondit-elle d'un ton suave.

Ne pouvant échapper aux griffes de Cordolina, Chiara jetait des coups d'œil nerveux à l'endroit par où venaient de disparaître Flavia et Volnay. Les deux jeunes gens arrivèrent à un jardin aromatique sur une petite terrasse bien protégée. Des orangers en pot dressaient fièrement la tête et quelques fleurs de saison ornaient de grands vases de terre cuite.

— Il y a ici un climat propice à la croissance des plantes, expliqua Flavia avec une merveilleuse simplicité.

Elle serra ses bras autour de sa poitrine et lui jeta un regard tendu.

— La soirée est fraîche. Entrons, voulez-vous ?

De la terrasse ils passèrent dans une pièce emplie de meubles fins et élégants, à la marqueterie de fleurs, coquilles, volutes et dorures avec des applications de bronze. Aux murs, une série de panneaux décoratifs représentaient un jardin antique envahi de fleurs et de jolies nymphes.

Étrange appartement pour une jeune fille, à moins qu'elle ne reçût ici, pensa Volnay.

— Voilà, fit-elle, nous sommes au calme pour parler.

Flavia s'allongea sur une bergère. Au-dessus d'elle, un tableau attira l'attention du jeune homme. Mollement étendue dans une pose lascive, une Vénus dénudée s'offrait au regard. Toute la sensualité de la chair s'exprimait à travers cette toile. Volnay détourna les yeux.

— Venez vous asseoir près de moi, proposa Flavia.

— Merci, je préfère rester debout.

— Je ne vous inspire guère, on dirait, remarqua la jeune fille souriante et sûre d'elle.

— Au contraire, répondit Volnay avec le plus grand sérieux. Vous m'inspirez les plus grandes craintes.

Flavia rit à gorge déployée. C'était la première fois qu'il l'entendait rire et tout à coup il découvrait une autre personnalité, moins froide et plus humaine.

— Alors, interrogez-moi, proposa-t-elle une fois son sérieux retrouvé. Trouvez mes mobiles, vous les comparerez aux intérêts en jeu de chacun et à mon caractère. Vous partirez ensuite à la chasse au détail qui me perdra !

Un mince sourire aux lèvres, Volnay tira un fauteuil près de la bergère. Il le positionna derrière la jeune femme à demi allongée, si bien qu'elle ne le voyait pas sans tourner la tête mais lui pouvait l'observer et la détailler à loisir des pieds à la tête, et c'est ce qu'il fit. Ses cheveux blonds et fins, aux couleurs d'or et de blé, ornaient ses épaules et son cou mieux qu'un collier.

— Je ne vous surprendrai pas, dit-il, en commençant par vos relations avec votre père. Vous lui êtes indubitablement dévouée et prête à exécuter tout ce qu'il demande. Comme me séduire s'il vous en donnait l'ordre…

— Vous êtes intelligent et droit mais d'une grande naïveté avec les femmes, se moqua gentiment Flavia. Vous ne devriez pas dire ce que vous pensez, surtout si vous pensez juste !

— J'ai bien conscience de ce défaut mais il fait partie intégrante de mes qualités ! ironisa le jeune homme.

Flavia se retourna et l'apprécia d'un regard calculateur. La beauté sombre du jeune homme et sa farouche volonté d'indépendance ne semblaient pas lui déplaire. Et son honnêteté avait quelque chose de reposant dans un monde fuyant et instable. Il y avait toujours quelque intérêt à trouver quelqu'un sur qui on savait pouvoir s'appuyer en toutes circonstances.

— Ne changez rien mais continuez à vous humaniser, dit-elle simplement.

— Je vous servirais bien le même conseil.

Une nouvelle fois, Flavia partit d'un joli rire de gorge.

— Vous et moi, dit-elle enfin, sommes du même bois. Nous nous ressemblons beaucoup. D'ailleurs vous aussi, vous êtes très attaché à votre père, le moine.

Volnay tressaillit.

— Vous savez cela aussi ?

— Il n'y a pas meilleur service de renseignements que celui de Venise, répondit-elle avec une pointe de fierté dans la voix.

— À cette phrase, votre patriotisme se dévoile, observa-t-il.

— C'est bien vu mais continuez quant à mon caractère.

— Vous êtes froide, distante, glaciale, hautaine…

— Merci !

— Un peu trop antipathique à mon goût. Cela peut être le fruit d'une éducation pour faire de vous une jeune fille odieuse et gâtée ou bien…

— Ou bien ?

— La théorie des masques, mademoiselle…

— Appelez-moi Flavia.

— Flavia…

Il prononça son prénom avec une douceur inattendue et la jeune fille, surprise, cilla brièvement.

— J'ai en tête ces masques du théâtre grec antique, reprit pensivement Volnay. Des masques figés en une seule expression exacerbée : la peur, la tristesse, la colère… Peut-être arborez-vous celui de l'odieuse et méprisante jeune patricienne…

Elle n'avait pas bougé d'un pouce. Le regard de Volnay glissa comme une caresse jusqu'à ses chevilles gainées de soie. Leur finesse n'était pas sans rappeler qu'elles étaient le point d'attache des ailes des déesses antiques.

— Je ne vous vois pas, se plaignit-elle, venez près de moi.

Volnay se leva et contourna la bergère pour se trouver face à la jeune femme.

— J'avoue, chevalier, que je vous ai mal jugé au départ et que je ne vous ai pas fait le meilleur accueil que vous étiez en droit d'attendre. Mais je sais reconnaître mes torts et j'ai envie de me racheter. Je peux dès demain vous le prouver.

— Et comment ?

— Je vous le dirai si vous venez vous asseoir près de moi.

Mesurant le danger, le policier vint s'asseoir d'une fesse au bout de la bergère, provoquant un sourire ironique chez Flavia.

— Je connais le moyen de vous aider à avancer dans votre enquête sur les pendus, dit-elle en croisant ses jambes l'une sur l'autre dans un délicieux crissement de soie.

— Les pendus ?

Le commissaire aux morts étranges ne dissimula pas sa surprise.

— Votre père m'a dit cette affaire réglée.

Flavia l'observa d'un œil.

— Elle l'est officiellement.

— Mais…

— Le verdict n'est pas tombé. La Quarantia Criminale a des procédures longues. Et je ne crois pas à la culpabilité de ceux qu'on a arrêtés.

— Qui sont ?

— Des malandrins, répondit nonchalamment Flavia. Des coupeurs de bourses, des contrebandiers. Tout ce que l'on peut faire pour gagner de l'argent rapidement…

— Comment envisagez-vous de m'aider ? demanda Volnay avec circonspection.

— En vous présentant les bonnes personnes. Vous êtes un étranger ici et Venise est une ville secrète et compliquée.

— Et que retirerai-je de tout cela ?

Elle sourit légèrement.

— Beaucoup d'exaltation et une grande réputation !

Frissonnante sur la terrasse, Chiara se mordit les lèvres. Elle avait d'abord attribué l'indifférence affectée de Volnay à son égard à son attachement à une certaine jeune fille à Paris mais il n'en était rien. C'était Flavia qui le déconcertait et l'obsédait !

Elle ne l'aura pas !

Bientôt les deux jeunes gens revinrent. À l'imperceptible détente de leurs corps, Chiara mesura l'étendue de leur rapprochement même si leur comportement l'un envers l'autre n'exprimait encore rien d'équivoque. Ils parlaient toutefois à voix basse comme deux vieux complices d'un endroit où se rendre dans la matinée du lendemain. Chiara sortit de l'ombre et se dressa sur leur chemin.

— Je vous cherchais, dit-elle à l'intention de Flavia en évitant le regard de Volnay.

Puis, d'un ton faussement négligent, elle demanda :

— De quel projet parliez-vous pour demain ?

Sous le regard de Flavia, Volnay se contraignit au silence.

— Je conseillais au chevalier un tour sur l'île de Murano pour admirer notre industrie du verre, dit Flavia.

— Je suppose que vous l'y accompagnerez, fit sèchement Chiara.

— Certes, il lui faut un guide.

— J'irai avec vous.

— Ce n'est pas prévu, répliqua Flavia.

Un silence pesant s'ensuivit, on aurait entendu bâiller une huître. Le regard de Chiara rattrapa Volnay qui s'efforçait de se faire oublier en reculant discrètement pour laisser les deux jeunes femmes face à face.

— Faites ce que bon vous semble, lâcha finalement Chiara d'un ton méprisant.

— Ne vous inquiétez pas, répondit tranquillement Flavia, je vais profiter du séjour à Venise du chevalier pour tenter de lui inculquer quelques rudiments de vie civilisée !

Les rayons du soleil précédant le coucher avaient laissé place au bleu le plus pur avant de se dissoudre dans le noir de la nuit. Le moine se glissa dans la rue, échappant un peu plus loin au contenu des restes d'un pot de nuit qu'une perfide petite vieille jetait par la fenêtre sans souci du passant qu'il était. Cela le fit rire.

Venise bruissait de vie, de mouvements, de plaisirs et de lumières. Il se dirigea vers l'ouest de San Marco où abondaient théâtres, auberges et cafés. Son esprit renouait des liens occultes avec certains lieux. Calle dei Botèri, la rue des tonneliers, celles des savonniers, Saonèri, des blanchisseurs, Lavadori, des épiciers… les fourneaux de distillation de San Provolo vers le pont dei Greci.

Des fils invisibles le ramenaient, tel un moderne Thésée, à des endroits dépositaires de mille souvenirs. Et tout ce qui s'était tapi dans un angle mort de sa mémoire se révélait enfin. Ici, ce banc où il avait tenu sa future femme dans ses bras. Là, la Giudecca et ses jardins, rendez-vous des amoureux…

Il considéra avec indulgence et tendresse l'extravagant gaspillage de beautés de Venise, les petits minois sucrés des Vénitiennes… Ici le cœur ne pouvait s'empêcher de chanter et se dissiper, et l'âme de refleurir comme au printemps.

Soudain le moine retrouva tout ce qu'il avait oublié, quelques-uns des mille trésors de la vie qui font chanter le cœur : la lumière du soir, le rire d'un enfant qui efface soudain la peine, la beauté d'une âme, le regard perçant d'une femme, une mélodie, un air d'opéra, la grâce d'une ballerine, l'esprit de la fête…

Et puis tout à coup, il n'y eut plus ni chagrin ni mélancolie. Une paix profonde l'envahit tandis que de ses poumons s'échappa en un seul souffle toute la noirceur accumulée ces derniers mois.

— C'est tout juste si je n'entends pas les cloches du paradis, grogna le moine.

VI

La comtesse fixait obstinément un point, un bout de corniche qui s'effritait, afin de ne pas affronter le regard de Lelio. D'un coup, elle ressentait jusque dans ses os toute l'humidité qui imprégnait les assises et les murs du vieux palais un peu après l'aube.

— Je me reproche d'avoir étourdiment exposé mon honneur, finit-elle par murmurer.

— Pour un simple baiser ? s'étonna Violetta.

Amarilli baissa le regard sur Lelio pour le contempler avec un mélange d'irritation et d'indulgence.

— Aucun baiser n'est simple en soi. Tes lèvres sont amour et douceur mais…

— Quoi donc ?

— Il faut l'oublier si tu veux rester ici.

— Quatre lèvres forment deux bouches consentantes, remarqua Violetta.

— Lelio, tu divagues…

— Continuerai-je à parler à un cœur de pierre ? Quand donc allez-vous vous abandonner ?

Un sourire triste se forma sur les lèvres d'Amarilli.

— Pauvre enfant, tu as l'âme innocente. Ta jeunesse est encline à la passion mais, comme toute chose, la passion est chose volage.

— Faites-moi l'honneur de considérer que j'ai quelque constance dans mes sentiments, répliqua Violetta.

Le moine but avec plaisir son chocolat tout mousseux. Il y avait pris goût depuis celui servi par Violetta à la Ca'Trissano. Puis il alla retrouver Chiara dans le jardin.

— Vous vous levez tard, remarqua la jeune femme.

— J'ai fait honneur au soleil en le laissant se lever le premier ! Votre souper s'est-il bien passé ?

— Ce fut la pire soirée de ma vie !

— Ah…

Le moine fronça les sourcils.

— Une contrariété ? Vous donnez l'impression d'avoir marché sur quelque mauvaise herbe…

— Si l'on peut appeler ainsi l'attitude de votre fils et de Flavia Cordolina !

— Qu'avez-vous donc à leur reprocher ?

— Un certain rapprochement !

Le moine hocha la tête.

— Je n'ai croisé qu'une fois cette jeune fille glaciale mais elle m'a fait forte impression. Toutefois, mon fils enquête et, pour ce faire, il a certainement besoin de nouer de bonnes relations avec elle.

— C'est chose faite !

Un fin sourire éclaira le visage du moine.

— Cela contrarie-t-il votre orgueil ou votre cœur ?

Chiara eut un mouvement d'exaspération.

— Je comptais lui dissimuler mes sentiments, le temps nécessaire à ce qu'il puisse s'en accommoder. Mais demander à votre fils de l'amour, c'est demander de la laine à un âne !

D'un geste, il l'apaisa.

— Ma chère Chiara, à Paris, vous n'avez su choisir entre Casanova et mon fils. Votre cœur n'était pas sûr de lui à cette époque…

— J'ai choisi, mais trop tard, et après avoir commis

l'erreur de céder à Casanova, dit-elle précipitamment. Votre fils ne l'a jamais accepté.

Le moine hocha la tête.

— Je le crois capable de s'affranchir de ce genre de chose. Il a beaucoup grandi depuis votre dernière rencontre.

Et il pensa aux changements qui s'étaient opérés chez son fils depuis qu'il fréquentait l'Écureuil, une jeune fille de seize ans mais femme depuis longtemps.

Diable ! Il est peut-être temps que je reprenne les choses en main avant qu'il n'arrive quelque catastrophe...

Le retour à la demeure de Chiara s'était effectué la veille dans un silence glacial et la jeune femme n'avait pas répondu à son bonsoir. Au petit matin, Volnay quitta donc rapidement les lieux. Il retrouva Vitali devant la Ca'Trissano où il l'attendait, accompagné d'une jeune femme aux longues jambes et aux manières vives. Volnay la reconnut comme étant Teodora, la contorsionniste de la place Saint-Marc.

— Elle est passée par le cadre de bois que j'ai fait fabriquer, lui apprit Vitali avec satisfaction.

— Alors hâtons-nous, dit Volnay après les avoir tous deux salués. J'ai un rendez-vous à honorer.

Vitali lui jeta un regard surpris puis s'empressa auprès de la contorsionniste. Arrivés à la Ca'Trissano, les deux hommes et Teodora montèrent jusqu'au deuxième étage, celui des domestiques. Ils y croisèrent Violetta qui pâlit à la vue de la jeune femme. Elle se détourna vivement et s'empressa de déguerpir. Teodora de son côté écarquilla légèrement les yeux mais ne dit rien. Volnay, à qui rien n'échappait, fronça légèrement les sourcils. De son côté, obnubilé par les formes gracieuses de la contorsionniste, Vitali semblait n'avoir rien remarqué.

D'un geste prévenant, Vitali invita Teodora à se rapprocher de lui et à se pencher par la fenêtre ouverte.

— Vous allez descendre d'un étage, une corde attachée à la taille, et vous tenterez de pénétrer par la lucarne que vous apercevez en dessous de nous. Si vous n'y parvenez pas, n'ayez crainte, nous vous tirerons jusqu'à nous.

Sa main s'attarda autour de sa taille fine.

— Surtout ne vous acharnez pas si vous ne parvenez pas à vous faufiler par la lucarne, lui conseilla-t-il. Je m'en voudrais de vous voir coincée en si fâcheuse posture.

— Ne vous inquiétez pas, lui répondit-elle fine mouche, j'ai réussi à me faufiler à la naissance par bien plus étroit orifice !

On noua une corde solide à la taille de la jeune femme. D'un bond leste et gracieux, Teodora atteignit la fenêtre. Au passage, son pied frêle effleura à peine les mains croisées tendues à son intention par Volnay.

— Elle est si légère qu'elle marcherait sur des œufs sans les casser ! s'exclama Vitali.

Lui et Volnay se penchèrent aussitôt pour la contempler. La jeune fille glissait littéralement le long du mur comme une araignée, franchissant avec grâce les limites de l'impossible.

— Ne relâchez pas votre prise, ordonna le policier aux trois hommes qui tenaient la corde.

Puis il se précipita, suivi de Vitali, dans l'escalier pour rejoindre la pièce du meurtre où devait réapparaître Teodora.

Arrivé là, Volnay vit la chevelure rousse flamboyante de la jeune fille s'encadrer dans la lucarne.

— À partir du moment où la tête passe, dit celle-ci, tout passe. La tête, c'est la seule chose que je ne peux pas comprimer !

Bientôt un bras la rejoignit puis une épaule. Telle une anguille, Teodora se contorsionna, ramenant un second bras puis, penchée en avant, les mains au mur, tira le reste de son corps avant d'atterrir dans une gracieuse cabriole.

Spontanément, Vitali applaudit.

— La preuve est faite qu'une personne peut passer à travers cette lucarne, déclara-t-il d'un ton satisfait.

— Une contorsionniste, oui, ou un singe…

— Que dites-vous ? s'étonna Vitali.

— Rien. Je pensais tout haut.

Il plissa les yeux et contempla la mince et souple silhouette de Teodora quittant la pièce.

— Allez-vous l'arrêter ? demanda pensivement Volnay.

— Qui donc ?

— Teodora !

— Vous plaisantez ?

— Oui !

Il tourna les talons et, se ravisant soudainement, revint près de Vitali.

— Par acquit de conscience, assurez-vous quand même de l'endroit où elle se trouvait au moment du meurtre du comte !

Violetta vint accueillir le moine dans le *portego* de la Ca'Trissano.

— Comme c'est agréable de vous voir !

Elle l'examina de la tête aux pieds.

— Vous avez meilleure mine, Venise vous fait du bien !

Le moine sourit.

— À petite dose. Trop de beauté tue le regard et trop de plaisir sature notre esprit. Néanmoins, vous avez raison. Cette maudite humeur noire m'avait réduit à l'état de bête. Je suis arrivé ici en me traînant à quatre pattes et, aujourd'hui, je me retrouve debout ! Toutefois…

Il lui jeta un regard soucieux.

— Je vois vos épaules se charger d'un poids de plus en plus lourd et je m'inquiète pour vous.

Violetta baissa la tête.

— C'est Amarilli, les rapports avec elle sont compliqués…

— C'est peut-être que vous en avez trop avec elle. Votre rôle est de jouer l'intendant et non de lui tenir compagnie.

— On me laisse très libre ici…

— Il faut dire que c'est le comte de Trissano qui avait demandé votre frère en tribut pour trois ans et non ses enfants, remarqua le moine.

Ses yeux se plissèrent et mille petites rides de curiosité intellectuelle firent leur apparition tout autour de ses orbites.

— Il est d'ailleurs remarquable que personne n'ait percé votre secret à jour…

Violetta pointa en avant son petit menton.

— Je ne joue pas bien mon rôle ?

— Au contraire mais je sais maintenant pourquoi vous le jouez si bien…

La mâchoire de la jeune fille se contracta mais aucun son ne sortit de ses lèvres.

— Et puis, continua le moine d'un ton rêveur, vous êtes dans un âge si juvénile que parfois les différences s'estompent entre fille et garçon. Seize ans… et déjà si mûre.

— J'ignore pourquoi mon cœur s'est fermé aux hommes et ne bat que pour les femmes.

— C'est ainsi, dit sagement le moine. L'important est qu'il batte pour quelqu'un.

Violetta haussa fièrement la tête et le regarda droit dans les yeux sans ciller.

— J'ai toujours aimé les filles, c'est ainsi et je n'en éprouve aucune honte.

— Il n'y a aucune honte là-dedans, murmura le moine. Simplement, n'oubliez pas que vous êtes travestie en garçon. Amarilli vous voit ainsi.

La jeune fille soupira.

— Certes, mais c'est chose plus aisée pour lui faire connaître mes sentiments avant de dévoiler mon identité.

— Vous jouez là un jeu dangereux, observa gravement le moine. La surprise n'en sera que plus forte.

— Qui ne tente rien n'obtient rien, répondit Violetta d'un ton entêté.

— Oui, mais qui ne se hasarde n'est jamais pendu.

— À quoi pensez-vous donc ? s'exclama-t-elle.

Le moine la calma d'un geste.

— Moins fort, il est plus sage d'éviter d'aborder certains sujets dans cette maison. Vous ignorez à quel point je me fais du souci pour vous.

Violetta eut un sourire ravi et s'empara des mains du moine pour les serrer avec ferveur dans les siennes.

— Nul ne peut rêver meilleur ami que vous !

Une voix résonna soudain derrière eux.

— Quand l'intendance et la religion se rencontrent, cela forme un touchant tableau !

Le moine jeta à Violetta un regard signifiant : *Je vous l'avais bien dit !* Puis il lâcha ses mains, recula d'un pas et fit face au nouvel arrivant. Orazio se tenait devant eux, la mine lasse mais les yeux brillants.

— Je crois, dit Violetta avec un brin d'arrogance dans la voix, que le moine est aussi peu de la religion que moi de l'intendance.

Puis elle quitta fièrement la pièce.

— Voici un jeune homme plein d'esprit, constata Orazio.

Le moine esquissa un mince sourire.

— De l'esprit et de la verve, Lelio en a assurément à revendre ! Puis-je présenter mes hommages à votre sœur ?

— Elle vous accueillera, j'en suis certain, avec grand plaisir.

Le moine retrouva Violetta pour la prier de le conduire à Amarilli. Celle-ci le reçut dans un petit salon de musique où elle semblait s'ennuyer. Aussi, la venue du moine la dérida.

— Mon frère, comme c'est gentil de venir me visiter.

Et elle ajouta d'un ton plus sec :

— Laissez-nous, Lelio.

Violetta jeta un regard songeur au moine et sortit sans un mot. Amarilli soupira.

— Ce jeune garçon manque un peu de manières.

— Il vous est très attaché, cela se voit d'un coup d'œil. Trop, peut-être…

Amarilli se troubla.

— Que voulez-vous dire ?

Le moine la fixa calmement.

— Vous le savez bien.

— C'est vrai qu'il est effronté comme un page de cour !

— Entre autres, sourit le moine.

— Il me regarde beaucoup. Il me détaille même parfois et ses yeux trop souvent s'égarent sur moi.

— Il a ses raisons pour cela…

— Hélas, bel enjôleur, murmura-t-elle pour elle-même, tu n'es pas de ma condition. Mais que dis-je ? Il est de noble lignée, je l'ai même défendu pour cela devant mon propre frère.

Amarilli sembla redécouvrir la présence du moine et rougit.

— S'est-il entiché de moi ? Ai-je par mégarde laissé penser à quelque inclination de ma part ? Ah, je suis bien malheureuse de ce malentendu.

Elle frissonna puis se raidit, semblant prendre une soudaine résolution.

— Allons, j'irai réparer toute ambiguïté et je lui dirai…

— Que lui direz-vous ? demanda doucement le moine car elle hésitait. Que l'honneur d'une vierge passe avant toute chose ?

Amarilli se troubla.

— Je lui dirai…

Son visage se durcit.

— Je lui dirai que le cœur des hommes est bien étrange, qu'il s'emballe et prend le galop mal à propos. Il a l'innocence des enfants, la fougue et la foi de la jeunesse mais il repose, somme toute, sur des assises peu solides.

Le moine lui saisit délicatement la main.

— Je comprends à votre discours que l'on vous a fait souffrir très jeune.

Elle porta la main à sa poitrine palpitante.

— On m'a brisé le cœur, mon frère. On l'a dévasté, piétiné… J'ai juré qu'il ne souffrirait plus…

— Et que les années passent sans que l'on vous touche, vierge farouche, compléta le moine.

— Mon frère ! Comme vous parlez !

— Je ne fais que vous tendre un miroir. Ce n'est pas moi mais votre reflet qui vous met en colère.

Amarilli serra ses mains avec une violence contenue.

— Vous ne savez pas ce que j'ai vécu, les humiliations que j'ai subies… fille de patricienne endettée et voilà que mon soupirant rompt ses vœux à la veille de mon mariage lorsqu'il comprend la véritable situation financière de mon père ! J'ai vécu la honte au front, cloîtrée pour ne pas voir cette belle société m'ignorer…

— La société est une chose, votre cœur une autre. Laissez-le donc s'échapper un peu de la cage dorée où vous l'avez enfermé. Il vous criera bien des vérités…

Tout bas, il ajouta comme pour lui-même :

— J'aurais pu dire ça de moi, il y a peu !

Amarilli se leva d'un bond.

— Toutes ces choses, je ne veux pas les entendre !

Et elle se précipita au-dehors. Violetta, ou plutôt Lelio, entra aussitôt.

— Qu'avez-vous dit à Amarilli ? Elle est sortie toute retournée et m'a lancé un drôle de regard.

Le moine se mordit les lèvres.

— Ma chère enfant, malgré toute l'affection que je vous porte, je ne peux trahir certaines confidences.

— Cela me concerne-t-il ?

— Vous insistez…

— Venez dehors avec moi, décréta Violetta.

Le moine la suivit avec un léger sourire jusqu'à la cour. La jeune fille l'entraîna vers la margelle du puits recouvert d'un couvercle de bronze.

— Écoutez !

Elle pianota dessus comme sur un clavecin et des notes jaillirent, d'abord discordantes puis convergeant vers une harmonie surprenante.

— Vous possédez une âme d'artiste, constata gravement le moine.

— Et vous, vous sentez trop les choses !

Le moine porta ses mains à son cœur.

— En ce moment, je me sens comme une éponge qui s'imbibe des sentiments des autres.

— Voulez-vous que nous retournions à mon jardin secret ?

Le moine acquiesça.

— Oui, j'aimerais bien le revoir.

Dans les *calli*, comme la première fois, elle lui tint la main comme à un père.

— J'ai fait bien souvent un rêve ces derniers temps, dit le moine. Je vous l'ai déjà raconté. Je me noyais mais quelqu'un me tendait une main secourable. Cette main, j'ai compris désormais que c'était la vôtre.

Violetta s'immobilisa.

— Je fais maintenant un autre cauchemar, continua le moine. Cette fois, c'est vous qui vous enfoncez dans l'eau.

La jeune fille frissonna.

— J'ai horreur de l'eau.

— C'est ennuyeux lorsqu'on réside à Venise.

— Lorsqu'on est à Venise, on n'est pas dans l'eau !

— C'est juste…

Ils arrivèrent au jardin sauvage et tout y était comme avant mais, l'humeur noire s'étant dissipée, il le trouva plus beau encore que dans son souvenir.

— J'aime cet endroit plus que tout au monde, murmura Violetta. Il appartient à mon père, savez-vous ? Lui l'a certainement oublié sinon il l'aurait déjà vendu !

Elle se tourna vers le moine.

— Existe-t-il un lieu que vous avez aimé plus que les autres ?

— Oui, le ventre de ma mère. Néanmoins, je ne souhaite pas y retourner.

Violetta sourit faiblement.

— J'aurais dû rester sur les Terres fermes, Venise ne m'a jamais apporté que déception et malheur.

— Vous devriez effectivement quitter cette ville. Vous ne pourrez cacher longtemps votre identité aux enfants du comte de Trissano. Et le commissaire aux morts étranges pourrait bien deviner un jour ce que vous avez fait. Quant à ceux de la Quarantia Criminale, je ne souhaiterais pas vous voir tomber entre leurs mains. En résumé, je brûle d'inquiétude pour vous, petite princesse.

Violetta lui jeta un regard étincelant.

— Jamais encore on ne m'a appelée ainsi. Si j'avais été votre fille, je suis certaine que vous m'auriez admirée et choyée !

— Oh, cela c'est certain, fit le moine ému devant sa détresse.

La jeune fille écrasa une larme.

— On m'a tout volé, mon père, mon enfance, mes rêves de petite fille. J'ai connu fugitivement le bonheur puis il est allé voir ailleurs.

— Étonnamment, constata le moine, vous avez bénéficié de beaucoup de chance depuis que nous avons croisé votre route. Mais la chance est féminine et conséquemment sujette à des caprices. Ne l'usez pas jusqu'à la corde et partez pendant qu'il est encore temps. Lorsque le commissaire aux morts étranges est lancé sur une piste, rien ne peut l'arrêter.

D'un geste nerveux, Violetta arracha une mauvaise herbe.

— Vous oubliez Amarilli, je l'aime et elle a besoin de moi.

— Et quels sont ses sentiments envers vous ?

— Elle me croit acharnée à la courtiser alors que je ne veux que son cœur.

— Elle est troublée par votre jeunesse et la passion de votre amour mais…

Le moine la considéra avec attention.

— Mais qui aime Amarilli ? Est-ce Lelio ou Violetta ?

Ses yeux noirs le fixèrent un instant intensément.

— Violetta… chuchota-t-elle enfin.

Le moine hocha la tête.

— Et qui doit le lui dire ? Lelio ou Violetta ?

— Ah, frère cruel ! Pourquoi me traitez-vous ainsi ?

— Pour vous faire réfléchir. Voyez, je m'avance vers vous à dessein découvert ! On ne peut jouer avec le cœur des gens. Si vous souhaitez lui avouer vos sentiments, il vous faut ôter le masque de Lelio.

Violetta ramena ses genoux contre sa poitrine et les enlaça de ses bras en un geste étrangement enfantin.

— Et que lui dirai-je ?

— *"Vite un baiser, ma toute belle*
Jeunesse passe à tire-d'aile."

Et le moine ajouta plus bas pour lui-même :

— Je sais de quoi je parle…

Violetta prit sa main qu'elle baisa avec dévotion.

— Cher moine, grand merci. Vous avez transformé en or la boue de mon cœur.

— Je ne me rendais pas compte qu'il y eût autant de canaux dans Venise, murmura Volnay.

Il avait rejoint Flavia à l'heure prévue dans son palais et, sans plus attendre, les deux jeunes gens avaient embarqué sur une gondole. Celle-ci filait tout droit puis, soudain, tournait à angle droit, poursuivait son chemin avant de se serrer brusquement sur le côté, dans un étroit *rio*, pour éviter une collision, sans que ses passagers ne soient le moins du monde bousculés.

— À pied, je me perds encore dans Venise, répondit Flavia. Sur l'eau, jamais.

Il la contempla. Le vent jouait avec sa chevelure, déployant des reflets inattendus dans sa blondeur d'origine. Elle s'aperçut de son attention.

— Désirez-vous une relation avec moi ? demanda-t-elle d'une voix tranquille.

— Pas le moins du monde.

Elle lui jeta un regard froid.

— Vous en manifestez pourtant tous les signes.

— Vous vous trompez, je vous l'assure.

Ils s'enfoncèrent dans les canaux intérieurs au milieu des chants et des accents des guitares. De petits plongeons signalaient des rats se jetant à l'eau pour traverser le *rio*. Les vieilles maisons aux murs humides et aux pieds crevassés par l'eau saumâtre se succédaient, leurs façades lépreuses parfois illuminées par un rai de lumière. Au-dessus de leurs têtes, le linge séchait et les chats s'assoupissaient sur les balcons ou les rebords des fenêtres.

Un pont très bas se présenta. Instinctivement, Volnay rentra la tête dans les épaules puis considéra avec inquiétude le gondolier debout, une jambe en avant. Au dernier moment, celui-ci plia le genou et se baissa, son crâne effleurant la voûte.

Flavia aurait pu porter un masque que le résultat aurait été le même : un visage de pierre. Étrangement beau, constata toutefois le jeune homme en admirant sa blondeur et le bleu immense de ses yeux. Il sursauta. Elle lui avait pris la main. Ce n'était pourtant pas un geste de rapprochement. La gondole glissait harmonieusement mais les canaux se faisaient plus étroits et les rires et les chants augmentaient sans qu'ils puissent entrapercevoir autre chose que des formes indistinctes. Et voilà, alors qu'il était perdu dans ce labyrinthe d'eau, qu'elle lui bandait les yeux et qu'il la laissait faire.

— Vous ne devez pas savoir où nous allons, expliqua-t-elle.

Elle se tenait derrière lui et il sentait près de son cou son souffle s'accélérer au rythme du sien. Était-ce de la peur ou de l'excitation ? Soudain, d'un geste très naturel, elle prit ses deux mains dans les siennes, dans son dos, et les serra très fort.

— Tu me plais, dit-elle sourdement.

Le cœur de Volnay battit plus vite mais il ne réagit pas. Soudain, elle retira une de ses mains. Un instant après, il sentit le contact d'une corde autour de ses poignets. Il voulut les retirer mais déjà le nœud avait coulissé. Adroitement, elle acheva de lui lier les mains.

— N'essayez pas de résister ou de nous faire chavirer, conseilla-t-elle d'une voix égale. Nous savons nager mais cette possibilité vous est provisoirement ôtée.

L'instant d'après, il sentit une boucle enserrer ses pieds. Une brève traction et le nœud se referma. Cette fois, il tenta de se débattre mais, d'une simple poussée, Flavia le fit choir au fond de la barque et s'assit sur lui. Rapidement, elle fit le tour de ses chevilles pour le lier plus étroitement. Il ouvrit la bouche pour appeler à l'aide mais elle se retourna souplement et bientôt un bâillon de soie étouffa ses cris. Une sueur froide lui glaça les tempes. En une minute, à elle seule et sans aide, Flavia venait de le réduire à l'impuissance et Volnay se demandait encore comment il avait pu en arriver là.

La rage l'emporta. Il rua, frappant des pieds au-devant de lui. Elle l'évita et s'agenouilla, pesant de tout son poids sur lui, lui coupant le souffle. Une nouvelle corde relia ses mains et ses pieds, très court. Désormais, il ne pouvait même plus se débattre.

Elle ne bougea plus sur lui et finalement son corps gracile n'était pas si lourd que cela. Ses pieds enserraient sa taille comme si elle montait un étalon et, dompté, il acceptait sa suprématie. Il laissa se calmer les battements de son cœur et, bientôt, il ne sentit plus que la caresse froide d'une soudaine averse sur son visage.

— N'ayez crainte, fit la voix étrangement douce et harmonieuse de Flavia à son oreille. Fiez-vous à moi. Il ne vous arrivera rien. Le moment venu, taisez-vous et écoutez.

Il sentit la gondole toucher le quai. Deux hommes descendirent dans l'embarcation et le soulevèrent comme un fétu de paille. Ils s'engouffrèrent rapidement dans une *calle* étroite car, à plusieurs reprises, il sentit ses pieds et son crâne effleurer les murs. Une porte grinça, on descendit des escaliers jusqu'à une cave humide où il respira des effluves de pommes et d'épices. On l'assit sur une chaise et on lui retira d'un geste sec son bandeau.

Volnay cligna des yeux. La tête recouverte d'un large chapeau, un homme se tenait dans l'obscurité, entre lui et la porte. Pour l'instant, il contemplait un rai de lumière que laissaient passer les carreaux d'un soupirail, semblant s'étonner de cette présence dans un endroit aussi clos. Lorsqu'il releva la tête, Volnay aperçut un visage teinté par le soleil, couleur vieux cuir tanné, et il sut tout de suite à qui il avait affaire. À présent, l'homme ne le quittait plus des yeux et, même si son humeur semblait cordiale, il conservait la posture nonchalante d'un prédateur au repos.

— Finissons-en, maintenant, gronda Volnay. Saignez-moi une bonne fois qu'on en termine !

L'autre fit deux pas en avant. Il semblait glisser sur le sol sans bruit et avec des mouvements d'une grande fluidité.

— Allons, commissaire, dit-il en bon italien, si nous voulions vous tuer, je ne serais pas à converser avec vous.

— Il suffisait de m'inviter.

L'autre eut un sourire sardonique.

— C'est que voyez-vous, chevalier, en général les honnêtes gens refusent mes invitations.

— Je suis un homme curieux, peut-être aurais-je accepté la vôtre.

— Et les *confidenti*, les sales petits indicateurs du Conseil des Dix, vous auraient suivi jusqu'à moi !

— Qui êtes-vous ? grogna Volnay.

— Je suis officier de la courte épée, à savoir coupeur de bourses et c'est là le moindre de mes défauts !

— Que voulez-vous ?

— Vous parlez d'une affaire trop vite classée.

— Celle des pendus ?

Le malandrin apprécia.

— Oh mais vous comprenez vite ! Quatre cadavres qui se balancent sous les ponts et l'on arrête la moitié de ma bande pour lui mettre ces crimes sur le dos.

— Ce n'est pas le cas ?

L'homme se pencha sur lui. Son visage buriné se plissait comme un vieux parchemin lorsqu'il souriait. Un sourire qui, toutefois, n'atteignait jamais les yeux.

— Regardez-moi en face. Ai-je l'air d'un homme qui s'amuse à pendre sous les ponts de Venise des hommes qu'il aurait occis alors qu'une pierre au cou dans la lagune résout tous les problèmes ? Pourquoi risquer de se faire prendre et attirer l'attention de toute une ville sur moi ?

Il secoua la tête avec accablement.

— Non, décidément, ce serait gâcher le métier !

De nouveau, son regard sembla irrésistiblement attiré par le rai de lumière comme s'il n'admettait pas cette intrusion dans son territoire mais se réjouissait également de contempler quelque chose qu'il ne voyait que rarement, lui, l'homme de l'ombre.

— Je ne prétends pas à la sainteté, reprit-il, d'ailleurs qu'il est heureux celui qui n'a pas le cul galeux ! Mais ma bande est innocente de ces pendaisons.

— Et alors ?

— Je veux que vous trouviez le coupable de ces meurtres !

Ligoté comme un poulet destiné au marché, Volnay ne pouvait hausser les épaules mais conservait la faculté de secouer la tête.

— Je suis occupé, j'enquête sur le meurtre du comte de Trissano.

— Oh, celui-là ?

L'autre cracha par terre.

— Il est bien plus heureux là où il est qu'entre les mains d'un usurier comme Dal Colvino.

— Le mariage de son fils avec Flavia Cordolina l'aurait remis à flot.

— Si ce mariage avait eu lieu, remarqua le bandit d'un ton sarcastique.

— Aurait-il pu être remis en question ?

L'autre le regarda pensivement.

— Qui peut le dire ? En mariage, seules comptent la dot et l'alliance, mais en amour, il faut bien ajouter quelques sentiments.

— Si tant est que Flavia Cordolina puisse en éprouver.

Un moment, Volnay crut que l'autre allait le frapper mais il se contint.

— Vous devriez parler avec plus de respect d'une noble dame.

Il fit quelques pas dans la pièce, soulevant un léger nuage de poussière que le rai de lumière sembla emprisonner dans une cage dorée.

— Allez-vous mener cette enquête sur les pendus ? demanda-t-il d'un ton rendu inquiétant par sa douceur.

— Oui, répondit Volnay, mais par où commencer sans l'aide des autorités ?

Le chef de bande haussa nonchalamment les épaules.

— Vous êtes un policier, lorsque quelqu'un meurt, sur qui enquêtez-vous en premier lieu ?

— Sur ses proches.

— Voilà, c'est ça. Sur ses proches !

Il marqua une pause.

— Quant à la mort du comte de Trissano, je n'ai qu'un conseil à vous donner : gardez-vous loin de la Ca'Trissano pour votre propre sécurité ! Je ne pourrai veiller sur vous à l'intérieur du palais.

— Veiller sur moi ?

Le Vénitien rit avec dédain.

— Diable, oui. La moindre des choses si vous menez cette enquête serait d'assurer vos arrières. Venise n'est pas une ville sûre pour tout le monde…

— Ne vous inquiétez pas pour moi, je suis armé et dangereux.

L'autre jeta à Volnay, ficelé sur sa chaise, un regard ironique.

— Ne le prenez pas mal, monsieur, mais vous ne venez pas de m'en administrer la preuve la plus flagrante !

Volnay évita de répondre. Le malandrin redevint sérieux.

— Je vais partir et trois de mes hommes viendront vous détacher. Ils vous conduiront les yeux bandés jusqu'à votre gondole où vous retrouverez dame Flavia. Je vous demande de ne pas tenter d'enlever votre bandeau, sinon mes hommes seront obligés de vous poignarder, ce qui n'est pas souhaitable. Ai-je votre parole ?

— J'aime bien savoir à qui je la donne, murmura doucement le Français. Puis-je connaître votre nom, monsieur ?

— Non, monsieur.

— Tant pis, je vous la donne quand même.

Le brigand s'inclina brièvement.

— Je vous en remercie.

Tout à coup, il sembla se rappeler quelque chose.

— Ah oui, encore un point… N'en voulez pas à

dame Flavia pour ce guet-apens. J'ai posé mes exigences pour vous rencontrer.

— Je n'en veux à personne, dit prudemment Volnay. Et je garderai cet entretien strictement secret.

— Parfait ! Vous êtes homme d'honneur à n'en pas douter ! Vous direz à dame Flavia que nous vous avons traité avec tout le respect possible en de telles circonstances.

— Ne vous inquiétez pas, je le lui affirmerai !

Une étrange sérénité s'était emparée de Volnay. Il venait de comprendre que jamais sa vie n'avait été en danger parce que Flavia ne l'aurait pas permis.

— Puis-je vous poser une question ? demanda Volnay.

— Je vous en prie, répondit l'autre avec une politesse exquise.

— Que pensez-vous de Vitali ?

— Vitali ?

L'autre éclata de rire.

— Il rompt des lances dans le cul des vaches !

— Puis-je avoir confiance en lui ?

— Pas plus qu'en un autre !

Le Français sourit.

— Puis-je me permettre encore une question ?

Cette fois, l'autre fronça les sourcils.

— Une dernière, répondit-il d'un ton soudain plus sec.

— Je ne vois pas bien le rapport entre la Ca'Cordolina et vous…

L'homme prit la remarque très au sérieux.

— Ici, voyez-vous, tout est question d'équilibre et chacun a besoin de l'autre, quel qu'il soit, à un moment donné de sa vie. C'est la grande force de Venise, à travers les siècles, de ne pas l'avoir oublié.

Seule la solidarité nous a permis de continuer d'exister…

Les yeux bandés, Volnay se laissa docilement reconduire à la gondole. On l'abandonna sur le quai, le bandeau encore sur les yeux. Le bruit léger de talons se fit entendre et l'atmosphère autour de lui bruissa soudain d'un mouvement fluide. Flavia lui rendit la vue et se recula. Son regard insondable s'attardait sur lui comme pour juger de ses dispositions.

— Vous ne manquez pas d'aplomb de m'avoir attendu ! éclata Volnay.

La jeune femme sembla surprise.

— Je ne vois pas pourquoi.

— Et de faire comme si rien ne s'était passé ! Jamais je n'ai vu une telle scélératesse !

— Je ne comprends pas, dit Flavia.

Et elle semblait sincère.

— Je vous aide dans votre enquête en vous ménageant un rendez-vous secret, expliqua-t-elle patiemment. Ceci nécessite un certain nombre de précautions. Vous avez compris pourquoi désormais.

— Vous auriez pu m'en parler !

— Bien sûr que non, c'était la condition…

— J'ignorais que, chez les Cordolina, on fréquentait les brigands, dit-il sèchement.

— Certains ont leur utilité.

Soudain songeur, le regard de Volnay s'égara sur l'étrange jeune femme.

— Décidément, vous me surprendrez toujours.

Flavia leva un menton provocant.

— Avouez que vous aimez cela !

Le jeune homme tressaillit.

— Pas autant que vous le pensez. J'aime savoir où je mets les pieds et même si je dois les y mettre !

Flavia haussa les épaules.

— Vous faites une montagne d'une fourmi. Tout cela pour un rendez-vous secret avec un chef de bande.

— Ou peut-être votre amant !

Sans se départir de son impassibilité, elle le gifla.

— Vous avez la langue bien grasse, je ne peux le tolérer.

Elle tourna les talons et s'enfonça dans les *calli*. La joue en feu, Volnay hésita un instant, tiraillé entre des sentiments divers. Finalement, il hâta le pas pour la rejoindre. Comme si elle ne venait pas de le frapper, elle lui demanda tout naturellement :

— Par quoi commençons-nous ?

— Pardon ?

— Votre enquête sur les pendus.

Il lui prit fermement le bras pour l'arrêter et la considéra longuement, partagé entre l'indignation et l'admiration tant elle avait de constance dans son arrogance.

— Avez-vous donc de la glace dans les veines ? s'exclama-t-il.

Elle fixa sur lui un regard transparent.

— Les deux derniers pendus sont des vagabonds sans toit ni identité, dit-elle en ignorant sa question. Les deux premiers sont des gens de bonne famille. Le premier pendu s'appelle Della Capelecci, son père appartient à une Vieille Maison qui fait preuve de beaucoup de générosité envers le Pio Ospedale della Pietà.

— Qu'est-ce ?

— Un orphelinat mais aussi une sorte de conservatoire de musique recueillant de jeunes orphelines et où l'on forme les plus douées au chant et aux instruments…

— Ah, oui. C'est vrai.

Volnay cligna des paupières. Le soleil se réfléchissant sur les toits semblait cuire les tuiles. De cette fusion naissait une teinte éblouissante pour les yeux.

— Le second était le fils d'un contremaître de l'Arsenal, continua Flavia d'un ton monocorde. Un homme très apprécié.

— Et ils ont été tués dans l'ordre que vous mentionnez ?

— Oui.

— Étrange, fit-il. Pourquoi terminer par des vagabonds ?

— Et nous, par quoi commençons-nous ? s'impatienta Flavia.

Volnay réfléchit.

— Lorsqu'on tue en série, le second meurtre est souvent le plus intéressant. L'auteur du crime a peaufiné sa technique. De plus, il se peut qu'il entende dissimuler au milieu d'autres meurtres sa véritable cible si tant est qu'il en ait une seule. Où sommes-nous ?

— Sextier de Castello.

— L'Arsenal n'est pas très loin. Je parlerais bien au père de la seconde victime.

— Alors, suivez-moi !

Les talons des souliers de Flavia résonnaient sèchement sur les pavés. L'étroitesse des *calli* amenait une proximité inattendue, leurs épaules ou leurs bras s'effleurant ou se touchant par moments.

— Flavia ?

— Oui ?

— Vous m'avez dit quelque chose dans la gondole.

— Ah, je vois.

Elle s'arrêta de marcher et lui fit face.

— Je ne pensais qu'à vous troubler afin que vous soyez moins attentif et pouvoir vous prendre par surprise. Vous ne vous seriez pas laissé attacher sans réagir et il valait mieux que ce soit moi que d'autres, moins délicats et plus brutaux, qui s'en occupent.

La logique de la jeune femme semblait ne jamais pouvoir être prise en défaut.

— Désolée, reprit-elle d'un ton neutre, vous ne me plaisez pas plus qu'un autre. Et d'ailleurs, si cela avait été le cas, je ne vous l'aurais pas dit.

Elle déchiffra une lueur d'incompréhension dans le regard de Volnay.

— Mais dans quel monde vivez-vous ? s'exclama-t-elle. Vous savez bien que les femmes taisent ce genre de choses pour ne pas donner à l'homme le sentiment que la chose soit facile.

— Les masques…

— Pardon ?

— Nous nous cachons tous derrière des masques…

— À Venise plus qu'ailleurs, et ceci au propre comme au figuré. Mais vous ne le découvrez pas aujourd'hui, n'est-ce pas ?

Elle reprit son chemin et il dut hâter le pas pour la rattraper.

— Cela n'a pas l'air d'être la voie la plus courte.

— Il faut apprendre à perdre son chemin à Venise pour en savourer tout le charme, répliqua-t-elle amusée.

Mais elle savait parfaitement où elle allait. Elle les mena à San Giovanni dei Cavalieri di Malta. Corte Nova, elle lui prit la main pour diriger ses pas sur une pierre de marbre rose de Vérone qui portait bonheur.

— Encore que, précisa-t-elle, certains prétendent qu'elle a l'effet contraire !

Le soleil éclaboussait la ville de lumière et l'œil se jouait des dégradés d'ombres. Ils ne tardèrent pas à découvrir l'Arsenal, cerné de tours et de hautes et sévères murailles. Les lions de l'Arsenal montaient la garde. L'un d'eux, qui décorait auparavant le port grec du Pirée, portait de curieuses inscriptions que nul à Venise n'avait pu déchiffrer lui apprit Flavia.

— J'en parlerai au moine, plaisanta Volnay.

Même en ces temps de déliquescence où l'Arsenal n'était plus que l'ombre de ce qu'il avait été, n'y pénétrait pas qui voulait. Mais être accompagné par la fille d'un procurateur de Saint-Marc nommé Cordolina semblait ouvrir les portes comme par magie.

L'Arsenal était une immense place comprenant bassins d'amarrage, ateliers couverts et grands hangars. Tous les corps de métiers y étaient représentés avec une scierie, une corderie, une voilerie, une forge, une armurerie et une poudrière tandis que des fours produisaient le biscuit de mer pour les équipages. Les cales sèches, ouvertes ou couvertes, pouvaient accueillir jusqu'à cent vingt galères armées. Ici, on assemblait en un jour un grand bateau et l'on forgeait canons, mortiers et boulets pour l'équiper.

L'endroit ressemblait à une termitière. Charpentiers, menuisiers, radoubeurs, tresseurs de cordage, calfats, artisans de rames et mâts de bateau se mouvaient dans un désordre apparent alors que chacun accomplissait exactement la charge de travail qui lui était dévolue. Les maîtres charpentiers construisaient l'ossature et le carénage, les calfats chevillaient avant de couler chanvre et goudron puis de clouer et fixer le tout par des boulons de bois.

Flavia parla à un homme dont la seule fonction semblait être de regarder les autres travailler, chose qu'il avait déjà remarquée à maints endroits et qui semblait promise à se reproduire au cours des siècles. Celui-ci alla chercher son supérieur à qui Flavia se présenta. Elle lui parla, désigna d'un geste discret le commissaire aux morts étranges et termina en posant un doigt sur ses lèvres. L'homme se gratta la tête d'un air embarrassé, jeta un regard lourd à Volnay puis haussa les épaules en signe de capitulation.

Lorsqu'il fut parti, Flavia revint vers le policier qui l'interrogea avec curiosité.

— Que lui avez-vous dit ?

— Je lui ai demandé d'aller chercher notre contremaître, que vous étiez un homme important et, pour finir, que mon père lui en serait reconnaissant. Je crois que ce dernier argument a plus porté que le précédent.

Bientôt, l'homme qu'ils souhaitaient rencontrer les rejoignit. Des cheveux hirsutes semblaient collés de chaque côté de son crâne. Ses bras démesurément longs pendaient le long de son corps sans qu'il sache qu'en faire. Il les salua maladroitement et se présenta comme un maître charpentier.

— Voulez-vous visiter un peu l'Arsenal ? proposa-t-il.

Volnay acquiesça et l'autre parut soulagé.

— Pour un gros bateau comme la *galeazza*, dit-il, nous assemblons soixante mille pièces. Pour une petite *galea*, quinze mille.

Il caressa amoureusement une planche. Sous ses doigts, le bois paraissait une peau de femme.

— Du noyer vieilli six à sept ans puis taillé en planches pour les timons des bateaux, précisa-t-il.

Il leur expliqua qu'on faisait pousser les chênes d'Asolo et de Montello courbés, à l'aide de cordes, afin de leur faire prendre la courbure des bateaux dont ils constitueraient l'ossature. Quant au rouvre, il naissait et croissait pour finir en coques et bordés. Une fois coupé, il serait mis à vieillir comme un bon vin, des années durant, avant d'être taillé et monté en pièces par les maîtres charpentiers et les menuisiers. Il leur raconta ensuite les rames prélevées dans le hêtre, les mâts des bois de la Carnia taillés sur place puis transportés en lente procession sur des chars à bœufs.

Flavia et Volnay écoutèrent patiemment, voire avec intérêt. Le contremaître tint à leur montrer les corderies de l'Arsenal. Volnay fut impressionné par l'art de faire les cordes. On accouplait chaque bout de corde avec une grande roue motrice à l'intérieur de laquelle des hommes marchaient debout.

— Un instant, je vous prie.

Il les laissa pour aller saluer un homme occupé à donner des ordres. Flavia en profita pour se pencher vers Volnay.

— La corderie est une science fascinante, ne trouvez-vous pas ?

Volnay se souvint de la manière rapide et efficace dont elle lui avait lié pieds et poignets.

— L'art de faire des nœuds également, non ?

Elle lui jeta un regard étincelant.

— N'est-ce pas excitant de se sentir pieds et poings liés, entièrement à la merci de l'autre ?

— Quel esprit malade vous habite !

Mais il ne pouvait pas détacher les yeux d'elle, fasciné malgré lui par ce puits insondable de beauté et son absence de moralité. À elle seule, Flavia incarnait une espèce de perfection.

Leur guide revint enfin. Volnay se décida à lui parler de son fils. Le maître charpentier écrasa une larme.

— Mon fils était un gentil garçon. Il ne buvait pas, ne jouait pas et allait à l'église. Il tenait à entrer à l'Arsenal comme moi. Oh, pas pour construire mais pour concevoir car il avait fait des études poussées.

Volnay le fit encore parler mais soit le père ne connaissait pas son garçon, soit celui-ci était le fils rêvé, sans défaut ni mauvaise fréquentation.

Le soleil de midi brillait dans le ciel lorsque Flavia et Volnay sortirent de l'Arsenal. Ils évitèrent les *bastioni*, des débits de vins de mauvaise qualité où des ouvriers engouffraient des croûtons de pain recouverts de tranches de lard grillé et s'arrêtèrent dans une auberge heureusement nommée : “Alle Due Ganasse”, “Aux Deux Mâchoires”. Là, Flavia considéra le jeune homme avec attention.

— Mon père vous avait recommandé de quitter Venise, pourquoi n'en avez-vous rien fait ?

— Parce qu'il me l'avait recommandé !

Flavia eut un petit sourire voilé.

— À Paris aussi, vous ne faites jamais rien de ce que l'on vous dit ?

— J'en ai bien peur.

— Vous ne tenez compte ni des ordres ni des interdictions ?

— Non.

— Comment faites-vous ?

— Il me suffit de passer outre.

La jeune femme laissa fuser un rire perlé. On leur servit des salades aillées et du riz au mouton fumé accompagnés de petits pains briochés. Flavia mâchonna distraitement sa salade avant de piocher avec parcimonie dans son riz.

— Vous ne vous nourrissez pas assez, remarqua Volnay.

La jeune femme s'arrêta brusquement de manger et le regarda fixement.

— Voulez-vous dire par là que vous me trouvez trop maigre ?

— Euh, mais non, pas du tout, se défendit Volnay.

— Je n'ai d'ailleurs que faire de vos avis !

Elle prit un air boudeur et repoussa son assiette.

— Désirez-vous un peu de vin ? demanda prudemment le jeune homme.

— Oui, commandez-moi donc un verre de vin de Vicence.

L'amusement à peine caché de Flavia le rassura et il appela l'aubergiste.

— N'êtes-vous donc pas impatient de retrouver votre Chiara ? demanda soudain la Vénitienne avec un sourire assassin.

— Ce n'est pas *ma* Chiara.

— Vous vous êtes pourtant battu en duel pour elle…

— Vous savez cela aussi ? s'exclama Volnay interloqué.

Flavia leva fièrement la tête.

— La puissance militaire de Venise a considérablement décliné mais elle conserve toute la subtilité de sa diplomatie et l'efficacité de son système de renseignements. Aussi, votre combat contre un Casanova pour une Chiara d'Ancilla, tous deux résidents temporaires de Venise, n'est pas passé inaperçu. Votre charge de commissaire aux morts étranges a attisé également notre curiosité. Les plénipotentiaires vénitiens observent toujours attentivement ce qui se passe autour d'eux à l'étranger et écrivent beaucoup à ce sujet.

Elle l'enveloppa d'un regard pénétrant.

— Ainsi, je vous connaissais bien avant votre venue à Venise. Une question cependant reste entière pour moi. Pourquoi un homme de votre qualité s'échine à jouer au policier ?

Les yeux de Volnay brillèrent d'une flamme soudaine.

— Il n'y a rien de plus beau dans notre monde que la recherche de la vérité. Et lorsqu'elle surgit des ténèbres, c'est pour moi un moment de grande joie et d'espérance.

La Vénitienne soupira et eut une moue enfantine.

— La vérité, ça ne dure jamais que quelques secondes et ça met tout le monde mal à l'aise.

Les yeux perdus dans le vide, indéchiffrables, Flavia semblait s'être changée en statue de pierre. Volnay la contempla avec étonnement puis termina sans hâte son assiette.

— La vérité lave le monde de toutes ses saletés, reprit-il alors comme s'il n'avait pensé qu'à cela ces dernières minutes. Pendant quelques instants, on regarde l'humanité comme si elle était redevenue propre.

Flavia secoua la tête dans un mouvement d'agacement.

— La vérité cause souvent bien plus de désordre que le mensonge.

Elle l'observa à travers ses paupières mi-closes.

— Dites-vous toujours la vérité lorsque vous prenez une femme dans vos bras ?

Volnay se figea soudain.

— Votre préoccupation est sans fondement, répondit-il après un long silence.

— Qui vous dit que je m'en préoccupe ? rétorqua Flavia en se levant.

De nouveau, les *calli* les engloutirent. Ils débouchèrent dans un carré de lumière. La jeune femme commenta nonchalamment :

— Voici l'église San Giovanni in Bragora.

Le sottoportego dei Preti, un tunnel aménagé entre les maisons, reliait la salizada del Pignater à la calle del Pestrin. Au-dessus de l'arche ouvrant sur la *salizada*, un petit cœur en brique rouge retint l'attention de Volnay.

— Qu'est-ce que ceci ?

— Un cœur en souvenir de l'histoire d'un pêcheur tombé amoureux d'une sirène.

— L'histoire finit bien ?

Flavia jeta sur lui un regard voilé.

— Non, car finalement le pêcheur n'accepte pas sa femme comme elle est réellement.

Volnay la fixa intensément.

— Il a bien tort !

— Néanmoins…

Elle hésita. Puis, d'une voix plus faible, elle ajouta :

— Toucher le cœur porte bonheur en amour…

— Décidément, ironisa Volnay, tout porte bonheur dans votre ville. J'ai déjà marché sur une dalle censée m'accorder félicité et…

— Eh bien, n'en faites rien. Vous me questionnez, je vous réponds. Voilà tout.

Elle lui tourna brutalement le dos, reprenant son chemin sans plus se soucier de lui. Un instant surpris, Volnay s'assura que Flavia ne regardait pas derrière elle et toucha discrètement le cœur avant de rejoindre la jeune femme.

— Je sais que vous l'avez fait ! dit celle-ci.

— Vous rêvez ! répondit Volnay.

Mais un fin sourire ornait le visage de Flavia tandis que les deux jeunes gens marchaient côte à côte sans plus mot dire, en évitant soigneusement de se regarder.

Petite âme anxieuse et jalouse, Chiara avait guetté des heures durant le retour du commissaire aux morts étranges. Lorsque celui-ci daigna rentrer en début d'après-midi, l'accueil qu'elle lui réserva fut moins que glacial.

— Où donc étiez-vous ?

— À l'Arsenal.

— Tiens donc, je vous croyais à Murano, en train d'admirer les créations de nos maîtres verriers.

— J'ai eu besoin d'aller à l'Arsenal.

— Pourquoi ?

— Pour mon enquête, répondit Volnay avec patience.

— Et après ?

— J'ai déjeuné dans une auberge.

— Avec Flavia ?

— Oui.

Chiara lui jeta un regard de feu.

— Comment osez-vous me dire cela d'un ton aussi tranquille ?

— Chiara, dit Volnay en s'agaçant. J'étais en compagnie de Flavia, pas dans ses bras ! Si tant est que cela vous ait effleuré l'esprit…

— Me prenez-vous pour une gourde ? Me croyez-vous aveugle ? Flavia use de tout son art pour vous gagner.

— Quand bien même en serait-il ainsi, et ce n'est pas le cas, me croyez-vous sans résistance ?

Chiara baissa les yeux.

— Oui.

Elle releva la tête. Son regard bouillonnait d'indignation.

— J'ai appris à vous connaître, vous, les hommes. Un rien vous émeut chez une femme, un sourire est pris comme une invitation, un regard comme une preuve d'amour et lorsque vous avez cueilli le fruit convoité, vous vous en détournez… Mais nous, une fois que nous nous sommes données à vous et que vous avez brûlé notre cœur, que nous reste-t-il sinon du chagrin et des regrets ?

Embarrassé, Volnay se défendit.

— Je ne vous ai rien volé à Paris, tout au plus un baiser et celui-ci me semblait partagé. Ensuite…

— Ensuite, s'écria Chiara les larmes aux yeux, j'ai commis une faute. J'étais jeune, Casanova m'a étourdie. Devrais-je me rendre à genoux à Saint-Jacques-de-Compostelle pour me racheter ? Faut-il que je me jette à vos pieds pour obtenir votre pardon ? La constance de mon inclination pour vous devrait vous faire réfléchir mais il n'en est rien. Vous m'avez effacée de votre cœur.

— Ne croyez pas cela.

Il effleura des doigts un buste de marbre.

Caresse-moi comme tu caresses ce buste et tu verras comme je réagis, pensa-t-elle fugitivement.

— J'ai quelqu'un à Paris à qui je tiens, je vous l'ai dit.

Chiara pinça les lèvres.

— Cela ne vous a pas empêché de m'embrasser.

— Vous y êtes pour quelque chose ! se défendit Volnay.

Indignée, Chiara se leva.

— Vous êtes bien un homme ! Toutes vos fautes sont les nôtres et non les vôtres ! Et il en sera ainsi pour tous les siècles à venir !

Volnay ne put s'empêcher de sourire. C'était dans ses révoltes qu'il retrouvait la vraie Chiara, celle qui avait fait battre son cœur à Paris. Pas dans la femme du monde qui faisait la *conversazione* avec Goldoni.

Il se leva.

— Où allez-vous ? s'enquit Chiara.

Volnay passa une main pensive sur son menton imberbe.

— On m'a parlé d'un vieux juif dans le Ghetto. Je dois le rencontrer.

— Pourquoi ?

— Pour qu'il me parle de l'eau car, n'en doutez pas, toute cette histoire tourne indubitablement autour de cela !

VII

Loin des élégantes arcades de marbre et des piliers cannelés aux chapiteaux corinthiens, il se perdit dans le labyrinthe du Cannaregio, ces rues qui ne menaient nulle part, aboutissant parfois à une cour fermée, un cloître ou simplement un *rio*. Un ciel plombé révélait la décrépitude des façades parfois ranimées par la chaleur du *cotto*, rouge brique. Et partout son regard croisait des sculptures, des reliefs déroulant leur bestiaire oriental ou leur Christ, leur madone, leurs anges…

À un moment, il faillit tomber à l'eau en franchissant un pont sans parapet. Le soleil cognait. La douceur ombreuse des porches dissimulait à peine la présence de prostituées, la poitrine découverte et la pointe des seins rehaussée de rouge.

Il s'arrêta à une *bottega*, tant pour demander son chemin que pour déguster un de ces cafés d'Orient, moulu de frais, que les cafetiers vénitiens savaient préparer mieux que quiconque.

On avait confiné les juifs au sein d'une île encastrée dans Cannaregio, le Ghetto auquel on adjoignit plus tard le vieux Ghetto. L'origine de ce nom venait des fonderies installées dans ce quartier et du verbe *gettare*, signifiant littéralement “fondre”. Deux ponts amenaient au Ghetto et de lourdes grilles de fer interdisaient l'accès au quartier, une fois la nuit tombée.

Dans cet endroit, le manque d'espace avait contraint les maisons à s'élever plus haut que de coutume à Venise, atteignant jusqu'à sept ou huit étages, une hauteur vertigineuse. Les fenêtres semblaient courir jusqu'au coin des murs pour tenter de capturer le plus de lumière possible.

Il traversa le rio di San Girolamo pour accéder au Ghetto Nuovo. Sous les portiques du campo, s'étalaient des commerces animés et une officine de prêt, le Banco Rosso. Dans une étroite ruelle, il trouva l'immeuble où résidait Baldassarre. C'était un septuagénaire au corps décharné mais à l'esprit alerte qui l'accueillit aimablement lorsqu'il se recommanda de Goldoni.

— Venise n'existe pas, déclara-t-il d'emblée. C'est une chimère née de la boue.

Il entraîna Volnay devant une carte épinglée au mur. Celle-ci représentait Venise et ses îles, Murano, la réplique en verre de Venise, Burano et ses maisons colorées, Torcello la solitaire et puis la lagune, les Terres fermes avec Chioggia.

— Sur une terre inondée par les eaux, fit Baldassarre avec un brin d'exaltation dans la voix, on a comblé des canaux pour arracher aux bas-fonds marécageux ou aux cannaies des zones pour construire. Savez-vous combien de lacs et de viviers il a fallu assécher, repoussant les salines et consolidant sans cesse ses digues ?

Il n'attendait pas véritablement de réponse, aussi la pause fut-elle courte. De nouveau, ses doigts pianotèrent sur la carte.

— Pour survivre, Venise est sans cesse obligée de trouver de nouvelles parades contre la mer. Mais il existe d'autres dangers. Venise est proche du littoral. Nous avons d'un côté les eaux douces des rivières qui viennent déposer la boue et les sédiments sur lesquels on peut bâtir et, de l'autre côté l'*acqua alta*, la marée haute, le mauvais temps et les courants.

Il balaya la carte de la main. Volnay écoutait, attentif.

— Venise n'est pas une île mais cent cinquante, entre lesquelles on a asséché les eaux et colmaté les canaux. Il a fallu enfoncer dans la lagune des millions de pieux, cent mille sous la seule basilique della Salute, puis consolider tout cela.

Baldassarre marqua un temps d'arrêt, contemplant ses mains décharnées.

— Venise s'est toujours souciée de la gestion de l'eau et de ses espaces. Pendant que les négociants s'assuraient de développer Venise au cours des siècles passés, des hommes comme moi, les soldats de l'eau, se sont occupés de la préserver de l'intérieur. Ainsi, la Magistrature des eaux a été créée et s'emploie à consolider les sols et à les protéger de l'érosion de l'eau et de l'ensablement des fleuves.

— Un combat sans fin, murmura Volnay.

Baldassarre acquiesça. Il tenait maintenant ses mains en balance.

— D'un côté, les marées hautes viennent tout recouvrir et, en se retirant, emportent avec elles nos déchets et notre eau sale. Vous pouvez vous douter de tout ce que les gens jettent par les fenêtres ! Mais attention…

Une de ses mains tomba brusquement vers le bas. Volnay la suivit des yeux.

— Trop de sédiments et c'est l'ensablement.

L'autre main remonta. Trop vite, marquant le déséquilibre créé.

— Une marée trop haute et nous sommes tous engloutis !

Il désigna le littoral sur la grande carte. Son front se barra de mille rides.

— La Magistrature des eaux a toujours eu à prendre des décisions lourdes de conséquences face aux idées soulevées : renforcer les plages du littoral à l'entrée de la lagune pour nous protéger de la menace des grandes marées hautes, rehausser ou laisser les forces naturelles tout réguler.

Lorsqu'il partait en chasse, Volnay faisait preuve d'une patience infinie. Aussi laissa-t-il le vieux juif exposer son point de vue jusqu'au bout.

— L'*acqua alta* n'est pas le seul danger. Il y a dix ans, une *acqua altissima* a submergé une partie de Venise. Le niveau de l'eau a atteint les plus hautes marches de l'autel de l'église San Marco Antonino, détruisant puits et magasins, et inondant les maisons. Il a été finalement décidé de renforcer et de rehausser le littoral à l'aide d'un mur. J'ai secondé l'ingénieur Bernardino Zendrini dans cette tâche. Sur un long tronçon que nous nommons Pellestrina, entre les passes de Malamocco et de Chioggia, nos ouvriers ont monté les *murazzi*, des murailles gigantesques, hautes de quatre mètres et épaisses de quatorze. Nous n'en sommes qu'à la moitié des travaux mais je n'ai désormais plus la force d'y contribuer.

— En quoi est faite cette muraille ? s'enquit Volnay curieux.

— De pierres d'Istrie apportées par mer et que nous lions grâce à un mélange de chaux et de pouzzolane.

— De pouzzolane ?

— Une roche volcanique que nous utilisons depuis l'Antiquité.

— Peut-on détruire ces *murazzi* ?

L'autre sourit.

— Je vous ai parlé de murailles de quatorze mètres d'épaisseur. Même les canons n'en viendraient pas à bout.

Il parut soudain se désintéresser de la question. Son doigt courut le long du Grand Canal.

— Nous avons décidé, il y a cinq siècles, de le drainer régulièrement, ainsi que les différents *rii*. L'eau de ces canaux, c'est un peu le sang qui circule dans nos artères. Si les canaux se bouchent, nous mourrons. Nous avons construit à l'intérieur des Terres fermes une digue pour dévier la Brenta et le Piave afin de réguler ces fleuves et qu'ils déversent leurs alluvions plus loin de la cité. Nous évitons ainsi que la terre peu à peu gagne la ville.

Il se retourna vers lui, les yeux brillants.

— Notez l'esprit ingénieux des Vénitiens. Les *sabbioneri* de Chioggia nettoient les fleuves de leur sable, les sables récupérés dans les fleuves sont cuits et, comme les morceaux de pierres et les galets, se retrouvent à paver les rues de notre ville.

Volnay plissa les yeux et, un doigt sur les lèvres pour empêcher son interlocuteur de troubler ses pensées, réfléchit intensément.

— Mais l'eau douce, elle, provient des Terres fermes, finit-il par murmurer.

Et c'est alors que l'idée lui vint.

Le moine raccompagna Violetta jusqu'à la Ca'Trissano.

— Puis-je me rendre dans la cour ? demanda-t-il.

— Bien entendu, répondit Violetta comme si elle était chez elle, mais pourquoi donc ?

— Pour y réfléchir, c'est un endroit qui m'inspire.

Il fronça les sourcils.

— N'oubliez pas que je me dois de couvrir vos arrières et détruire toute trace de preuves derrière vous.

— Oh, n'ayez crainte, je me suis débarrassée de l'objet comme je vous l'ai raconté.

— Ce n'est pas à cette arme-là que je pense.

La jeune fille s'étonna.

— Je ne comprends pas.

Le moine la considéra gravement.

— Ce sont plutôt vos liens avec l'agresseur qu'il me faut songer à effacer.

Le notaire parcourut du regard l'assemblée avec un brin de contrariété. Personne ne le regardait. Dame Amarilli gardait les yeux baissés, Orazio admirait un tableau représentant une femme recevant dans sa chambre un mystérieux inconnu affublé d'une *bauta*, le masque porté généralement par les patriciens. Toujours dans ce tableau, personnage secondaire mais dont la présence devait avoir un sens, une jeune servante apportait un bol de chocolat. Le notaire comprit que l'attention d'Orazio était attirée par la servante plus que par les autres personnages. Il plissa les yeux pour tenter d'en comprendre les raisons. Ce fut alors qu'il sentit un picotement le démanger. Son regard revint à l'assemblée. *Messer* Cordolina le contemplait fixement avec l'impassibilité d'un lézard. Le notaire se mit immédiatement à lire.

— Sachant qu'en ce monde il n'y a rien de plus certain que la mort, moi comte de Trissano, sain de corps, de l'âme comme de l'esprit, lègue à mon fils Orazio et ma fille Amarilli la totalité de mes biens…

Le regard d'Orazio se perdait désormais par la fenêtre tandis que sa sœur regardait obstinément par terre.

Le notaire termina sa lecture avant de lever doctement un doigt en l'air.

— Je me dois de vous signaler le montant de la créance que détenait sur votre père *messer* Cordolina ici présent.

Orazio intervint calmement.

— Cette dette est remboursée. J'ai fait déposer il y a une heure à votre étude la somme en ducats et livres vénitiens. En voici le justificatif.

Il le tendit au notaire qui rajusta ses bésicles pour le lire avant de hocher la tête d'un air appréciateur.

— Le règlement de votre créance n'avait aucun caractère urgent, remarqua Cordolina d'un ton mesuré. J'ai racheté la dette de votre père pour le soulager de la pression de son créancier et pour lui en faire cadeau lors de votre mariage avec ma fille.

Orazio pâlit imperceptiblement.

— Bien évidemment, continua Cordolina impassible, les choses n'ont pas évolué comme nous l'avions envisagé mais je n'en serais pas moins resté un fidèle ami de la Ca'Trissano.

Le nouveau comte de Trissano détourna la tête.

— Et le règlement de cette dette aurait bien pu attendre, ajouta le procurateur de Saint-Marc, en raison des vieux liens qui unissent nos deux maisons.

Orazio releva la tête et dit d'un ton sec :

— C'est mieux comme cela, mon père est mort ainsi que ses projets !

Amarilli leva vers lui des yeux de biche apeurée.

— Ce qui devait être ne l'a pas été, reprit Orazio d'un ton plus doux. Peut-être est-ce un bien finalement…

Il contempla à nouveau la jeune servante du tableau. Elle possédait certains des traits du jeune Lelio mais en plus féminin. Songeusement, il murmura :

— Oui, peut-être bien…

Cordolina coula vers lui un regard perçant.

— Quand même, dit-il en revenant à l'essentiel, c'est une belle somme. J'espère que vous n'avez pas simplement changé de créancier.

— Ne vous inquiétez pas pour moi, répliqua Orazio en baissant les yeux.

Sans plus d'expression qu'un poisson mort, Cordolina l'étudia avec soin et se gratta pensivement le menton.

Violetta rejoignit le moine dans la cour et l'entraîna dehors.

— Venez ! J'ai des choses à vous confier et je crains que l'on ne nous entende.

Elle l'entraîna par les *calli* en direction du théâtre La Fenice qu'elle affectionnait plus particulièrement. Les appels d'un aboyeur rameutant des clients parvenaient à leurs oreilles.

Ils s'attardèrent spontanément devant une boutique pour admirer les *cuoi d'oro*, des cuirs repoussés et décorés d'or, une spécialité de Venise. Le moine voulut offrir à Violetta une belle ceinture mais elle secoua la tête.

— Vous êtes trop bon pour moi, dit-elle simplement, et je ne veux pas abuser de votre générosité.

Plus loin, elle lui répéta la scène qui s'était jouée à la Ca'Trissano en présence du notaire.

— Vous en étiez donc ? s'étonna le moine.

Violetta eut une grimace espiègle.

— Non, j'ai écouté à la porte.

Le moine sourit.

— J'aurais fait de même ! *"Point de chat qui n'ait d'oreille !"*

Il tirailla sa barbe.

— Ainsi donc, Orazio a remboursé la dette de son père et Cordolina en semblait surpris. Ce n'est donc pas un cadeau de sa part… Mais où donc Orazio est-il allé trouver une telle somme ? À moins que…

Le moine s'arrêta net. L'idée s'imposa encore une fois à lui.

— Diantre ! Je crois que j'ai résolu l'affaire du meurtre du comte de Trissano ! Et, mon Dieu, si c'est cela, nous pourrons dire que la vérité offense parfois plus que le mensonge !

Violetta tressaillit.

— Me direz-vous ?

— Oui, mais après une petite visite de confirmation, si vous me le permettez.

— Où cela ?

— Chez un médecin que j'ai croisé un jour à la Ca'Trissano. D'ici là, vous ferez tout ce que je vous dirai.

— Je vous obéirai en tout point comme à un père, l'assura Violetta d'un ton soumis.

La lumière faiblissante ternissait le bleu dur du ciel lorsque Volnay quitta le Ghetto. Il se dirigea vers la Ca'Della Capelecci, elle aussi au bord du Grand Canal à San Marco.

À nouveau, il erra dans les *calli*, découvrant les entrées secondaires des maisons, s'étonnant de la torsion des ponts qui, par moments, se tordaient le cou pour enjamber un *rio* et atteindre une *calle* non alignée. On avait, semble-t-il, construit les maisons en premier puis les *calli* pour les relier et non l'inverse.

Flavia n'avait pas manifesté l'intention de l'y accompagner mais il comprenait parfaitement pourquoi.

"C'est vouloir prendre les lièvres au son du tambour", aurait dit le moine.

La Ca'Della Capelecci était une Maison importante et il serait malvenu qu'un policier français soit accompagné par une Cordolina dans cette demeure. Toujours le subtil équilibre de forces en présence parmi les patriciens…

Il leva la tête, frappé par la beauté de la façade au revêtement où se mêlaient le bleu, le noir, le blanc et l'or fin, agrémenté de dentelles de pierre. Comme chez Cordolina, la demeure respirait l'opulence.

On introduisit Volnay dans le *portego* où on le laissa attendre un long moment. Le maître de maison survint enfin. Un front large, un nez d'as de trèfle gros et plat et des yeux noirs peu aimables. Sa bouche s'abaissait aux commissures dans un vague dédain réservé à ceux qui n'appartenaient manifestement pas à sa caste.

— Monsieur, de quel droit envahissez-vous ma demeure ?

— *Messer*, répondit posément Volnay, j'ai demandé audience. Il s'agit d'une affaire importante, celle des pendus.

L'autre serra les poings.

— Comment osez-vous me rappeler ces crimes alors que ce palais est encore brisé de souffrance ? Laissez la Quarantia Criminale achever son œuvre !

Volnay prit une inspiration.

— Je peux revenir avec mon ami Vitali, si vous préférez.

— Oh…

Le front de Della Capelecci s'assombrit.

— Ce baise-cul, ce petit roquet de Vitali à la solde de Cordolina et des inquisiteurs… Voilà qui n'est pas bien pensé.

— En quoi mêlez-vous *sier* Cordolina aux inquisiteurs ? s'étonna Volnay.

— Ah, tout le monde sait qu'ils lui mangent dans la main tellement il leur a versé de subsides !

Le patricien releva la tête et le toisa dédaigneusement.

— Croyez-vous donc qu'ils vous remercieront de votre acharnement ?

— Je n'attends de merci de personne.

L'autre le considéra plus attentivement.

— Oh, je vois à qui j'ai affaire. Un homme droit et intègre comme on en rencontre un ou deux dans toute une vie ! Quel honneur pour moi…

— Cessez votre persiflage, je vous prie. J'enquête sur la mort de votre fils.

— On l'a assassiné et je ne veux plus en parler. À quoi bon remuer tant de chagrin ?

— J'essaye juste de faire la lumière sur des crimes.

Le Vénitien se raidit brusquement.

— Que me chantez-vous ? Les coupables ont été arrêtés. Une bande de malfrats…

— Les coupeurs de bourses ont toujours existé à Venise sans qu'ils se mettent à pendre leurs victimes sous les ponts. Ces gens-là ne tuent d'ailleurs pas s'ils n'y sont pas obligés.

— Qu'en savez-vous ?

Volnay se permit un sourire ironique.

— Les malandrins prospèrent à Venise jusqu'à un seuil toléré. Ils ont bien en tête que s'ils le dépassaient, la répression serait terrible.

Le Nobilissime haussa les épaules.

— Ils ont tué mon fils, je n'ai rien d'autre à vous dire. Au gibet, puants blaireaux !

Il lui tourna le dos et Volnay se retrouva seul tandis que le claquement rageur des talons du patricien résonnait à ses oreilles.

Lorsqu'il partait en chasse, une patience infinie habitait le commissaire aux morts étranges. Il sortit et resta en faction pas moins d'une heure avant qu'un valet sorte de la Ca'Della Capelecci. Il lui emboîta le pas sans se presser pour le rattraper.

— Mon ami, fit-il en lui glissant un demi-ducat dans la main, la même pièce est pour vous dans un instant si vous répondez à quelques questions…

La nuit tombait lorsque Volnay retrouva son père méditant dans le jardin de Chiara, à l'ombre d'un laurier.

— Bonne journée ? s'enquit-il joyeusement.

— Ma foi, l'avenir le dira, répondit le moine d'un ton pensif.

Il lui apprit qu'Orazio avait remboursé les dettes de son père, à la grande surprise de Cordolina.

— Comment as-tu appris cela ? lui demanda son fils étonné.

Le moine traça une croix sur ses lèvres avec son pouce, dans un geste significatif, et ne répondit pas. Les yeux de Volnay s'étrécirent tandis qu'il considérait son père en silence. Finalement, il haussa les épaules et lui raconta, en version édulcorée, les révélations de Flavia et leur visite à l'Arsenal. Comprenant le rôle que le procurateur de Saint-Marc faisait jouer à sa fille, le moine manifesta aussitôt sa désapprobation.

— Méfie-toi de Cordolina, il faut que l'hôte ait du bon vin pour attirer pigeons au colombier !

— Je ne suis la dupe de personne, répliqua sèchement son fils. Je sais parfaitement que Flavia est aux ordres de son père. Elle m'envoie sur la piste des pendus pour me détourner du meurtre du comte de Trissano. Si intéressante que soit cette seconde affaire, le fait qu'on me lance dans une direction justifie que je sorte de la voie que l'on m'a tracée.

— Crois-tu que les deux affaires aient un lien quelconque ?

Volnay se passa pensivement la main sur le front.

— *A priori*, non, hormis le fait que Cordolina s'intéresse à l'une, les pendus, et soit mêlé à l'autre, la mort du comte de Trissano.

— Oublie cela et concentre-toi sur les pendus, dit gravement le moine.

— Pourquoi ?

Le moine sembla lutter contre lui-même.

— Fais confiance à mon jugement, finit-il par maugréer d'un ton sombre.

Son fils le fixa un moment, intrigué. Puis il proposa d'un ton doux :

— Tu pourras au moins m'aider dans l'affaire des pendus, si bien sûr tu t'en sens…

Gêné, Volnay ne termina pas sa phrase. Le moine le fit pour lui.

— Capable ? Oui, cela va aller. Comme tu as pu

le constater, je ne marche plus à quatre pattes depuis quelque temps !

Son fils ne releva pas.

— Parfait ! dit-il. Il ne faut pas montrer que je me désintéresse de l'affaire des pendus. Et puis, j'ignore encore ce que nous pourrons découvrir à ce sujet. Tu te rendras demain matin au Pio Ospedale della Pietà. On y chante, paraît-il, divinement. Chiara t'accompagnera.

— Qu'y ferai-je ?

— Par un domestique de la Ca'Della Capelecci, j'ai appris que le fils de son maître fréquentait une des jeunes pensionnaires de la Pietà. C'est une piste à explorer.

Le moine fit la moue.

— Ces jeunes personnes sont extrêmement difficiles à approcher.

— Je te fais néanmoins confiance pour y parvenir ! Fais-toi accompagner par Chiara, son nom peut aider à ouvrir bien des portes.

Le moine examina son fils avec curiosité.

— Il me semble que tu manipules un peu facilement notre jeune amie.

— Père, nous sommes à Venise ! Ici, je ne suis rien et demander à un Vénitien de dire la vérité, c'est un peu comme ordonner à un torrent de s'arrêter de couler !

L'ombre d'un sourire imprégna le visage ascétique du moine.

— C'est que dire la vérité, ici, ce n'est pas très poli !

Volnay eut un petit rire et posa ses mains sur les épaules de son père.

— Grâce à cette jeune fille, tu tâcheras d'en savoir plus sur la victime. Je suis désolé mais je n'ai aucun indice et je ne peux remonter la piste des assassins qu'à travers deux de leurs victimes identifiées. Il va falloir jouer serré.

— Très bien, je ferai de mon mieux. Quant à toi ?

— Oh moi…

Le regard du commissaire aux morts étranges se voila.

— Après m'être intéressé à l'eau salée, je vais regarder à quoi ressemble l'eau douce !

VIII

Depuis le début du XVIe siècle, les activités économiques s'organisaient en confréries laïques, les Scuole, placées sous le patronage d'un saint protecteur et rassemblant artisans, bourgeois et marchands. Leur rôle corporatiste et mutualiste s'exprimait à travers la gestion d'hospices ou d'hôpitaux, contribuant à resserrer les liens sociaux et secourir les plus faibles et les plus démunis. Elles s'occupaient également à entretenir et embellir les monuments à leur charge. Le Pio Ospedale della Pietà était une de ces institutions mais dédié à accueillir les nouveau-nés abandonnés, les orphelins, voire certains enfants illégitimes.

La lumière crémeuse de l'aube envahissait la ville. Dans le bassin de Saint-Marc, des barques promenaient de petites silhouettes fragiles, encapuchonnées et masquées. De sous les manteaux dépassaient parfois les plis de robes rouges. Un silence étourdissant accompagnait l'étrange flottille. Les passants sur les quais s'étaient immobilisés, troublés par la grâce de cette promenade fantomatique.

— Qui sont-elles ? s'enquit le moine.

— Des petites pensionnaires, expliqua Chiara. Elles ne sortent de l'hospice qu'une fois le mois. On les amène se promener en barque.

— Pauvres enfants…

— Des enfants abandonnées à la naissance ou de familles d'indigents. En France, elles seraient mortes sur le parvis d'une église. Au mieux, si elles étaient recueillies, elles agoniseraient des années dans un de vos ignobles asiles où on entasse les gens.

— C'est juste, c'est juste, murmura le moine entre ses dents.

— Ici, continua Chiara avec ardeur, elles sont certes cloîtrées mais on les élève, on les éduque, on leur apprend à lire, écrire, chanter ou jouer du violon, de la flûte, du hautbois, du violoncelle ou du basson. Certaines chantent les parties de ténor et de basse des chœurs.

— C'est bien. Ne vous méprenez pas sur le sens de mes paroles, je plaignais seulement leur solitude.

— Leur solitude ? s'étonna la jeune femme.

— Ne la sentez-vous pas ? fit le moine en frissonnant.

— Non.

Le moine hocha lentement la tête. Une fois à quai, ils longèrent le couvent, découvrant dans un de ses murs une roue d'abandon. Il s'agissait d'une coquille accessible de l'extérieur où l'on pouvait placer l'enfant et tirer une cloche, alertant ainsi les sœurs qui faisaient alors tourner la roue pour amener l'enfant à l'intérieur. À côté une plaque rappelait aux passants qu'ils seraient maudits et excommuniés s'ils abandonnaient leur enfant alors qu'ils avaient des ressources pour l'élever.

Ils entrèrent dans Santa Maria della Pietà sur le quai des Schiavoni et firent quelques pas dans la nef ovale sous un plafond peint par Tiepolo et reprenant le couronnement de la Vierge. Des tribunes latérales couraient en hauteur, le long des murs de l'église. D'en haut soudain, la musique se déversa et des voix très pures troublèrent le silence.

Le moine leva la tête, charmé par ce chant aux ailes d'argent. Les balustrades de fer doré aux arabesques étroitement entrecroisées ne laissaient entrapercevoir d'en bas que de vagues silhouettes rêvées ou fantasmées. Il croisa le regard aiguisé d'une des petites pensionnaires de la Pietà. Il sut qu'elle était très belle.

Chiara se mit à la recherche d'une sœur qui s'empressa dès qu'elle se nomma car, comme d'autres, sa générosité avait touché les petites pensionnaires d'ici. Lorsque la jeune femme et le moine présentèrent leur requête, elle perdit néanmoins de son enthousiasme.

— Oui, fit-elle, je vois très bien de qui il s'agit : Serena. Mais elle a subi une grande épreuve et ne souhaite voir personne. D'ailleurs, nos règles sont très strictes à ce sujet.

Le moine intervint.

— Ma sœur, vos règles ne sont pas les mêmes, semble-t-il, pour une Chiara d'Ancilla et un Della Capelecci !

La sœur se méprit.

— La chose est différente. Son Excellence est venue la réconforter après la mort de son fils. Quelle grandeur d'âme !

Le moine ne broncha pas mais jubila intérieurement. En parlant, il pensait au fils Della Capelecci et non au père !

— Son fils éprouvait une vive passion pour Serena, n'est-ce pas ? demanda-t-il d'un ton doux.

La sœur s'empourpra.

— Bien des hommes viennent ici et tombent amoureux de ces voix. Il a désiré la voir car elle chante comme un ange. Son cœur s'est embrasé à sa vue car elle est charmante, ce qui n'est pas toujours le cas des belles voix !

Elle soupira.

— Un certain nombre de nos pensionnaires se voient demander en mariage par des admirateurs. Ce sont souvent des hommes âgés, parfois des fils de bonne famille. C'était le cas mais Serena ne vit que pour son art. Elle a refusé sa demande.

— Et vous ne l'avez plus revu alors ?

— Comme vous le savez sans doute, il a été assassiné deux jours après. Dieu le recueille en sa sainte garde !

On rejoignait la première poste de terre ferme en coche ou en *burchiello*, un bateau décoré avec grâce, orné de miroirs, de sculptures et de peintures et tiré par des chevaux, pour être mené jusqu'à Padoue. On pouvait y manger, dormir, faire la cour et les lieux se trouvaient même pourvus de commodités. Peu porté au confort et encore moins à la patience, le commissaire aux morts étranges lui préféra un *traghetto* pour traverser la lagune.

À l'aube, Volnay retrouva la lagune rase effleurée par l'aile des oiseaux, ses joncs et ses roseaux. Des barques au rythme lent glissaient sur le vert de l'eau, chargées de mulets, de rougets, de daurades ou d'anguilles. Des pièges en roseaux recélaient des élevages dans lesquels on trouvait le poisson en abondance. De temps à autre, on apercevait la silhouette tendue d'un homme à l'avant d'une barque à fond plat, l'arc bandé.

La chasse au canard sauvage était une occupation prisée par les gentilshommes vénitiens. Cette barque à fond plat, la *s'ciopion*, permettait, grâce à son faible tirant d'eau, de s'approcher en silence tout près des canards sauvages nichés dans les roseaux. Un homme dirigeait la barque, d'autres ramaient et le chasseur se tenait debout à l'avant, armé d'un arc, un panier plein de billes d'argile à ses pieds. C'était ce projectile, et non une flèche, qui cueillait l'oiseau à son envol.

Sur les Terres fermes, les *casoni* rompaient la monotonie du paysage plat à la végétation rabougrie. Volnay loua un cheval et prit la direction de Chioggia, découvrant le long de sa route des villas disséminées au milieu des arbres, des haies bien taillées et des galeries de citronniers.

À un moment, il tira sur les rênes de sa monture pour observer la grande digue s'étirant de Malamocco à Chioggia avec ses *murazzi* défendant les fragiles lidos. Les rochers la composant semblaient avoir été transportés là par quelque cyclope monstrueux. Ils étaient en réalité apportés d'Istrie par mer et tirés sur le rivage à la force des bras avec des amarres.

Volnay s'arrêta plusieurs fois pour demander son chemin. Finalement, il s'engagea dans une allée bordée de cyprès. Des saules pleureurs alanguis laissaient tremper leurs branches dans un étang longiligne qui bordait la villa. Une loggia à double colonnade donnait de la profondeur à l'édifice. Deux lions de pierre perchés sur le perron le contemplaient gravement, estimant qu'il était trop maigre pour leur déjeuner. Il gravit rapidement l'escalier et frappa à la grande porte. Le heurtoir de bronze figurait une guerrière casquée coiffée d'algues et de coraux.

Un long moment s'écoula. Toute la maisonnée semblait endormie. Et puis un pas menu, comme celui d'une souris, révéla une présence. La porte s'entrouvrit et il dut baisser la tête pour croiser le regard d'une jeune servante effrayée.

— Je suis le chevalier de Volnay, dit-il, je viens de Venise et je souhaiterais rencontrer votre maître.

— Messire ne reçoit pas, dit-elle en refermant la porte.

— J'apporte des nouvelles de sa fille, s'empressa-t-il d'ajouter.

La porte s'entrouvrit de nouveau.

— De sa fille ?

— Oui.

La surprise se peignit sur le museau de la petite souris.

— Un instant, messire.

La porte se referma dans un bruit sourd. Volnay haussa un sourcil. Il ne s'attendait pas à un tel accueil.

Il se retourna, contemplant une nouvelle fois le jardin quasiment laissé à l'abandon. Bientôt des pas retentirent de nouveau, révélant la présence de deux personnes. La porte s'ouvrit lentement et, derrière la servante à la mine de souris, se trouvait un homme plus imposant mais aux traits fatigués.

— Français ? demanda-t-il.

— Oui.

— Je suis le marquis Da Zechio. Vous pouvez entrer, dit-il sobrement.

Le hall central aurait été triste sans la présence de peintures représentant, avec de délicates couleurs, des paysages riants qui rappelèrent à Volnay ceux de Toscane. Mais la peinture s'écaillait par endroits et leurs pas résonnèrent lugubrement entre les parois nues.

— Je travaille pour *sier* Cordolina, annonça sans ambages Volnay.

Le visage de l'autre se ferma. Des sourcils proéminents lui donnaient un air de brutalité contenue.

— En quoi puis-je vous être utile ? Vous avez dit apporter des nouvelles de ma fille…

— Certes, elle se porte bien.

Le marquis l'invita à s'asseoir dans son bureau. Une immense glace ouvragée renvoyait l'image d'une pièce vide à part une table et deux fauteuils.

Volnay lui narra leur première rencontre, lorsque lui et le moine avaient arraché Violetta à la boue. Le nobliau hocha la tête.

— C'est bien elle ! Toujours prendre les chemins les plus courts. Quelle impatience !

— Pouvez-vous me parler du comte de Trissano ?

L'autre prit un air peiné.

— J'ai appris sa mort. C'était un homme de bien, je regrette sa perte.

— Je n'en doute pas, fit Volnay d'un ton sarcastique. Au bord de la ruine, il a encore emprunté pour racheter vos dettes et vous obliger à lui céder vos terres contre la remise de celles-ci ! Ce qui vous a sauvé de la faillite.

Da Zechio hocha la tête d'un air résigné.

— Pour un temps seulement. Sans terre à cultiver ou à métayer, l'avenir reste sombre. Néanmoins, ce sursis me redonne espoir.

— Pourquoi vous a-t-il acheté ces terres ? s'enquit Volnay.

Son hôte sembla se rasséréner. Il fit un large geste de la main, lui désignant un fauteuil, et s'assit de son côté, croisant les jambes et joignant les mains.

— Le comte de Trissano s'est détourné de l'eau. Il s'est mis à proférer des choses que personne ne voulait entendre. Les routes de l'Orient appartenaient désormais aux Espagnols, aux Anglais, aux Hollandais, aux Français et aux Turcs. Ne parlons pas de celles du Nouveau Monde qui nous sont interdites. Cette Méditerranée qui avait été si longtemps notre bassin privé se prostituait à qui voulait la prendre. Venise s'est toujours développée par la mer et le commerce maritime. Ce choix a valu à la Sérénissime des siècles de puissance mais aussi notre déclin d'aujourd'hui.

— Déclin dont il avait pleinement conscience.

— Oui. Pour lui, le salut devait venir des Terres fermes. Il fallait s'étendre, travailler nos terres, faire de celles-ci un verger et un potager. Nouer des alliances avec les autres villes du Nord plutôt que de les quereller. Développer des industries. Tracer des voies de commerce par terre pour inonder de nos produits l'Europe entière.

Volnay eut une moue dubitative.

— Je comprends bien tout cela mais ce n'est pas un noble ruiné comme le comte de Trissano qui va pouvoir changer grand-chose. Surtout en s'endettant encore plus pour acheter des terres…

Da Zechio haussa les épaules.

— Il n'était peut-être pas seul…

— Pardon ?

L'autre esquissa un sourire.

— Bien des gens pensent de la même manière à Venise même s'ils n'ont pas la majorité au Grand Conseil ou au Sénat.

— Vous pensez que l'achat de vos terres fait partie de l'action concertée d'un groupe de pression ?

— Je ne pense rien, répondit l'autre du bout des lèvres, je suppute…

Volnay poursuivit le raisonnement.

— Et donc, le comte de Trissano ne serait qu'un prête-nom dans cette affaire.

L'autre sursauta.

— Diable, je n'ai pas dit cela !

Le commissaire aux morts étranges le considéra en fronçant les sourcils.

— C'est en revenant de chez vous que l'on a tiré sur le comte ?

— Euh oui…

— Où cela ?

— À moins d'une demi-lieue d'ici.

— Décrivez-moi l'endroit, je vous prie.

L'autre marqua un temps d'hésitation puis s'exécuta. Ceci fait, le policier réclama une carte pour repérer les terrains vendus au comte de Trissano. Il la regarda longuement comme pour la graver dans sa mémoire.

— Je note la présence de nombreux cours d'eau sur ces terres.

— C'est un enchevêtrement sans fin, oui. La plupart vont se déverser directement dans la lagune ou parfois rejoignent un fleuve.

Volnay se leva et se mit à arpenter la pièce, les mains dans le dos, sous le regard inquiet du propriétaire.

— Je ne vois pas de portrait de votre fille, dit sèchement le jeune homme.

Le nobliau bondit sur ses pieds et se précipita à son bureau où il dévoila un petit tableau posé sur un tréteau. Volnay le contempla pensivement. Le peintre avait bien rendu la personnalité de Violetta ou tout au moins ce que lui, Volnay, lui prêtait comme telle. Une gaieté triste, une farouche détermination et une espèce d'égarement. Violetta avait parfois l'air d'un petit enfant perdu mais terriblement désireux de bien faire.

Le policier resta quelques instants à examiner le tableau et hocha la tête d'un air songeur.

— Merci de votre accueil, dit-il finalement. Je vais regagner Venise, avez-vous un message à transmettre à votre fille ?

L'autre ouvrit la bouche et la referma stupidement.

— Un message ? Ma foi, oui. Transmettez-lui le bonjour de son père.

— Certes !

Volnay prit congé. Lorsqu'il descendit l'escalier, un coup de feu déchira le silence des lieux et le fit sursauter. Il fit quelques pas dans l'allée et s'arrêta devant un jardinier qui piochait sans conviction un lopin de terre pour y faire quelques plantations.

— D'où vient ce coup de feu ?

L'homme leva vers lui un visage placide à l'expression dénuée de toute malice.

— Oh, ils doivent chasser le canard dans la lagune.

— Je croyais qu'on le tirait à l'arc et aux billes d'argile.

— Pas seulement, parfois on utilise le javelot, le fusil ou encore des filets.

Volnay plissa les yeux.

— La détonation était puissante. Comment chargent-ils donc leur fusil ?

— C'est un fusil long de quatre mètres ! On le charge de poudre et de mitraille pour bien arroser les canards lorsqu'ils s'envolent.

— Et cette mitraille ?

— De la ferraille, des clous… Parfois, on y met des petits bouts de verre, du gravier ou des fragments de céramique.

Le policier se figea. Il frotta son pouce et son index l'un contre l'autre, comme pour sentir la consistance du petit morceau retrouvé dans la portière de la voiture du comte de Trissano.

— Bien sûr, murmura-t-il doucement.

Le moine s'inquiéta en rentrant à San Giacomo dall'Orio.

— Où diable est mon fils ? Parti avant l'aube et toujours pas rentré. Il a dit s'intéresser à l'eau douce mais je n'ai pas le goût des énigmes, j'aurais dû lui demander plus de précision !

Chiara appela un de ses domestiques.

— Où s'est rendu le commissaire aux morts étranges ?

— Il m'a demandé le moyen le plus rapide pour se rendre dans les Terres fermes. Il est parti d'ici peu avant l'aube et sera de retour ce soir.

— Mon Dieu, s'écria le moine atterré, je n'avais pas compris cela. Si j'avais su, je l'en aurais empêché !

L'air moite flottait au-dessus des canaux lorsqu'il quitta Venise dans la matinée. Le moine retrouva avec mélancolie la lumière ouatée de la lagune. Au-dessus d'un fond d'algues, à quelques centimètres, la barque glissait, traçant sa voie comme une anguille.

Fouettée par la queue d'un poisson, la surface de l'eau ondula et frissonna. De petites bulles venaient éclater à la surface, révélant une vie aquatique jamais au repos. Un calme pesant régnait ici, troublé par intermittence par le nasillement des canards sauvages ou le clapotis des avirons sur l'eau.

Le moine se souvint de sa traversée des Terres fermes en compagnie de son fils lorsque l'humeur noire l'avait réduit à l'état de légume bouilli. Doucement il expira. Le chagrin n'avait pas encore quitté sa poitrine et, parfois encore, une main froide enserrait son cœur dans un étau glacé. Mais, depuis son arrivée à Venise, son attention s'était focalisée sur Violetta et, désormais, il déployait toute son énergie pour la sauver de son destin.

Près de Chioggia, il trouva la demeure du marquis Da Zechio et suivit l'allée qui traversait le parc abandonné.

Bien que la piste pue le renard, il me faut la suivre.

Le moine contempla pensivement la porte surmontée d'un médaillon représentant l'agneau mystique puis, se décidant, frappa avec le heurtoir de bronze.

Un museau effarouché ne tarda pas à se montrer mais un homme rabroua la servante et vint se planter dans l'entrebâillement de la porte.

— Vous aussi, vous venez me parler de ma fille ?

Le moine laissa échapper un sourire.

— Je doute que le chevalier de Volnay en sache autant que moi à propos de Violetta, monsieur le marquis. Pouvons-nous parler dans un endroit discret ?

— Suivez-moi, fit sèchement son hôte.

Le moine le suivit jusqu'à son bureau. Là, il tomba en arrêt devant la peinture qu'avant lui Volnay avait déjà contemplée.

— Ma fille, fit Da Zechio. Vous l'avez reconnue.

Le moine se gratta pensivement la barbe.

— Hum, si vous avez montré ce portrait au chevalier de Volnay, il aura tout de suite remarqué que la peinture est fraîche. Sans doute l'avez-vous fait peindre récemment, par précaution, pour une visite de ce genre.

— Je ne comprends pas.

Le moine le fixa droit dans les yeux.

— Voyons, je sais que vous n'avez pas de fille, Violetta m'a tout raconté.

L'autre faillit s'étrangler.

— Vous divaguez ?

— Est-il besoin que j'aille m'enquérir dans le voisinage si vous avez bien une fille et pas seulement un fils ? demanda doucement le moine.

Le marquis Da Zechio baissa la tête.

— Ne vous donnez pas cette peine.

Il releva les yeux et sembla essayer de l'évaluer. Le moine soutint son regard sans un mot.

— Ainsi, elle vous a tout dit ? fit l'autre d'un ton circonspect.

— Il est vrai que j'ai très vite percé son manège.

— Comment cela ?

Le moine soupira.

— L'amour du théâtre. Qui d'autre qu'une comédienne peut disposer d'un tel répertoire et déclamer Shakespeare avec le ton approprié ? Ajoutez le prodigieux naturel avec lequel Violetta tient le rôle de quelqu'un du sexe opposé… Et puis, elle était un peu perdue…

L'émotion le gagnait maintenant. Il se racla la gorge.

— Moi aussi d'ailleurs, je m'étais perdu… Nous nous sommes mutuellement soutenus. Et comme les confidences de l'un entraînent souvent celles de l'autre, c'est en parlant qu'on se fait connaître.

Il sourit, nostalgique à la pensée des petits instants privilégiés passés avec Violetta. Désormais, ces moments remplissaient sa mémoire et accaparaient son attention. C'était aussi un moyen de lutter contre le souvenir d'Hélène.

Il glissa ses mains dans les manches de sa bure.

— Bref. Elle m'a entraîné dans un jardin en friche et elle m'a raconté qu'elle n'était qu'une comédienne, louée pour l'occasion.

Un éclair glacé traversa son regard. Il se sentait capable de beaucoup pour protéger la jeune fille.

— Je sais qu'il faut employer toutes les herbes de la Saint-Jean pour réussir mais là vous avez fait fort ! Envoyer cette gamine jouer le rôle de votre fils ! Et, double mensonge, au cas où la supercherie est révélée, la faire passer pour votre fille !

Le marquis le contempla d'un air rusé.

— Ce n'est pas tout à fait un mensonge. Violetta est ma fille naturelle. Elle ne vous l'a pas dit, n'est-ce pas ? Brave petite !

— Expliquez-vous, dit le moine contrarié.

— Il y a dix-sept ans, j'ai connu et aimé une comédienne. J'étais marié à l'époque. Aussi ai-je dû vivre cette liaison en secret. Le hasard a voulu qu'elle ait une fille. Je ne la reconnus pas car elle n'était pas désirée. Et puis, ma femme vivait encore à cette époque.

Le moine soupira et récita :

— *"Un même visage, une même voix, un même costume et deux personnes ! Une vision naturelle qui est et qui n'est pas !"*

— Pardon ?

— Shakespeare. Son théâtre s'adapte parfaitement tant à Venise qu'à notre situation !

— Je ne comprends pas.

Le moine le fixa droit dans les yeux.

— Cela n'a pas d'importance. Écoutez-moi bien et ne m'interrompez pas car le temps presse. Je n'ai rien dit à personne et je vais vous conseiller pour effacer toutes les traces de vos forfaits.

Il pointa un doigt menaçant vers lui. Son regard était désormais implacable.

— Cela, je le fais pour Violetta et pour elle seule.

À un carrefour marqué d'une croix, le moine hésita. Il lui fallait à pied rejoindre Chioggia pour y embarquer pour Venise mais quelle voie choisir ? Il n'avait pas prêté assez attention à son itinéraire à l'aller. La présence d'un bosquet un peu plus loin le décida pour la voie de gauche, il se souvint de l'avoir dépassé plus tôt.

Tout à coup les branches du bosquet s'agitèrent et une tête hirsute en surgit, suivie bientôt d'une autre, tout aussi peu agréable. Le moine se figea. Il avait conseillé au comte d'effacer toute trace de ses méfaits. Ce faisant, il avait sans doute signé son arrêt de mort car lui, le moine, en savait trop.

— Messieurs, dit-il d'un ton un peu théâtral, je suppose que vous avez choisi de m'égorger au détour de ce chemin.

Il mit un genou à terre et glissa ses bras dans les manches de sa bure. Relevant ensuite la tête, il offrit son cou au bourreau.

— Vous, monsieur, dit-il en s'adressant à celui le plus près de lui, merci de faire cela aussi vite que possible.

L'autre jeta un regard surpris à son compère et s'avança d'un pas hésitant, un peu tremblant. Il se pencha pour se saisir des cheveux du moine et lui soulever la tête pour découvrir son cou. Alors, d'un geste vif, le moine sortit sa dague de sa manche et la lui planta dans le ventre.

Aussitôt, il retira l'arme, d'un bond fut debout et fit face à son second agresseur. Le regard de celui-ci se porta sur son complice qui se roulait par terre en hurlant puis sur la dague du moine. C'était un objet merveilleusement équilibré et dont l'acier semblait plus que tranchant. Ce drôle de moine la tenait d'une manière très professionnelle, comme un spadassin ou un vieux soldat. Ne sachant quelle conduite tenir, il recula d'un pas puis d'un autre et enfin tourna brutalement le dos au moine et s'enfuit.

Le moine ne le poursuivit pas. Il contempla le blessé qui se mourait dans d'atroces souffrances. Ses traits étaient ceux d'un jeune homme d'une vingtaine d'années. Le moine soupira.

Chanceux... vieux chanceux...

Chioggia était une ville charmante, traversée de canaux entrecroisés et magnifiée par quelques splendides palais. Des barques de pêcheurs emplissaient le port. De gros galets couleur marc de raisin pavaient la place. Au marché aux poissons, on vendait des anguilles, des seiches, de grands crabes à la carapace molle et, plus loin, des petits artichauts et des asperges vertes. Volnay traversa quelques ponts et, aux abords de l'église Santissima Trinità, sur le bord d'un canal, il entra dans une auberge d'où s'échappaient des saveurs sucrées révélant la présence du gardo, une bouillie à base de farine de châtaignes et de poires cuites au four. Là, il commanda et savoura en silence des *sarde in saor*, de petites sardines frites, macérées sur un lit d'oignons, revenus avec du vin et du vinaigre, servies avec des pignons et des raisins secs, avant d'appeler l'aubergiste.

— Je désire me promener. Est-il possible d'avoir un guide ? Quelqu'un qui connaît bien les environs mais aussi tout ce qui se passe par ici…

Et il sortit quelques ducats de sa bourse. L'aubergiste lui désigna du menton un homme au visage étroit, avec de grandes oreilles et des dents de lapin.

— Pietro me paraît tout désigné. Curieux comme une pie, il connaît le pays comme sa poche. Je vous l'appelle.

L'aubergiste alla jusqu'à l'homme, lui glissa quelques mots à l'oreille. L'autre hocha la tête et, son chapeau entre les mains, vint saluer avec déférence Volnay qui l'invita à s'asseoir.

— Au service de Votre Seigneurie, dit-il en prenant une chaise.

Le Français détourna à demi la tête pour éviter l'haleine fétide du dénommé Pietro, un mélange de dents pourries, de relents de porc mal digéré et de piquette rance. Le moine aurait dit de lui qu'il avait avalé une chaise percée !

— Je voudrais que vous me meniez à un certain endroit, dit Volnay.

Il lui décrivit les lieux en reprenant les mêmes termes que le marquis.

— Curieux, fit Pietro sans malice. C'est ici que s'est déroulé un incident très étrange.

— Vraiment ? Lequel ?

— Un brigand a tiré sur un patricien de Venise.

— A-t-on pris ce brigand ?

— Oh, non, il s'est sauvé aussitôt son forfait accompli.

— À qui ressemblait-il ?

— Le cocher est de Chioggia. Il m'a confié qu'il portait un large chapeau qui dissimulait son visage mais…

— Mais ?

L'autre hésita. Volnay, non. Il plongea sa main dans sa bourse pour délier la langue de son interlocuteur.

— En courant, le brigand a perdu son chapeau et le cocher a alors vu que c'était…

— Oui ?

L'autre se pencha vers lui et chuchota :

— Une fille ! Une jeune fille !

IX

Volnay revint en fin d'après-midi à Venise. Il se rendit immédiatement dans le Ghetto pour retrouver Baldassarre. Il tenait à discuter avec lui des terrains vendus au comte de Trissano tant que les détails de la carte restaient imprimés dans son esprit. De retour chez Chiara, il trouva celle-ci dans un petit salon orné de délicieux marbres, entourée de Goldoni, de Cordolina et de Flavia. De son père, pas de trace. On aurait dit qu'il s'appliquait à fuir la présence des Cordolina comme de Goldoni depuis son arrivée à Venise.

Tout le monde regarda le Français avec un peu d'étonnement car le voyage l'avait couvert de poussière. Les yeux voilés par ses longs cils, Flavia l'examina avec curiosité mais ne dit rien.

Volnay comprit qu'il avait interrompu une conversation passionnée où il était question, comme bien souvent à Venise, d'une fête. Goldoni fit part de son enthousiasme.

— La vie légère, tout l'esprit de la fête galante se retrouvera dans cette soirée. Une île déserte où recommencer la vie. Le hasard, le moment et l'obscurité…

Chiara battit des mains avec enthousiasme.

— Vous viendrez, n'est-ce pas, Volnay ?

— Oh oui, il viendra ! s'exclama Goldoni en jetant un regard amusé aux deux jeunes gens. Ce sera une folle nuit de mascarades, de divertissements et de concerts, emplie de ballerines et de comédiennes. L'éducation sauvage de l'amour. Cythère nous voici !

Apostolo Cordolina intervint d'un ton sarcastique :

— Je ne sais pas ce qu'en penseront nos contrôleurs des dépenses superflues… Au XIIIe siècle, le doge se nommait "seigneur du quart et demi de tout l'empire de Romanie". Que nous reste-t-il aujourd'hui à part Corfou et quelques petites îles insignifiantes ? Et plus Venise décline et plus on fait la fête pour s'étourdir. Venise n'est plus que jeux, plaisirs et lumières. Une ville que l'on vient encore visiter du monde entier pour admirer nos palais et essayer nos prostituées. Ville bordel !

En quelques mots, Cordolina venait de clouer le cercueil de la Sérénissime et refroidir les ardeurs de l'auteur. Un silence pesant s'ensuivit.

— Quel vieux raseur, ce Cordolina, glissa Goldoni à l'oreille de Volnay.

Conscient du froid qu'il avait jeté, le procurateur de Saint-Marc prit congé de son hôtesse, et sortit non sans avoir jeté à Volnay un long regard pensif. Flavia les quitta quelques instants plus tard. Volnay s'enhardit à la raccompagner car il venait de remarquer que la jeune femme lui jetait un bref coup d'œil à la dérobée. Impuissante, Chiara, qui ne pouvait laisser seul Goldoni, dut se contenter de les suivre des yeux.

— Où donc aviez-vous disparu ? s'étonna Flavia une fois dehors.

— J'étais dans les Terres fermes.

Une lueur d'intérêt traversa le regard de la jeune femme.

— Pourquoi donc ?

— Le sujet est sans rapport avec le nôtre.

— C'est bien ce que je vous reproche.

Mais elle ne semblait pas tant lui en vouloir que ça.

— Auparavant, j'ai toutefois vu le noble Della Capelecci. Vous ne m'aviez pas dit que c'était un homme brutal et peu aimable.

— En toute chose, je vous laisse vous faire seul votre opinion, répliqua Flavia d'un ton nonchalant.

— Son fils fréquentait une jeune pensionnaire de la Pietà.

Flavia se rapprocha de lui, l'air embaumait des senteurs piquantes de son parfum.

— Je le savais mais j'ignorais laquelle.

— Mon père devait l'identifier mais je ne l'ai pas revu depuis mon retour.

— Pourquoi l'avez-vous mêlé à cette affaire ? s'étonna Flavia.

— Je ne puis être partout à la fois, se défendit Volnay. Et il sait bien gérer ce type de situation.

— Je vois…

— Viendrez-vous à cette fête ce soir ?

Flavia imprima à ses épaules un haussement nonchalant.

— Venise est en fête à longueur d'année, répondit-elle d'un air de grand ennui. Il ne se passe pas une semaine sans quelque événement. Des courses de taureaux sur le campo Santa Maria Formosa, des régates, des processions, les Épousailles de la mer et du doge. Quant au carnaval, il dure maintenant près de six mois et se ranime à la moindre occasion ! Je ne vous parle même pas des processions religieuses, des concerts et des bals !

— Viendrez-vous ? répéta Volnay.

— Probablement pas. Et vous ?

— Probablement que oui, répondit le jeune homme dans la seule intention de la contrarier.

Cela la laissa de marbre. Elle dirigea ses pas vers la gondole qui l'attendait. Le vent ébouriffa ses cheveux lorsqu'elle se retourna une dernière fois pour lui lancer un regard impénétrable. Au moment d'embarquer, elle s'appuya nonchalamment au bras du gondolier et Volnay sentit une pointe de jalousie irradier son cœur.

À son retour à Venise, le moine se précipita à la Ca'Trissano et entraîna Violetta au-dehors.

— J'ai rencontré le marquis Da Zechio, lui apprit-il sans préambule, mais le commissaire aux morts étranges était déjà passé par Chioggia.

— Vous avez fait cela ! s'exclama Violetta outrée.

— Il le fallait bien.

Il lui jeta un regard de reproche.

— D'ailleurs, vous aviez oublié de me dire quelque chose…

Violetta baissa la tête.

— Je vous en avais déjà dit beaucoup, non ?

Le moine ne répondit pas mais on pouvait lire sur son visage une pointe de déception. La jeune fille soupira.

— Bien sûr qu'il est mon père !

Et elle ajouta d'une voix plus sourde :

— Et moi sa bâtarde…

— Pourquoi m'avoir tout confié sauf cela ?

De nouveau, les yeux de Violetta échappèrent aux siens pour se réfugier à terre.

— Je crois que j'en avais honte. Et puis…

— Oui ?

Elle releva vivement la tête.

— Quand je suis avec vous, c'est comme si vous étiez le père que j'ai toujours attendu en vain. Je ne voulais pas tout mélanger.

Le moine médita l'aveu en silence. Il n'en voulait pas à Violetta de ses non-dits, sachant faire la différence entre la tromperie du mensonge et la pudeur qui, parfois, dissimule une vérité. D'ailleurs, qu'est-ce que la nature de la vérité ? Une réalité incontournable ? Tout comme son fils, le moine savait parfaitement qu'il se mouvait depuis son arrivée à Venise dans des labyrinthes d'apparence, des mensonges parfois avoués, des demi-vérités péniblement arrachées et surtout beaucoup de souffrances…

— Votre père a tenté de me faire tuer.

— Quoi ?

Le cri de Violetta fit retourner sur eux des passants car ils se trouvaient sur les quais à peu de distance de la Ca'Trissano.

— J'en savais trop, répondit le moine en baissant la voix et en l'invitant à faire de même. Cela l'a effrayé. Après, il se serait sans doute occupé de vous.

Les larmes vinrent aux yeux de Violetta. Il leva la main pour la rassurer mais son geste se termina en caresse légère pour essuyer la trace humide sur sa joue.

— Oh, il vous aurait sans doute simplement fait enlever. Vous ne devez quitter ce palais sous aucun prétexte, sinon en ma compagnie.

Le visage de Violetta était exsangue. Tremblante, elle pressa la main du moine.

— On a tenté de vous tuer !

Puis elle s'affola. Soit elle était très bonne comédienne, soit ses sentiments filiaux pour lui étaient réels.

— Êtes-vous blessé ?

— Pas le moins du monde.

— Comment en avez-vous réchappé ?

— J'ai tué un de mes agresseurs, répondit tranquillement le moine, le suivant n'a pas demandé son reste.

Elle le considéra avec un mélange de crainte et de respect.

— Vous l'avez tué ?

— Ce sont des choses qui arrivent, répondit le moine avec la tranquillité d'un vieux soldat. Allons à votre jardin…

— Oh, oui. Volontiers !

La main de la jeune fille se porta à sa poitrine.

— Vous portez toujours la clé de ce jardin à votre cou ? s'étonna le moine.

Violetta se troubla.

— Depuis mon arrivée à Venise.

Le moine hocha la tête, songeur. De nouveau, la porte grinça pour découvrir à leurs yeux le jardin sauvage, quelques espaces de liberté grappillés à Venise et jalousement conservés. Mais si le parfum des fleurs semblait s'être évanoui, la mélancolie n'en régnait pas moins encore.

Toute chose n'est jamais comme la première fois, pensa le moine. Il s'assit sur le banc, les mains sur les genoux et les yeux dans le vague. Violetta vint le rejoindre et s'assit tout contre lui.

— Racontez-moi vos relations avec votre père, fit le moine. Si vous le voulez bien, naturellement…

Violette prit une grande inspiration.

— Ma mère avait pris l'habitude de rencontrer mon père chaque année, à la mort de sa femme légitime. Je pense que cette visite annuelle leur pesait à tous deux. Elle m'emmenait car elle avait décidé qu'une fille devait connaître son père et inversement.

Je ne sais pas si mon père partageait cette conception mais il devait se sentir soulagé de s'en tirer à si bon compte dans ses devoirs paternels avec une bourse et une visite une fois l'an.

Elle rejeta la tête en arrière comme pour chercher à respirer. Doucement, le moine chercha sa main et s'en saisit, la tenant un peu gauchement mais fermement.

— Mais moi, reprit Violetta d'une voix émue, j'étais une enfant et chaque année, j'attendais ce moment avec impatience. J'admirais cet homme si fort, si beau et si bien habillé. Parfois, il me prenait sur ses genoux et m'appelait “ma petite chérie”. Ce souvenir suffisait à remplir mon cœur et mon esprit pendant des mois.

Le moine lui caressa doucement la joue et ses doigts précis ramenèrent en arrière une mèche masquant en partie son regard. Violetta le regarda fixement, les yeux légèrement écarquillés, puis elle émit un léger soupir et posa sa tête sur l'épaule du moine.

— À la mort de ma mère, j'ai continué ma visite annuelle. J'estimais qu'il s'agissait d'un droit pour moi. Mon père le supportait pour éviter un esclandre. Ceci jusqu'au jour où ma visite a coïncidé avec la venue du comte de Trissano…

— Je comprends mieux maintenant vos motivations, soupira le moine accablé. Vous n'avez pas fait cela pour de l'argent comme je l'ai cru au départ mais par sentiment.

À la nuit tombée, le moine revint à San Giacomo dall'Orio pour y trouver son hôtesse en proie à la plus extrême gaieté.

— Avez-vous passé une bonne journée ? lui demanda Chiara d'un ton joyeux.

— J'en ai connu de meilleures, murmura le moine en sentant le contact de la dague dissimulée dans ses manches.

À cette heure son agresseur devait être mort.

— Nous allons vous transformer pour notre petite soirée ! s'exclama gaiement la jeune femme. Après tout, vous n'êtes pas un vrai moine et je sais combien vous avez fière allure en habit de gentilhomme !

— Oh, je me suis habitué à la bure, murmura humblement le moine. Cela évite de se poser des questions chaque matin pour savoir comment s'habiller !

Et cela suscite bien des confidences des belles dames et demoiselles.

— J'insiste !

Le ton sans réplique de Chiara ne lui laissait aucun choix. Une femme de chambre vint lui porter habit, gilet en taffetas de soie rayé bleu, chemise en lin aux poignets ouvragés, culottes et bas en soie. Quand il en fut revêtu, Chiara hocha la tête avec satisfaction. Avec sa haute taille, ses beaux traits de patricien, ses yeux noirs perçants, pétillants d'intelligence, et sa barbe bien taillée, le moine renvoyait l'image d'un homme séduisant.

— Je vous laisse vous admirer, j'ai moi-même à me préparer !

Le moine se contempla. Il avait toujours plu aux femmes mais aujourd'hui ? L'humeur noire avait laissé des traces mais sa maigreur soulignait la sveltesse de la taille et mettait en avant la largeur de ses épaules. Somme toute, il avait encore belle allure.

— Ma foi, fit-il satisfait, la belle plume fait le bel oiseau !

La porte s'ouvrit dans son dos.

— Père, te voilà revenu ! Où étais-tu donc ? s'inquiéta Volnay.

Le moine lui raconta sa visite au Pio Ospedale della Pietà. Il passa sous silence sa visite aux Terres fermes puis à Violetta, arguant qu'il s'était promené parmi ses souvenirs dans Venise. Son fils le contempla d'un air intrigué mais ne releva pas.

— J'ai à te parler de Violetta, dit-il d'un ton neutre.

Il ne pouvait connaître l'étendue de l'affection que la jeune fille portait à son père mais devinait que celui-ci avait été touché par sa situation.

— Je pense que cette jeune fille n'est pas la fille du marquis Giambattista Da Zechio, ou sinon sa bâtarde.

— Quelle différence cela fait-il ? grogna le moine d'un ton rogue. Un enfant est un enfant.

Son fils lui jeta un regard soucieux. L'indulgence de son père pour la jeune fille frisait l'imprudence.

— Elle nous a menti, lui rappela-t-il, et s'est introduite dans un palais où s'est produit un meurtre, cela le soir même de son arrivée !

— Si elle est la fille naturelle du comte, elle ne nous a pas menti puisqu'elle nous a dit être son enfant. Quant au meurtre, à l'instant où il a eu lieu, tu m'as raconté te trouver dehors avec elle sur les quais devant le palais. Tu es toi-même son plus sûr alibi !

Le commissaire aux morts étranges tressaillit. Et si cela expliquait la raison de la présence de Violetta avec lui ce soir-là ? C'est elle qui était venue à lui.

— Elle a pu assassiner le comte en silence, objecta Volnay, puis me rejoindre sur les quais. Alors, un complice aurait poussé un cri de la chambre inoccupée au-dessus de celle du comte. Par un conduit de cheminée, la répercussion du cri peut donner l'illusion…

Le moine haussa les épaules.

— Abatteur de quilles ! Tu vois Violetta se glisser comme ta contorsionniste d'un étage à l'autre, passer son corps à travers la lucarne sans éveiller l'attention du comte ?

— Sans l'éveiller du tout. Il pouvait s'être assoupi sur un siège…

— Le poignarder, continua le moine imperturbable, remonter tranquillement à l'étage puis descendre te rejoindre sur les quais après avoir prévenu son complice de pousser un cri d'agonie par le conduit de la cheminée.

— Ma foi, cela est du domaine du possible.

— Tout comme aller sur la lune un jour ! Passe ton temps, si tu le souhaites, à mesurer le saut des puces. Bonne soirée, mon fils !

La tête haute, le moine quitta la pièce, drapé dans son indignation. Resté seul, Volnay hocha la tête. Poser des hypothèses ne signifiait pas avoir trouvé la solution. Son intuition lui suggérait que la vérité se trouvait quelque part dans les complexes relations nouées entre Violetta, les Cordolina, le comte de Trissano et ses enfants, le marquis Giambattista Da Zechio, voire Vitali. Il devinait également que son père en savait plus qu'il ne voulait bien le dire mais que ses lèvres resteraient hermétiquement scellées afin de protéger Violetta.

X

Étincelantes de bijoux, de belles dames vêtues de robes en satin cramoisi, de damas, de velours ou de tabis blanc moiré, se tenaient sur les quais, accompagnées de leurs serviteurs. Des capes de tissus brochés d'or paraient leurs épaules.

— Comme vous êtes beau ! s'exclama innocemment Violetta en découvrant le moine dans ses nouveaux atours.

De son côté, Amarilli admira en silence son allure et ses gestes empreints d'une élégance naturelle quand il les aida à embarquer dans le *traghetto*, une gondole à deux rameurs aux sièges couverts de velours cramoisi, utilisée pour le transport de groupes. Les rameurs étaient vêtus de taffetas jaune et bleu. Les embarcations amenaient toutes ces brillantes personnes vers un îlot scintillant de lumières.

Du coin de l'œil, Volnay vit son père embarquer derrière eux, entre Violetta et Amarilli. Il fit la moue. Sa présence sur l'îlot ne lui semblait pas des plus opportunes, d'autant plus qu'ainsi habillé il avait l'air d'un distingué patricien d'âge mûr mais de belle prestance. Son regard suivit la queue bigarrée des gondoles chamarrées avant de glisser vers d'autres barques, cherchant une silhouette fine et une chevelure blonde et soyeuse.

Pourvu qu'elle n'en soit pas.

Les embarcations semblaient glisser entre terre et mer. Le petit fanal accroché à la proue de la gondole et la lumière des torches flottant sur l'eau renvoyaient jusqu'au ciel l'image de cette procession fantasmagorique.

Ils débarquèrent au milieu d'un brouhaha surexcité.

— Mon frère, dit Amarilli au moine, vous serez notre chaperon. Il ne serait pas décent que je me promène seule en compagnie de Lelio.

Violetta lança un regard significatif au moine, se saisit de la main d'Amarilli et l'entraîna malgré ses protestations.

Chaperon, tu parles...

Resté seul, le moine hocha lentement la tête. Collier de perles au cou et ceinture d'or à la taille, de belles jeunes filles au visage frais continuaient de débarquer. Certaines cachaient leurs traits délicats sous la *moretta*, un masque ovale en velours noir. Des jeunes gens taquins leur posaient des couronnes de laurier ou de lierre sur la tête.

Vingt ans plus tôt, le moine les aurait, lui aussi, couronnées avant de réciter des vers à leurs genoux. Vingt ans... Prisonnier de son corps et de ses souvenirs, le moine soupira.

Le temps fuit comme une insulte à la vie.

Il s'efforça de maîtriser son esprit qui, à nouveau, partait à la dérive, redoutant de plonger de ce monde de lumière au plus profond de l'humeur noire.

Le moine avança comme dans un rêve au milieu du cercle central où brillaient mille feux. On jouait du luth, on récitait des vers et des madrigaux. Des corbeilles sculptées en forme de barque débordaient d'oranges, de dattes, d'amandes et de sucreries. On dansait sous un portique de tentures et, ailleurs, de belles personnes en vêtement de velours ou de soie se dispersaient dans la nature par groupe ou par couple.

Il gagna l'ombre car elle correspondait plus à son humeur. Les personnes masquées y semblaient des silhouettes à peine esquissées par un peintre trop pressé. L'air vibrait de sensations fortes. À demi invisible dans l'obscurité, on devinait des mouvements soyeux, des caresses voluptueuses. L'ambiance se faisait plus feutrée au milieu des rires étouffés dans les fourrés, des baisers volés, ou pas, des exclamations à mi-voix et des protestations joyeuses des jeunes femmes lorsque les mains se faisaient trop lestes…

Il regagna la lumière.

Il y retrouva sa jeunesse et la vie légère, frivole, qu'il avait connue à Venise, faite d'élégance et d'insouciance. La poésie d'un moment, une fête universelle…

On avait tendu entre deux arbres des lés de soie brodés d'or. Des jeunes filles parées d'étoffes précieuses passaient, les bras chargés de colliers de roses, d'œillets ou de lis dont elles ornaient le cou des hommes. Ballerines, jeunes filles échappées du Livre d'or et rejetons de patriciens se mêlaient, surveillés par de très discrets policiers. Des poètes débitaient des impromptus à partir de la beauté d'une bouche ou de la place d'une mouche sur un visage.

Un éventail blanc à la main, une jeune fille lui saisit le coude.

— Voulez-vous des sonnets, un baiser ou du chocolat ?

— Qui donc vous envoie me distraire ? s'étonna le moine.

— Une personne que nous ne pouvons pas nommer.

— C'est bien ce que je pensais, ma bonne mine n'est pas suffisante pour que l'on s'intéresse à moi.

— Oh, messire, vous vous sous-estimez. Votre personne est des plus gracieuses. Juste un peu maigre par endroits, si je puis me permettre, mais je n'aime pas les hommes aux panses ventrues.

— Pour moi, vous convenez tout à fait, dit une autre jeune fille en lui saisissant l'autre bras.

Elle était aussi brune que l'autre était blonde.

— Ce genre de parenthèse libertine n'est plus de mon âge, murmura le moine.

— Oh, messire, protesta l'une, nous ne sommes pas des dames de petite vertu mais des ballerines.

— Je n'ai jamais douté de votre moralité, assura le moine, pas plus que de votre grâce qui ne peut s'exprimer que par de délicieux bavardages et mille petites manières charmantes.

Elles sourirent, ravies.

— Et donc, messire, puisque l'ambiguïté est levée, que voulez-vous faire ?

— Eh bien, nous pourrions jouer aux cartes et bavarder.

Cette fois, elles éclatèrent de rire.

— Croyez-vous donc que nous ayons un jeu de cartes sur nous ?

— Je ne veux pas aller plus loin, dit posément le moine.

Il voulait se garder de l'espérance ou du désir mélancolique.

— Rien de ce que nous faisons n'est sans conséquence, leur expliqua-t-il. Car, comme dit Horace dans ses *Épîtres* : *Invidia vel amore vigil torquerebe*. “Au réveil, tu seras torturé par l'envie et l'amour.”

— C’est parler sagement, messire, vous nous ferez donc danser et vous nous réciterez de belles odes. Nous vous en récompenserons par de chastes baisers au coin de vos lèvres et en retour vous pourrez mettre des fruits et des sucreries dans notre bouche.

— Allons déjà danser, répondit le moine en souriant.

Volnay avait perdu de vue Chiara lors du débarquement. Une nuée de jeunes personnes du sexe opposé les avait délibérément séparés et entraînés loin l’un de l’autre. Après avoir accepté une guirlande de fleurs et le baiser tremblant d’une adolescente qui avait effleuré ses lèvres, il s’était dégagé des bras qui cherchaient à l’enserrer et errait dans l’îlot, soucieux de retrouver son père.

Près de là, on avait construit des abris d’amour, entrelacement de branchages et de fougère sous lequel se glissaient des couples en recherche d’émotions. Une jeune femme les contemplait pensivement. Leurs regards se croisèrent. C’était Chiara. Elle vint à lui et le silence sembla se faire autour d’eux.

— Je cherche mon père, dit Volnay.

— D’habitude, se moqua Chiara, dans ce genre d’endroit ce sont plutôt les pères qui cherchent leur fils !

Sa voix manquait toutefois d’assurance. Mais, comme on se trouvait à Venise et qu’en amour seules les femmes décident, elle lui prit la main.

— Allons, venez !

— Où m’amenez-vous ?

— Vous le savez bien.

Chiara écarta les branchages d’une main tremblante, entraînant Volnay à sa suite. Sa présence derrière elle affolait son cœur. Elle n'aurait pas cru celui-ci capable de produire tant de battements désordonnés. C'était comme s'il désirait s'échapper de sa poitrine.

Mon cœur me brûle, mon cœur me brûle…

Elle l'entraîna sous les feuillages d'une hutte d'amour qui la décoiffèrent. Volnay s'assit gauchement à côté d'elle. Dans l'ombre humide, les lèvres de Chiara cherchèrent les siennes et ses mains enserrèrent avec frénésie sa nuque. Hors d'haleine, le jeune homme ne tarda pas à mettre fin au baiser et se leva, l'esprit en feu.

— Où allez-vous ?

— Chiara, je ne peux trahir la femme que j'ai laissée à Paris.

— Une gamine de seize ans !

Volnay tressaillit et s'écarta d'elle, la tenant à bout de bras.

— Comment savez-vous cela ?

— Mais, c'est vous qui me l'avez dit.

— J'ai simplement dit que j'avais quelqu'un à Paris. Je ne vous ai jamais parlé de son âge. Alors ?

Elle resta silencieuse.

— Je vois, finit par dire Volnay, vous avez interrogé mon père.

Chiara ne répondit pas. Le jeune homme se leva brusquement.

— C'est un abus de faiblesse !

Il sortit précipitamment de l'abri. Une ronde joyeuse passait à cet instant. Des mains avides cherchèrent à s'emparer de lui. Volnay se glissa souplement sous les bras tendus, échappa aux doigts féminins et disparut dans l'ombre. Plus tard, toujours dissimulé, il vit Chiara en pleurs le chercher en vain.

Amarilli se promenait sur l'îlot avec ce qu'elle pensait être Lelio, un drôle de jeune homme aux sentiments exacerbés, gai, léger et, parfois, d'une étonnante gravité. Il prétendait avoir dix-huit ans mais il devait en avoir seize. La passion de cette extrême jeunesse pour quelqu'un de près de trente ans la touchait et, quelque part, la rassurait. Lelio la courtisait avec une constance et une foi sincères. Ses discours théâtraux l'amusaient. Il lui demandait présentement de baisser le pont-levis de ses réticences devant la fougue de son ardeur !

— Mon cœur est un château mal gardé, répondit Amarilli en entrant dans son jeu.

— Il me sied d'en forcer les fortifications et de l'investir…

— Poète !

— Souffrez, dame, que je vous taise ce qui agite mon âme.

— Mais non, il ne faut pas !

— C'est que je garde enfouis dans les recoins les plus intimes de mon cœur des trésors qui ne demandent qu'à être dépensés.

— Et quels sont ces trésors ? demanda Amarilli intéressée.

— Des trésors d'amour, madame.

Amarilli sentit une vieille blessure se raviver.

— Je ne sais que trop bien, dit-elle d'une voix sourde, comment vous, les hommes, vous aimez les femmes. Votre cœur bat pour nous jusqu'à ce qu'on capitule devant lui. Ensuite, il cède à l'ennui et part voir ailleurs !

Lelio se tint devant elle, les mains sur les hanches, le regard brûlant.

— Dois-je me le tenir pour dit ?

— L'ombre incite à trop de confidences. Donnez-moi le bras et revenons à la lumière.

— *“Je t’ai ouvert*
Le fermoir qui gardait le livre très secret
De mon cœur…”

— Cessez de réciter, s’emporta Amarilli exaspérée, nous ne sommes pas au théâtre !

Violetta se pencha vers elle et l’embrassa avec hésitation puis de plus en plus fougueusement. Haletante, Amarilli se dégagea.

— Lelio !

Sa main se posa sur son épaule.

— Cessez ! C’est folie !

Mais la bouche de Lelio prenait possession de la sienne, encore et encore. D’un geste faible, elle posa sa main sur sa poitrine pour le repousser. La stupeur figea son geste.

— Mais vous êtes femme !

— Mon Dieu, s’écria Violetta, je l’avais oublié !

Une ombre noire enserrait désormais le cœur de Volnay. Se pouvait-il que Flavia soit ici et avec qui ? Depuis qu’il avait posé pied sur cet îlot, la jalousie taraudait son esprit en imaginant ses lèvres possédées par un autre que lui.

Il pensait la trouver dans les bras d’un jeune patricien et que cet instant serait le plus désastreux de sa vie. Une sourde douleur le tenaillait mêlée à un brin de fatalité : il n’appartenait pas à son monde. S’il la découvrait occupée avec un jeune homme, la souffrance serait terrible mais ce serait finalement mieux. Il trouverait alors la force de l’effacer de sa vie. Elle, mais pas son souvenir bien sûr… Un souvenir qui resterait comme une blessure béante.

Il n'osait toutefois pas s'approcher d'un abri d'amour de peur d'y voir la vision terrible de son corps haletant s'agitant en cadence sous les coups de boutoir d'un jeune Vénitien. Il avait beau essayer d'exiler de son esprit ces pensées obscènes, les battements de son cœur redoublaient à la vue des couples qui se formaient et il ne pouvait s'empêcher de chercher des yeux une chevelure blonde, lisse comme la soie.

Comment étais-je avant de la connaître ? demanda son cœur éperdu. *Amoureux d'une autre*, répondit sa mémoire et il baissa la tête.

Une tache claire attira son regard. Comme s'il venait de mourir, il se dirigea vers elle, aussi silencieux qu'un fantôme. Son cœur avait cessé de battre.

Un jeune patricien se tenait debout, les mains sur les hanches, à demi dissimulé par les feuillages d'un arbre. Un peu en dessous de sa taille s'agitait spasmodiquement une touffe de cheveux de la même blondeur que ceux de Flavia. Il s'immobilisa, le cœur battant et déchiré par cette soudaine réalité.

— Flavia !

La jeune femme releva la tête et interrompit sa tâche. Elle passa une langue gourmande sur ses lèvres et d'une inclination de tête invita Volnay à la rejoindre.

— Venez, j'ai presque terminé.

Elle empoigna de nouveau son ouvrage, s'activant et arrachant de grands grognements à l'homme au-dessus d'elle. Volnay se détourna. Ce n'était pas Flavia.

Il revint sur ses pas. Au bout d'un moment, il comprit que, depuis que Flavia avait lié ses poignets, elle l'avait attaché à elle.

Il en était là de ses pensées lorsque, drapée dans le manteau sombre de la nuit, Flavia s'approcha, des bracelets d'or tintant à ses poignets. Arrivée près de lui, elle eut un sourire qui fit étinceler ses petites canines sous la lune.

— Vous êtes bien pâle, constata-t-elle. Que vous arrive-t-il donc ?

— Je vous cherchais, répondit Volnay dans un souffle.

— Eh bien, vous m'avez trouvée. M'ôterez-vous ce masque pour le vérifier ?

Son visage était dissimulé par un mince loup de velours et elle portait une provocante mouche au-dessus du creux de la poitrine qui, elle, s'offrait à tous les regards.

— Allez-vous bien ? haleta Volnay.

— Mais oui, répondit-elle un peu surprise.

Puis elle s'approcha encore de lui et le fixa avec intensité.

— Soulèverez-vous mon masque ou mes lèvres vous suffiront-elles ?

Dans un même mouvement, Flavia se pencha et l'embrassa. Un instant, Volnay tint dans ses bras ce corps gracile, surpris de ce soudain abandon.

— J'avais dit vrai sur la gondole, c'est toi que je veux, haleta-t-elle doucement en s'écartant une fois le baiser achevé.

— C'est toi aussi que je veux, répondit précipitamment Volnay. Mais je ne peux pas…

— Je sais que ton cœur n'est pas libre, répondit Flavia.

Elle se mordit pensivement les lèvres.

— Comment cela ? demanda le jeune homme.

— Chiara me l'a dit. Elle pensait pouvoir m'écarter ainsi doublement de toi.

Volnay sentit l'amertume gagner son cœur.

— Vous êtes trop compliquées, vous, les Vénitiennes !

— Chiara n'est pas née à Venise et elle ne sera jamais des nôtres. Toi, par contre, tu es né ici. Tu es vénitien !

Volnay se raidit.

— Tout le monde l'ignore.

Flavia leva vers lui ses merveilleux yeux bleus.

— Et pour cause puisque ton père a fait falsifier les registres d'une église en France pour te faire naître là-bas !

— Comment le sais-tu ?

— Je te l'ai dit : les services de renseignements de la Sérénissime sont les meilleurs au monde.

Elle se lova plus encore contre lui, dans une volonté affichée d'épouser tous les recoins de son corps. Dans un soupir, elle murmura :

— Ta mère était patricienne, d'une des meilleures familles de Venise. J'ai vu son portrait une fois dans son palais. C'était une femme magnifique et, toi, tu es très beau aussi.

Elle vint clore ses lèvres d'un nouveau baiser, plus tendre.

— Non, ne dis rien. Garde-moi serrée un instant dans tes bras. Ensuite, tu me laisseras m'en aller. C'est mieux pour nous deux.

L'air hagard, Violetta marchait dans la nuit, ignorant les mains des hommes qui se tendaient vers elle pour la saisir.

— Tu es femme mais je voudrais que tu sois à moi, répétait-elle à voix basse. Voilà ce que j'aurais dû lui dire.

L'initiation amoureuse suivie de la désillusion amoureuse…

Successivement, le moine vit revenir Violetta, le visage défait, puis son fils, l'air sombre et préoccupé, essuyant d'un revers de manche le rouge qui tachait ses lèvres.

— Pour une fois, chuchota le moine, je m'en sors plutôt bien, moi !

XI

Violetta tambourina à la porte des appartements d'Amarilli.

— Dame, ouvrez-moi, je vous en supplie !

Une voix étouffée s'éleva.

— Je ne veux pas t'entendre, tes lèvres sont enduites du poison de la duplicité !

— Dame !

— Va-t'en ! Cesse ce vacarme et délivre-moi de ton insupportable présence !

— Je frapperai à votre porte jusqu'à ce que je puisse entrer pour m'expliquer, assura Violetta en tapant du poing.

— Tu vas réveiller toute la maisonnée ! N'as-tu donc aucun respect pour ma personne ?

— Pas si vous n'en avez aucun pour la mienne !

— Ah, démon, je t'ouvre mais promets-moi que tu partiras vite et que tu quitteras ce palais à jamais !

La porte ouverte, Violetta se précipita à l'intérieur, haletante !

— Amarilli !

— J'ai été ton jouet !

— Tu es mon amour !

La comtesse frappa du pied par terre.

— Ouvre les yeux, je suis de ton sexe !

— Je ne t'en aime pas moins pour autant, murmura Violetta en détresse.

— Laisse cela, traître ! Que dis-je ? Traîtresse ?

Violetta se jeta à genoux.

— *"Ah dame ! Pose ton pied sur ma nuque, frappe-moi mais ne m'accuse pas de trahison, moi dont l'humeur a toujours été constante et loyale ! Je t'ai ouvert mon cœur. Tu as entendu et compris la musique très secrète de mon âme..."*

Amarilli la repoussa du pied.

— Encore ton Shakespeare !

Violetta demeura à genoux, les mains encore jointes, les yeux humides de larmes.

— Shakespeare cite souvent Venise dans ses pièces, chuchota-t-elle.

La jeune comtesse parut prendre pitié d'elle.

— La vie n'est pas une pièce de théâtre, dit-elle d'un ton radouci. Lelio… Mais non, tu ne t'appelles pas ainsi.

— Je me nomme Violetta.

— Violetta ? fit Amarilli d'un ton songeur. C'est un joli prénom, il fait penser aux fleurs sauvages dans la prairie. Quelque chose qui pousse en dehors des sentiers battus…

Toujours à terre, Violetta s'empara des mains d'Amarilli.

— Cueillez-la, cette fleur, elle est toute pour vous !

Amarilli secoua la tête.

— Hélas, charmant instant d'égarement, te voilà révolu…

Elle considéra gravement Violetta. Un instant, le doute sembla l'étreindre puis elle se détourna.

— Il vaut mieux que tu rentres chez toi. Va, j'estime la dette payée et te dispense de ton service.

Un billet d'Apostolo Cordolina attendait le chevalier de Volnay à son réveil. Le procurateur de Saint-Marc le priait de lui rendre visite à domicile au plus tôt. Le policier s'y rendit immédiatement, autant par curiosité que pour échapper à un tête-à-tête avec Chiara.

Flavia le reçut comme si rien ne s'était passé entre eux la veille sur l'île. Elle faisait de nouveau preuve avec lui d'une distance lointaine. Volnay se demanda si celle-ci était simplement feinte. En fait, c'est ce qu'il espérait.

Dans les bras de la jeune femme se lovait un chat tigré qui le fixa mystérieusement de ses yeux d'un vert profond.

— Avions-nous rendez-vous ? s'enquit Flavia d'un ton neutre.

Le dialogue ainsi entamé, Volnay se raidit.

— Non. Votre père m'a fait demander. J'en profitais pour venir vous présenter mes hommages.

— C'est bien aimable à vous, répondit-elle avec indifférence.

Un amour ailé en marbre les observait. S'enhardissant, Volnay dit :

— Vous êtes la première personne que j'avais envie de voir aujourd'hui.

Flavia hocha lentement la tête sans le quitter des yeux.

— J'aime à me savoir au cœur de vos priorités, répondit-elle d'un ton mesuré.

Son corps offrait au regard de gracieuses proportions. Il baissa les yeux, découvrant du même coup ses chevilles nues dans ses mules. Un instant, il imagina celles-ci avec des entraves pour esclave, une seconde plus tard, pourvues d'ailes. L'éventail de sentiments contradictoires qu'il pouvait éprouver pour elle le dérangeait.

— Permettez-moi de me retirer, dit-il en déglutissant. Votre père doit m'attendre.

Imperturbable, Flavia le regarda d'un air détaché.

— Allez, dit-elle enfin, mais revenez me voir ensuite.

Apostolo Cordolina était le calme personnifié, même lorsqu'il accusait Volnay.

— Nous avons su où vous êtes allé, dans les Terres fermes.

— Vous me faites espionner ?

L'autre eut un geste d'impatience.

— Bien entendu que je vous fais espionner ! Que croyez-vous ? Chacun de vos faits et gestes est connu par moi comme par tant d'autres. Pensez-vous que Venise traite à la légère l'assassinat du comte de Trissano ?

— Et l'affaire des pendus…

— Sans doute… Qu'avez-vous appris dans les Terres fermes ?

— Bien des choses.

Le procurateur de Saint-Marc réprima un geste d'agacement et s'efforça de parler d'un ton patient.

— Vous n'êtes pas à Paris, chevalier, ni en France, pas même dans un État dont vous pourriez appréhender les subtils mécanismes. Ici, Volnay, c'est Venise. Tout peut être très facile ou très difficile…

Les doigts de Volnay se posèrent négligemment sur son ceinturon, pas très loin de la garde de son épée.

— Ai-je l'air d'une personne qu'on puisse menacer impunément ? Ai-je fait quelque chose pour vous conforter dans cette idée ?

Apostolo Cordolina ne cilla même pas.

— Je voudrais vous présenter quelqu'un qui désire vous rencontrer.

Sans lui laisser le temps de répondre, il alla jusqu'à une tenture et la souleva, révélant une porte qu'il ouvrit posément. Un homme entra, entièrement vêtu de noir et portant la *bauta*, un capuchon de soie noire lui couvrant tout le visage et formant mantille sur ses épaules. Un tricorne recouvrait sa tête. Le *volto*, un masque blanc, complétait son allure fantomatique.

— Monsieur, dit tranquillement Volnay, puis-je vous demander d'ôter votre masque ?

— Mon visage ne vous dirait rien, répondit l'autre d'une voix grave.

— C'est un argument de plus pour vous prier de l'enlever, insista le policier.

Cordolina s'interposa.

— J'en ai assez de vos manières, dit-il fermement. Vous ne respectez rien mais, cette fois, vous vous plierez à nos usages. Notre invité gardera son visage secret.

Volnay se tourna vers l'inconnu. Les fentes dans le masque semblaient deux serrures fermées à double tour.

— Puis-je au moins savoir qui vous êtes ?

— Un gardien de l'eau.

Volnay cacha sa surprise.

— La Magistrature des eaux ?

On devina un sourire sous le masque.

— Oh, mais vous connaissez bien Venise.

— On m'en a beaucoup parlé.

— Oui, je vois. La ravissante Chiara, sans aucun doute, Goldoni peut-être et Vitali vraisemblablement. Voire même le moine…

— Vous connaissez le moine ?

— Nous n'avons pas la mémoire courte à Venise, répondit l'autre sèchement. Ses différents passages ne sont pas passés inaperçus. Ses frasques non plus…

— Oh, il s'est bien calmé depuis, répondit Volnay impassible.

Il n'aimait pas voir le danger s'approcher trop près de son père.

— Qu'avez-vous appris dans les Terres fermes ? demanda l'inconnu.

Sa voix semblait sortir des profondeurs d'une tombe.

— J'ai appris que le comte de Trissano avait acquis, terre après terre, des lieux stratégiques pour la rencontre des eaux ou leur cheminement dans toute la région de Chioggia. Il a consacré ce qui restait de sa fortune à cette œuvre : se rendre maître de la régulation des eaux sur les Terres fermes. Il retrouvait ainsi sur vous un pouvoir terrible. Est-ce pour cela que vous l'avez fait assassiner ?

L'inconnu soupira.

— Croyez-vous que nous l'aurions laissé faire ?

Volnay remarqua que Cordolina ne desserrait pas les lèvres de la largeur d'un cheveu. Soudain éclairé par une intuition, il se tourna vers lui.

— Vous n'avez jamais eu l'intention de donner la main de votre fille à Orazio. Vous l'avez introduite dans la Ca'Trissano pour espionner le comte et découvrir ses desseins !

Cordolina le fixa en retour sans sourciller.

— L'idée a le mérite de la simplicité mais elle en a également les limites.

L'homme masqué agita les mains pour attirer de nouveau l'attention sur lui.

— Messieurs, messieurs, nous nous égarons.

Il fit face à Volnay.

— L'eau ne se domestique pas aussi facilement. Croyez-vous qu'en changeant le lit d'un cours d'eau, on puisse changer le cours de l'histoire de Venise ?

— L'avenir se construit pas à pas, le premier domino qui tombe entraîne les autres dans sa chute, dit énigmatiquement le procurateur de Saint-Marc.

L'homme masqué haussa les épaules d'un air indulgent.

— Notre ami Cordolina aime agiter des concepts sortant de l'ordinaire.

— En bien ou en mal, le changement est proche, fit Apostolo Cordolina d'un ton soudain grave. Soyez-en assuré.

— Mon ami, dit l'inconnu en usant d'un doux ton de reproche, Venise a survécu à tout. Sa fin est loin d'être proche.

— Il n'empêche…

L'homme masqué le coupa.

— Laissons là les Terres fermes. L'illustre Girolamo Priuli l'a dit : si les Vénitiens venaient à perdre le territoire de la mer, ils perdraient aussi leur gloire, et en très peu d'années, ils se consumeraient lentement.

Il se tourna vers le Français.

— *Missier* Cordolina a fort à faire, je me propose de vous raccompagner à une gondole.

Dehors, l'homme au masque marcha à ses côtés d'un pas tranquille.

— Je cherchais l'occasion de vous parler en tête à tête, vous l'avez compris.

— Cordolina aussi, s'amusa Volnay.

— Notre ami Apostolo a suffisamment de choses à s'occuper. Nous n'avons pas besoin d'alourdir son esprit avec de nouveaux soucis.

— En quoi l'esprit d'un procurateur de Saint-Marc est-il alourdi ? s'étonna le Français.

— Par les soucis de sa charge, ironisa l'autre.

— Et quel est le souci de la vôtre ?

— Oh, répondit humblement l'homme masqué, nous nous occupons de consolider les îlots et les lidos, de planter des arbres pour fixer les sols et de faire drainer les canaux, de renforcer les quais et les jetées…

— Je vois…

— Tout ce que nous avons, nous l'avons conquis sur l'eau. La Magistrature des eaux veille à l'équilibre des forces en présence.

— Et le comte de Trissano a joué avec ces forces ? demanda Volnay.

— En quelque sorte.

— Pensez-vous que c'est pour cela qu'on l'a assassiné ?

— C'est possible. Et s'il ne l'avait pas été, il aurait été jugé et condamné. Mais pas à mort, rassurez-vous. Quelques années d'exil hors des territoires vénitiens tout au plus… La justice vénitienne est bien plus clémente qu'en France !

— Le crime évite un procès public, remarqua le Français.

— Comme vous y allez, nous avons des lois à Venise et elles sont respectées. Suffisamment de personnes s'en mêlent pour cela ! Venise se méfie d'elle-même comme des autres.

— Cela ne nous dit pas qui l'a tué.

L'autre haussa les épaules.

— À quoi bon passer tant de temps sur cette question, si loin de chez vous ?

— La vérité, fit laconiquement Volnay.

— Que lui voulez-vous à la vérité ?

— La faire connaître. L'instant où surgit une vérité a quelque chose de magique qui sort l'homme de sa torpeur. Ensuite, il replonge dans les ténèbres.

L'homme au masque s'arrêta de nouveau et lui lança un regard grave.

— Restez dans les ténèbres, mon ami, ce serait mieux…

— Sinon ?

— Vous risqueriez de vous retrouver comme tant d'autres avant vous, une pierre au cou dans un canal écarté de la lagune…

Volnay se figea. Ce n'était pas possible, il n'avait pas dit cela.

— Vous me menacez ?

Le commissaire aux morts étranges le fixait intensément, la main sur la poignée de son épée. L'homme au masque gardait les yeux rivés sur lui, évaluant le danger.

— Pas moi, dit-il enfin. Je ne suis qu'un magistrat des eaux. Je vous l'ai dit, je m'occupe surtout de lutter contre l'ensablement de nos fleuves et de nos canaux.

Il se pencha et lui chuchota à l'oreille :

— Mais méfiez-vous du Conseil des Dix et des trois inquisiteurs de l'État !

— Qu'attendez-vous de moi ?

— Repartez en France, ce serait plus sage.

Après leur séparation, le policier suivit discrètement l'homme au masque jusqu'à ce qu'il rejoigne deux personnages sinistres. L'un habillé de noir, et l'autre dont la cape dissimulait un habit écarlate. Ils se concertèrent brièvement, l'un d'eux hocha la tête et ils se quittèrent sans plus de façon.

Volnay revint d'un pas tranquille au bureau de Cordolina qui, semble-t-il, l'attendait.

Le Vénitien lui jeta un regard empreint de curiosité.

— Que vous a-t-il dit ?

— Des subtilités vénitiennes !

La remarque n'arracha qu'un maigre sourire au procurateur.

— Mais encore ?

— Il m'a conseillé de rentrer à Paris.

— Qu'allez-vous faire ?

— Rester.

La réponse lapidaire de Volnay ne sembla pas surprendre Cordolina.

— Bien, bien… Au moins, vous n'êtes pas quelqu'un d'impressionnable, mais cela je le savais déjà !

Il contempla froidement le jeune homme.

— Avez-vous cru avoir en face de vous un magistrat des eaux ?

— Pas un instant.

— Pourquoi ? demanda Cordolina dubitatif.

— Parce qu'il a refusé d'ôter son masque.

— Et qui était-il à votre avis ?

— À son aplomb, un des trois inquisiteurs de l'État.

Cordolina ne commenta pas mais son silence fut éloquent. Volnay alla lentement à la fenêtre et jeta un regard curieux dans la rue. Où donc étaient passés les trois oiseaux de mauvais augure ?

— D'ailleurs, ajouta-t-il, il a rejoint plus loin ses deux compères. L'un de noir vêtu, et l'autre en pourpre. Et les voilà tous réunis : les trois inquisiteurs vêtus de noir, *inquisitori di Stato* : deux membres du Conseil des Dix à toge noire *(i negri)* et un conseilleur ducal membre de la seigneurie *(il rosso)*, le rouge, vêtu d'écarlate.

— C'est fâcheux, dit le procurateur de Saint-Marc pour toute réponse.

— Fâcheux pour qui ?

— Pour vous comme pour moi, répondit Cordolina avec l'accent de la vérité. On cherche à nous impressionner. Les inquisiteurs de l'État ou le Tribunal suprême. Il sait tout, voit tout et ses délibérations sont secrètes. Les inquisiteurs ne sont plus aussi puissants qu'autrefois mais il suffit de les agiter comme des épouvantails pour terrifier le premier venu.

Il alla à une table et emplit deux coupes de malvoisie. Après cela, il contempla Volnay avec un intérêt nouveau comme s'il découvrait la vraie personnalité du jeune homme.

— Mais nous ne sommes pas de ceux qu'on effraye, n'est-ce pas ? reprit enfin Cordolina en lui tendant l'une des coupes.

— Même par le Conseil des Dix ? demanda Volnay avant de boire une gorgée.

Cordolina haussa les épaules et se mit à réciter d'une voix morne :

— Le Conseil des Dix ne traite que de trahison et perturbation à la paix de l'État, les cessions de terres et possessions de l'État réclamant des tractations secrètes, l'*abominandum vitium* de la sodomie, la désobéissance des *rettori* et autres fonctionnaires, la discipline de la Chancellerie ducale, des écoles de dévotion et d'arts et métiers.

— Quant aux affaires secrètes…

— *"De choses importantes pour l'État et de régler par des services et de l'argent ces troubles qui pourraient perturber notre tranquillité !"*

Les deux hommes rirent.

— Nous y voilà avec nos histoires d'eau, remarqua Volnay remarquablement détendu.

On frappa discrètement à la porte officielle et un domestique en livrée déposa un plateau de friandises et de fruits confits.

— Vous prendrez bien quelque chose, proposa aimablement Cordolina.

Volnay qui n'avait pas l'habitude d'être aussi bien reçu par le procurateur refusa poliment. Ils prirent place dans des fauteuils face à face.

— Il y a un siècle, commença le Vénitien, pour financer la guerre afin de garder notre possession de Candie, l'île de Crète, l'État a offert pour cent mille ducats la possibilité à des citoyens de devenir patriciens. Une raison strictement financière mais qui s'appuyait sur une observation lucide : les citoyens ayant assez de sens civique pour sacrifier une partie de leur fortune méritaient leur place au patriciat. Le Sénat et le Grand Conseil votaient alors ou non l'acceptation.

Il s'interrompit pour jeter à Volnay un regard acéré.

— Une troisième raison a peu été évoquée mais n'en gardait pas moins son importance. Il s'agissait d'apporter du sang neuf dans des assemblées parfois sclérosées. Nous, les plébéiens fortunés, malgré nos origines obscures, nous nous sommes intégrés dans ce corps le plus fermé au monde.

— Et parfois jusqu'aux premières places, remarqua Volnay.

Sans le quitter des yeux, Cordolina but son vin à petites gorgées.

— Vous connaissez le principe : tous les patriciens sont égaux et l'on veille à ce qu'ils le demeurent.

— Et le Conseil des Dix est là pour couper les têtes qui dépassent trop, ironisa Volnay.

— Symboliquement s'entend, se crut obligé de préciser Cordolina.

Il reposa sa coupe avec un petit bruit sec.

— La législation incombe au Grand Conseil, la politique internationale, les questions militaires et les finances au Sénat. Les délits et les peines sont du ressort de la Quarantia Criminale. Et pour que personne ne s'arroge un pouvoir personnel, on change de Quarantie tous les huit mois, leurs chefs au bout de deux mois. Le Conseil des Dix, quant à lui, est renouvelé chaque année et son chef tous les mois…

— Et vous là-dedans ?

— Je ne suis qu'un procurateur de Saint-Marc…

— La plus haute fonction après celle de doge ! Et, avec cette dernière, la seule charge à vie.

— Sans vrai pouvoir…

— Membre écouté du Sénat.

— Pas tant que ça.

Volnay sourit.

— *Sier* Cordolina, je sais que les hommes d'affaires vénitiens investissent rarement dans une seule affaire à la fois. Vous avez toutefois la particularité de toujours investir la même chose : votre fille. C'est ainsi que vous avez engagé Flavia auprès d'Orazio pour entrer dans la Ca'Trissano. Après avoir récupéré votre mise, vous l'avez placée auprès de moi pour me pousser à la recherche de la vérité dans l'affaire des pendus !

L'imperturbable dignité de Cordolina ne parut pas entamée par cette attaque frontale.

— Vous me prêtez de sombres desseins tout en surestimant sans doute la soumission d'une fille à son père.

— Avant de poursuivre mon enquête, dit gravement Volnay, j'aimerais m'assurer de vos motivations profondes.

— Tout changement est brutal et heurte ce qui est convenu. Je me prépare à toutes les éventualités, j'essaye d'anticiper le cours des choses…

Volnay se leva.

— Merci de m'avoir reçu. Je crois que je vais rentrer en France.

— Ma fille et moi en serions navrés, lâcha distraitement Cordolina.

La mention de Flavia gela toutes les velléités de Volnay de partir.

— Eh bien, je vous écoute, si vous avez quelque chose à me dire…

Satisfait, le patricien reprit :

— Savez-vous ce qui a uni les Vénitiens au cours des siècles ? La volonté d'exister. Tout le monde en Europe guette Venise, attendant que le fruit soit mûr pour le cueillir.

— Et ce fruit peut tomber à tout moment, observa Volnay.

Le Vénitien hocha la tête.

— Nous n'avons plus ni forces marines ni terrestres dignes de ce nom. La cour de Vienne nous a encerclés de ses possessions. Il nous faut réagir. Oh, je ne parle même pas de retrouver la splendeur d'antan. Nous n'en avons plus les moyens. Mais Venise a encore des atouts. Il nous faut reconstruire une flotte maritime pour protéger nos vaisseaux de commerce, assécher les marais près de Vérone pour y faire de l'agriculture. Travailler nos pâturages, reboiser. Développer nos industries de céramique et de porcelaine, de papeterie et d'imprimerie, de soie, d'étoffes… Les

Sages au négoce et les députés au commerce font de leur mieux, de même que les inquisiteurs au bois ou aux arts.

Il agita une main lasse.

— Mais trop de monde s'occupe de tout et trop de votes se monnayent dans les assemblées. Nous sommes devenus savants en délibérations mais pauvres en décisions.

— Quel est votre projet pour Venise ? demanda Volnay.

Un long silence s'ensuivit.

— Je dois partir aux Procuraties, dit enfin Cordolina, mais revenez me voir ce soir et nous parlerons de tout cela.

— Avant de me retirer, permettez-moi d'aller rendre mes hommages à mademoiselle votre fille.

— Je vous en prie, répondit Cordolina d'un ton neutre.

Flavia s'était apprêtée. Elle avait les mains bien prises dans des mitaines de soie blanche et un bandeau orné de pierres à la couleur de ses yeux enserrait sa chevelure blonde et claire. Elle ne portait plus ses mules aux pieds.

— Vous avez été bien long et vous êtes sorti sans me voir, constata-t-elle d'un ton calme.

— Les événements l'ont décidé ainsi, expliqua Volnay, mais mon but a toujours été de revenir au plus vite près de vous.

— Vous avez tardé et je n'aime pas attendre, dit-elle d'un ton désinvolte. Vous demanderai-je de vous mettre à genoux devant moi pour vous faire pardonner ?

— Ce n'est pas trop dans mes habitudes, rétorqua Volnay.

— Ah vraiment ?

Un sourire laissa une trace légère sur le visage de Flavia.

— Je vous taquinais.

— Je l'avais bien compris !

Un silence amusé et complice passa entre eux.

— Nous avons encore des entrepôts ici, savez-vous ? fit Flavia.

— Je l'ignorais.

— Souhaiteriez-vous les visiter ?

— Mais… pourquoi pas ? fit Volnay surpris.

Dans certains palais, on déchargeait encore du Grand Canal les cotons, soieries et épices sur le *portico*, un quai privé abrité par un porche, avant de les entreposer dans l'*andone*.

— Il n'y a personne ? s'étonna Volnay en entrant dans l'entrepôt.

— C'est jour de procession religieuse et mon père a donné congé à ses employés qui sont fort croyants.

— Pas vous ?

— Pas plus que vous, répondit malicieusement Flavia.

Volnay hocha la tête. Son regard balaya les tables et les étagères où s'entassaient les velours ciselés dans la soie et rebouclés d'or en relief, les brocarts et damas avec ramages floraux et chinoiseries, les tissages de soie et d'étoffes brochées d'or et d'argent.

— Que faisons-nous ici ? demanda-t-il.

— Nous cherchons des réponses à nos questions.

— Vous savez qu'elles sont nombreuses.

Flavia eut un faible sourire.

— Oui, je ne l'ignore pas.

Prise par les senteurs de cuir et d'étoffes, elle le laissa s'emparer de sa main mais le prévint.

— Je suis destinée à un noble patricien.

— Ne suis-je pas fils de patricienne ?

Flavia le fixa droit dans les yeux, sans ciller.

— Assurément, vous l'êtes.

— Oh oui !

Elle sembla s'enhardir.

— Et bien plus noble que beaucoup, tant dans le courage que dans la pensée et le comportement. Néanmoins…

Ses doigts effleurèrent sa joue.

— Votre cœur est déjà pris et vous n'êtes pas homme à mener deux liaisons à la fois. Il vous faut choisir. Je sais que vous êtes un homme qui fait ce qu'il dit… lorsqu'il sait quoi faire…

— Les choses sont-elles plus faciles pour vous ?

— Non, différentes voix s'affrontent en moi mais celle de Venise est toujours la plus forte.

Il la regarda, admiratif. En vérité, elle était vénitienne jusqu'au bout des ongles. On la pensait glaciale, elle se comportait simplement avec sobriété et vérité.

— Nous nous connaissons si peu, chuchota-t-elle, et pourtant nous nous comprenons maintenant si bien…

Il porta ses doigts à ses lèvres et les baisa comme s'ils étaient de cristal. Elle récupéra son bien avec douceur.

— Je ne souhaite pas une aventure et mon père ne vous donnerait pas ma main, si tant est que vous la lui demandiez.

Elle mit un doigt sur ses lèvres pour l'arrêter dans son élan.

— Non, ne dites rien, je ne tiens pas à le savoir. Si tel était le cas, j'aurais des regrets et, sinon, des remords. Maintenant, ma conscience est claire.

Elle se détacha de lui et leurs ombres qui s'étaient un instant recoupées se désunirent.

— Nous allons terminer notre visite. Peut-être, entre les étoffes et les brocarts, vous donnerai-je un dernier baiser parce que j'en aurai décidé ainsi. Peut-être pas…

Elle l'observait à travers ses paupières mi-closes. Rien de ses sentiments ne semblait devoir échapper au regard attentif qu'elle posait sur lui.

Il la prit dans ses bras. Flavia se laissa faire sans commentaire. Les lèvres de Volnay parcoururent son front, ses paupières, ses tempes, l'arête de sa bouche. Elle reçut passivement tous ses baisers.

— Êtes-vous certain ? demanda-t-elle simplement. Je vous ai dit que je ne voulais pas d'une aventure.

Volnay lui donna de nouveau un baiser qu'elle accepta sans néanmoins le rendre.

— Tu es mon aventure, dit-il enfin.

Flavia tendit ses lèvres pour qu'il l'embrasse et cette fois elle lui rendit son baiser.

XII

Le moine n'avait guère dormi mais, pris d'un sommeil épais peu avant l'aube, il s'était réveillé plus tard que de raison. De méchante humeur, il s'était précipité à la Ca'Trissano, soucieux de retrouver une Violetta défaite par le chagrin. Il l'avait demandée et patientait dans le *portego* lorsque son fils survint, le goût des baisers de Flavia encore sur ses lèvres, accompagné d'un homme d'une cinquantaine d'années.

— Père, je pensais bien te trouver là. J'ai amené avec moi notre ami Carlo Goldoni. Tu apprécies ses pièces. Lelio n'est point ici ?

— Non, intervint brusquement le moine. Il ne s'y trouve pas.

— Quelqu'un m'appelle ?

Violetta venait de faire son apparition. Le moine blêmit.

— Oh, Lelio, fit aimablement Volnay, permettez-moi de vous présenter mon bon ami Carlo Goldoni, le célébrissime auteur de théâtre.

Goldoni rosit de plaisir.

— Lelio, fit précipitamment le moine, vous deviez partir en courses pour votre maîtresse. Allez-y vite ! Je vous croyais déjà parti !

Violetta le considéra bouche bée.

— Mais, à ce propos, je voulais justement vous dire que…

— Quittez les lieux, vite ! s'exclama le moine en roulant des yeux terribles. Vite !

Et il y avait presque du désespoir dans le son de sa voix. Violetta pâlit et tourna précipitamment les talons. Volnay se tourna lentement vers son père.

— Décidément, tu as pris de l'autorité à Venise. Voilà même que tu diriges la domesticité de ce palais !

Goldoni fit un pas en avant, une expression d'étonnement peinte sur le visage.

— Dieu, quelle ressemblance frappante ce jeune garçon a avec sa sœur !

— Sa sœur ?

— Elle était Deuxième Amoureuse au théâtre La Fenice la saison dernière. On ne l'a pas revue depuis.

— Deuxième Amoureuse ? questionna Volnay.

— C'est ainsi qu'on nomme les personnages de jeunes filles naïves aux amours contrariés dans nos comédies, expliqua Goldoni.

— Imaginez-la en fille. Ce serait elle ?

— À n'en pas douter, oui. Elle jouait la comédie et chantait même certains intermèdes.

Volnay se tourna triomphalement vers son père.

— Une comédienne ! Alors, qu'en dis-tu ?

Le moine le contempla tristement.

— Nos certitudes nous éloignent souvent de la vérité, dit-il.

Puis, il quitta le *portego*.

En chemin, il croisa Amarilli qui se lamenta.

— Ah, mon frère. Quel malheur que vous ne soyez resté avec nous sur cet îlot maudit !

La patience du moine s'amenuisait rapidement ces dernières minutes.

— Lelio vous a simplement dit qu'il vous aimait, n'en faites pas un drame.

— Mais Lelio est une femme ! s'écria dame Amarilli.

— Et alors ? L'amour est-il folie, erreur ou errements ? En tout cas, nous sommes tous prédestinés à le suivre.

Amarilli le considéra un instant, stupéfaite.

— Vous le saviez, vous l'avez toujours su et vous ne m'avez rien dit !

Elle pleura. Puis elle le frappa de ses poings qui rebondirent sèchement contre sa poitrine dure.

— Vous ! Vous vous êtes moqué de moi !

— Jamais, noble dame, soupira le moine. J'ai simplement laissé la nature suivre son cours pour qu'il n'y ait point de regrets au petit matin.

De rage, Amarilli se courba en avant, pointant un doigt accusateur sur lui.

— Sortez d'ici, je ne veux plus jamais vous revoir à la Ca'Trissano. Et emmenez avec vous ce jeune démon femelle !

Le moine découvrit Violetta, devant l'entrée du palais, avec son maigre bagage.

— Je voulais vous le dire tout à l'heure, expliqua-t-elle, mais vous ne m'en avez pas laissé le temps. On m'a priée de partir.

De toute sa personne émanait une douloureuse dignité. Elle redressa la tête avec fierté.

— J'ai tenu néanmoins à sortir par la porte principale, celle des invités, et non celle de derrière pour les domestiques.

Son regard glissa sur lui.

— Vous aussi, elle vous a mis dehors ! constata-t-elle.

Le moine eut un geste désinvolte.

— Oui, mais ce n'est pas très grave.

— Moi, dit sérieusement Violetta, je pourrais bien en mourir de chagrin.

— Je suis certain que non! s'exclama le moine. Il serait d'ailleurs stupide de mourir pour quelqu'un qui ne vous aime pas! L'amour nous fait parfois aimer l'autre plus que nous-mêmes et cela n'est pas raisonnable. Certains se dupent eux-mêmes pour l'amour de leur amour. Gardez les pieds sur terre, Violetta : pour aimer, il faut toujours garder de soi une estime raisonnable!

Elle le considéra avec une attention nouvelle.

— Vous avez raison, ce qui a été offert et refusé n'est plus. Mon amour est mort…

Un frisson la secoua des pieds à la tête.

— Vous avez froid? s'enquit le moine.

La mâchoire crispée de Violetta s'ouvrit à grand-peine.

— Mon sang est glacé, seule ma rage me réchauffe encore. Vous entendez mes dents grincer? C'est la colère.

Le moine installa Violetta à proximité de sa résidence, dans une auberge très convenable de Santa Croce. Chiara ne sachant rien lui refuser, il aurait pu l'introduire dans sa demeure mais la présence de son fils l'en empêchait. Il recommanda à la jeune fille de ne sortir que de jour et de veiller à ce que personne ne la suive. Enfin, il lui donna l'adresse de Chiara et lui ordonna de s'y rendre en cas de nécessité.

Ceci fait, il s'enfonça dans San Marco, longea un quai étroit et traversa un pont qui donnait directement sur la porte d'une maison à la façade en briques, au moment où le *rio* amorçait un coude sur la droite. La porte était encadrée de deux petites fenêtres carrées et grillagées. Un élégant heurtoir en forme de poisson décorait le panneau de bois richement sculpté.

Il frappa, entendit des pas et, par le judas, vit une paire d'yeux curieux le scruter.

— Mon frère, que puis-je pour vous ?

Il ne s'agissait pas d'une servante mais du médecin lui-même. Satisfait, le moine répondit :

— Nous nous sommes déjà croisés à la Ca'Trissano, au lendemain du décès du maître de maison.

— Oh, je me souviens !

On déverrouilla la porte et le médecin le fit entrer.

— Comment connaissez-vous mon adresse ?

— On me l'a donnée à la Ca'Trissano.

— Êtes-vous malade ?

Le moine soupira.

— La nostalgie, la mélancolie… mais à cela vous ne pouvez rien, n'est-ce pas ?

L'autre secoua la tête.

— À part regarder devant soi, plutôt que derrière, je n'ai pas d'autre conseil à vous donner !

Le moine approuva.

— Il est néanmoins sage et je le fais mien ! Mais la vraie raison de ma visite est que j'accompagne le policier français qui aide *sier* Cordolina pour l'enquête sur le meurtre de la Ca'Trissano.

L'autre eut un mouvement déférent.

— *Sier* Cordolina lui-même ? Palsambleu ! Les choses prennent une tournure inattendue !

— J'ai deux questions à vous poser, fit très sérieusement le moine, afin de compléter notre premier entretien. Ma première question concerne les paris qui ont couru sur le prochain assassinat du comte de Trissano, la seconde sur son état de santé. Je vous préviens que vos réponses confirmeront ou non ma théorie quant au véritable coupable ! Parlez, mais parlez vrai !

Pour achever de confondre Violetta, il fallait à Volnay trouver Teodora. Il se souvenait du trouble de Violetta à la Ca'Trissano lorsqu'elle avait croisé la jeune contorsionniste. L'adresse du domicile de celle-ci lui avait été aimablement fournie par Vitali. Le Français se demanda si les visites du Vénitien à la jeune fille avaient été couronnées de succès. Teodora ne lui semblait pas courir après l'aventure.

Il n'était pas encore midi. Il longea le quai, côté ombre. De l'autre côté du *rio*, le soleil éclairait les façades et les rangées de fenêtres et de balcons. Le quai s'arrêtait devant l'entrée d'une bâtisse à quatre étages. L'endroit était sombre, encaissé entre deux façades. À l'intérieur de l'immeuble, il chercha, frappa aux portes, posa des questions : personne ne connaissait la jeune fille. Perplexe, Volnay emprunta le *sottoportego* qui le ramènerait au quai désert lorsque, avant de déboucher sur le quai, Vitali se dressa devant lui, la main sur la garde de son épée.

— D'où revenez-vous ainsi ? Encore à lutiner les filles ou à nous apprendre comment résoudre des énigmes trop compliquées ?

Volnay le considéra avec calme. Ses idées prenaient forme.

— Vous m'avez délibérément fourni une fausse adresse !

Et comme l'autre souriait sardoniquement, le Français comprit qu'il avait visé juste. À son tour, il posa la main sur la garde de son épée.

— Vous ai-je offensé ou me cherchez-vous seulement querelle pour prouver votre valeur ?

— Sale petit fouineur de Français ! Et en plus, vous vous attaquez à l'honneur des Vénitiennes !

— Pardon ? fit Volnay interloqué.

— Vous savez bien de quoi je veux parler !

— Pas le moins du monde, répondit le Français en reculant d'un pas pour prendre de l'espace car Vitali venait de sortir son arme.

— Teodora est mienne !

— Je ne vous la dispute pas, répondit calmement Volnay.

— Mais vous me demandez son adresse !

— Pour les besoins de mon enquête. Je n'ai aucun désir d'aller plus loin dans sa connaissance.

— Oh, pas assez bien pour vous, n'est-ce pas ? grogna Vitali. Tout juste bonne pour quelqu'un comme moi ! Vous, il vous faut une Chiara d'Ancilla ou une Cordolina !

— Vous divaguez !

— Je vais vous donner une petite leçon d'humilité, fit Vitali en fouettant l'air de son épée.

— Vos désirs dépassent de loin vos possibilités, répondit sèchement Volnay en dégainant à son tour.

Vitali se mit en garde. Volnay l'imita et demanda :

— Est-ce pour Teodora que vous allez essayer de m'assassiner ou bien y a-t-il une raison plus profonde ?

Sans répondre, le Vénitien engagea le fer et les lames s'entrechoquèrent dans la pénombre. Volnay s'appliqua à défendre, parer et laisser s'essouffler son agresseur qui se battait comme un chien enragé. Après ce premier engagement, les deux bretteurs rompirent et s'observèrent, se jaugeant du regard.

— Les vérités les plus simples nous échappent toujours, reprit Volnay. C'est vous qui avez ouvert cette porte pour assassiner le comte de Trissano et les autres sont vos complices. L'or achète toutes les consciences.

L'autre rit, dents fermées. Cela était pénible à entendre.

— Le comte de Trissano gênait par ses projets dans les Terres fermes, continua inexorablement le commissaire aux morts étranges. C'est pour cela que vous avez reçu l'ordre des trois inquisiteurs de l'éliminer. Cordolina était-il votre complice ? Quelque chose me fait penser que non.

— Chien de Français ! Vous parlez trop pour un homme dont la vie est en sursis !

Volnay para l'attaque sans ciller et se dégagea.

— Et maintenant, je dois mourir ? C'est ma venue dans les Terres fermes qui a tout déclenché ?

Vitali le regarda comme s'il était devenu fou.

— Que racontez-vous donc ? Se peut-il que vous ne sachiez rien ?

Il n'acheva pas sa phrase. Volnay ayant baissé sa garde, Vitali se fendit incroyablement vite mais le Français avait prévu l'attaque. Le poignet de Volnay fit une légère torsion pour dévier la lame de son adversaire tandis que tout son corps se déportait de côté en accompagnement de l'allonge du bras.

L'air abasourdi, Vitali se retrouva avec deux pouces d'acier dans la poitrine et s'affaissa doucement au sol, soutenu par Volnay. Le Français avait agi par pur réflexe mais le coup était mortel. Il se pencha sur le Vénitien.

— Vous allez mourir, Vitali. Si vous croyez en un dieu quelconque, il est temps de vous confesser. Sinon, c'est tout simplement le moment de dire la vérité. Vous verrez, cela soulage la conscience d'un poids.

— L'amour, hoqueta Vitali, c'est l'amour qui est cause de tout…

Il mourut sur ces étranges paroles.

Volnay se précipita chez Cordolina. Le procurateur revenait tout juste des Procuraties.

— Je viens de tuer Vitali, lui apprit rapidement le policier.

— Tiens donc, fit Cordolina d'une voix neutre. Comme c'est intéressant ! Racontez-moi donc ça.

Le Français lui fit le récit de sa rencontre avec Vitali et de son issue sans que son hôte en paraisse troublé. Il semblait plus facile de tirer de l'huile d'un mur qu'un sentiment quelconque de Cordolina.

— Vous a-t-on vu ? s'enquit le procurateur de Saint-Marc.

Volnay hocha les épaules.

— D'une fenêtre peut-être.

— C'est probable. À Venise, tout le monde a un œil sur la rue.

Il se mit à son bureau pour écrire. Une fois sa lettre achevée, il sonna et un serviteur entra.

— Vous allez porter cela au chef des inquisiteurs.

L'autre tressaillit.

— N'ayez crainte, dit Cordolina sans rire, il ne vous mangera pas.

Le domestique partit, le procurateur expliqua :

— Il vaut mieux les informer tout de suite de la situation. J'ai de plus demandé une enquête sur les menées de Vitali.

Le regard de Cordolina se fit pensif.

— À quel jeu s'est perdu Vitali ?
— Vous l'ignorez ?
— Oui.
Volnay fit quelques pas dans la pièce.
— N'oubliez pas que c'est lui qui montait la garde devant la porte du comte à la Ca'Trissano.
— Il n'était pas seul et, rassurez-vous, toutes les personnes présentes devant sa porte, policiers comme domestiques, ont été interrogées par les trois inquisiteurs. Je doute d'une telle cohésion dans le mensonge.
— S'il n'est pas impliqué dans sa mort, est-ce ma visite dans les Terres fermes qui a déclenché cette agression ? Les inquisiteurs ?
Cordolina fit un geste de dénégation.
— Ils n'ont pas besoin de Vitali pour vous faire disparaître.
— L'amour, alors ? Ce sont ses dernières paroles. Il semblait épris de cette contorsionniste…
— Étiez-vous son rival ? s'étonna Cordolina.
— Pas le moins du monde ! réagit brutalement Volnay à la pensée qu'il parlait au père de Flavia et que son propos pouvait être rapporté. Je revenais de chez elle où j'étais allé l'interroger.
— Pourquoi donc ?
— Pour les besoins de mon enquête.
Les rapports ambigus du moine avec Violetta empêchaient Volnay de parler de ses soupçons envers elle. Teodora connaissait sans doute Violetta et c'est ce qu'il avait voulu vérifier.
Cordolina sembla réfléchir.
— La jalousie peut conduire à des actes inconsidérés mais je doute que Vitali y soit sujet, surtout pour une contorsionniste des estrades qu'il vient à peine de rencontrer.

— Les pendus, alors ? tenta Volnay.

— Qui peut savoir où l'a conduit sa passion funeste pour le jeu ?

Le procurateur de Saint-Marc se leva et fit quelques pas dans la pièce, les mains dans le dos. Un instant, il sembla hésiter puis, se retournant, il dit :

— Il est peut-être bon d'avoir maintenant cette petite conversation que nous devions avoir ce soir. Je vais demander qu'on nous apporte à manger.

Il sonna. Volnay réalisa que le soleil était bientôt à son zénith et qu'il n'avait rien avalé la veille au soir.

— Le but du comte était de délaisser la mer et cultiver la terre, reprit Cordolina. Une position extrême. Moi, je pense aux deux. Il y a toujours du négoce profitable à faire sur mer et Venise a bien des atouts encore : une flotte de guerre, un arsenal, des marins, des capitaines, des banquiers…

Il fit une pause, le contemplant d'un air grave.

— Mais pour tout cela, reprit-il, nous avons besoin des gens des Terres fermes. Ce sont eux maintenant qui se lancent dans le négoce avec le Levant : ils vont chercher le coton à Alep, le fer en Carinthie, l'huile à Corfou, le vin à Chypre ou en Grèce, des cuirs, du sucre, du café, de la laine, de la soie, des raisins secs à Zante et c'est le produit de notre industrie qu'ils portent dans toute l'Europe.

Il s'interrompit tandis que deux domestiques en livrée recouvraient une table d'une nappe et y déposaient du jambon du Frioul, des huîtres, des truffes et de la soupe de palourdes. Un vin blanc réputé, le *trebbiano*, accompagnait les mets. Mais, après avoir tué un homme, Volnay n'avait pas très faim.

— Pour la première fois de leur histoire, continua Cordolina, les Vénitiens sont devenus fatalistes.

L'avenir n'est plus une énigme, la destination de notre route n'est désormais plus aléatoire. Nous allons tout droit à la catastrophe mais nous fermons les yeux et commençons à chanter !

Volnay le considéra avec attention. Cordolina eut un claquement de doigts agacé avant de reprendre d'un ton calme :

— Je fais partie de ceux qui cherchent des alternatives à notre ruine annoncée. Face à moi, il y a les tenants de la tradition…

— Les trois inquisiteurs en sont ?

— Oui, mais finalement leurs avis comptent peu. Ce sont des croque-mitaines qu'on agite pour faire peur tant leur seule vue fait défaillir. Ce ne sont pas eux qui prennent les décisions pour Venise, pas plus que le Conseil des Dix. Mais le Grand Conseil et le Sénat sont englués dans les discussions et les conflits d'intérêts. Toutefois, certains patriciens veulent encore se battre. Le comte de Trissano était l'un d'eux mais ses vues n'étaient pas partagées par tous les nôtres.

— Les vôtres ?

Cordolina alla sans bruit jusqu'à la porte, l'ouvrit rapidement et, constatant que personne n'écoutait, revint vers Volnay pour chuchoter :

— Un projet secret de réforme pour donner du sang neuf à la noblesse en agrégeant vingt députés nobles de la Terre ferme au Grand Conseil, en remettant au même niveau la Venise terrestre et la Venise maritime et en investissant prioritairement l'argent de l'État dans l'arrière-pays lombardo-vénitien pour y développer l'agriculture, l'industrie et les routes du commerce vers l'Autriche, l'Allemagne, la Pologne et la Russie. Notre marge de manœuvre est aussi importante que notre incertitude !

— Trissano en était ?

— Plus ou moins. Il commençait à faire bande à part, à s'endetter pour acquérir tous ces terrains… J'ai cru plus sage de racheter ses dettes, de manière à être certain que personne ne puisse avoir barre sur lui.

— Quant à Flavia ?

— Une idée à moi comme vous l'avez deviné. Il me fallait surveiller de près la Ca'Trissano. Les enjeux étaient trop importants. Les sautes d'humeurs du comte de Trissano le faisaient passer très vite de la cave au grenier. Il connaissait notre projet, y adhérait mais poursuivait un autre but ! Sa fascination allait toujours à l'eau.

Son regard calculateur se posa sur Volnay qu'il sembla jauger une fois de plus. Après quoi, il parla en semblant peser chaque mot qu'il prononçait :

— Naturellement, le mariage n'aurait pas eu lieu. Les retournements d'alliance sont fréquents à Venise. Personne ne s'en serait offusqué.

— Les projets du comte de Trissano étaient-ils vraiment dangereux pour Venise ? s'enquit Volnay.

Cordolina sembla réfléchir un instant et secoua la tête.

— En fait, je pense que les desseins du comte de Trissano avaient une portée plus symbolique que réelle.

— C'est-à-dire ? le pressa le policier.

— Il voulait démêler les inextricables réseaux d'eau patiemment noués depuis des générations, retrouver la pureté originelle, le chaos du début : mêler l'eau claire à l'eau salée, retrouver la boue et les marécages d'antan. De ce désordre naîtrait une nouvelle harmonie.

— Un nouveau défi à Venise pour redevenir elle-même, murmura songeusement Volnay. Je regrette de ne pas l'avoir plus connu.

— Ne regrettez rien. Il avait perdu ses cinq esprits : le sens commun, l'imagination, la fantaisie, le jugement et la mémoire…

— L'imagination, je ne sais pas… Mais cela ne nous dit toujours pas qui l'a tué.

Cordolina fronça les sourcils.

— Sa mort est un mystère pour moi.

— Tout autant que l'argent qui a réapparu pour payer les dettes de la Ca'Trissano.

Cette fois, le procurateur lui jeta un regard admiratif.

— Vous savez cela aussi ?

Il fut interrompu par un coup discret frappé à la porte. Un domestique apparut et vint lui glisser quelques mots à l'oreille.

— Ah, fit Cordolina, un inquisiteur est là.

— Déjà ?

— Il était en chemin pour me rencontrer, mon domestique n'a fait que l'intercepter. Je descends le recevoir. Restez ici. S'il le faut je vous ferai appeler. Ne bougez pas de là.

Resté seul, Volnay vida d'une traite son verre de *trebbiano* avant d'aller se planter devant la fenêtre. Il se sentait tout à coup las et seul. Une porte s'ouvrit doucement dans son dos. Il vit sa silhouette exquise se refléter sur la vitre.

— Je suis heureuse de vous savoir sauf. Damné Vitali !

Ainsi, elle avait écouté à la porte et ne s'en cachait pas. Il se retourna lentement et contempla Flavia, les lèvres mi-closes sur un sourire qui tardait à s'épanouir. Elle avait été inquiète pour lui.

— J'attends de savoir si je vais me retrouver aux Plombs d'ici ce soir.

Elle eut un geste rassurant.

— Oh, ne vous inquiétez pas, père s'occupe de tout.

— Oui, bien entendu…

— Vous ne mangez pas ?

Le sentiment de solitude s'accrut dans le cœur de Volnay. Il ne pouvait plus supporter ces rapprochements suivis d'éloignements.

Flavia se saisit d'une petite truffe qu'elle porta à ses lèvres, en croqua la moitié et offrit l'autre au jeune homme en la nappant de sa langue. Volnay ne refusa ni l'une, ni l'autre.

Après leur baiser, Flavia garda ses mains autour de sa taille et posa son front contre son épaule.

— Où tout cela nous mènera-t-il ? soupira-t-elle.

Volnay n'en avait pas la moindre idée. Pour la première fois de sa vie, il laissait de côté sa raison et sa loyauté pour suivre son instinct et son cœur. Le parfum de Flavia et la sensation de son corps gracile contre le sien suffisaient pour l'instant à son bonheur. Il remettait le reste à plus tard.

— Allez-vous partir une fois votre enquête résolue ? murmura-t-elle soudain.

— Après avoir terminé mon enquête, je ne vous servirai plus à rien, constata Volnay.

Flavia lui jeta un regard grave, presque résigné, même si cela allait à l'encontre de sa nature.

— C'est ce que vous pensez vraiment ?

— C'est ce que je crains au plus profond de moi.

La jeune femme parut rassurée.

— Cela dit, ajouta Volnay, ce serait mieux comme cela, pour vous comme pour moi.

Il sentit tout son corps se raidir. Sa main caressa sa joue puis parcourut ses cheveux blonds, les doigts écartés, savourant dans un frisson la caresse soyeuse.

— Vous le savez bien, ajouta-t-il.

Flavia desserra son étreinte et recula d'un pas pour planter ses yeux dans les siens.

— Votre mère était vénitienne…

— C'était une patricienne et vous savez comment sont traitées celles qui se marient avec un étranger : elles sortent du Livre d'or.

— On peut entrer à nouveau dans le Livre d'or, insista Flavia. Vous n'êtes pas un enfant illégitime et si vous rendez un service signifiant à la Sérénissime, celle-ci peut vous en remercier de cette manière. Une fois dans le Livre d'or, vous seriez l'égal de tous les patriciens car chacun d'eux est l'égal de l'autre, ce qui est le fondement même de la république de Venise.

Elle se tut.

Vous pourriez même épouser une patricienne…

Dans les silences de Flavia s'engouffraient de vertigineux non-dits.

Des pas marqués se firent entendre. Flavia porta la main à ses cheveux pour les recoiffer et prit encore quelque distance avec Volnay. Le procurateur de Saint-Marc entra.

— Ah, tu es ici, constata-t-il sans plus de surprise en découvrant la présence de sa fille.

Et, s'adressant à Volnay :

— Par chance, un témoin a vu Vitali vous provoquer à l'entrée du *sottoportego*. Et les frasques de Vitali en matière de jeu et de femmes sont assez connues pour provoquer la suspicion. L'inquisiteur souhaite que nous démêlions rapidement toute cette affaire.

— Nous ? s'étonna Volnay :

— Vous et moi. Les soupçons de complicité qui pèsent désormais sur Vitali dans le meurtre du comte de Trissano vont fortement déplaire au Conseil des

Dix. Si l'enquête reste dans vos mains, supervisée par mes soins, elle est gage de sécurité pour tous car, venant de France, vous êtes insoupçonnable.

— Par votre récente arrivée, compléta Flavia.

— J'avais compris, fit Volnay.

Le regard de Flavia se posa sur lui, fixe et impénétrable. Le temps sembla s'arrêter. Le même sentiment de solitude broya le cœur de Volnay en un instant. Machinalement, le jeune homme porta la main à sa poitrine.

— Vous êtes pâle, s'inquiéta Flavia. Qu'avez-vous ?

— Il n'a rien avalé depuis vingt-quatre heures et il s'est battu pour sauver sa vie, dit Cordolina avec une soudaine sollicitude. Voilà ce qu'il a !

Flavia fit un pas en avant et lui prit le bras.

— Asseyez-vous et mangez.

Lorsqu'il eut pris place dans un fauteuil, Flavia approcha de lui une assiette de soupe de palourdes et, sans quitter Volnay des yeux, lui porta une cuillère à la bouche.

— Je pense que notre ami saura manger tout seul, fit Cordolina d'un ton un peu guindé.

Souriante, Flavia s'appuya dos à la table et ne quitta pas des yeux Volnay tant qu'il n'eut pas avalé quelques aliments.

— À Venise, dit-elle, tout se fait dans le secret. Les chefs du Conseil des Dix ouvrent et referment eux-mêmes la porte de leur salle de délibération. Vous comprendrez donc qu'en gardant l'enquête au niveau de vous et de mon père, les Dix s'assurent de la plus grande confidentialité.

— Je suis certain que rien de tout ceci n'a échappé au chevalier, fit Cordolina.

XIII

En début d'après-midi, Volnay retrouva le moine chez Chiara, méditant dans le jardin sous l'ombre d'un cyprès.

— Père, il faut que tu saches à propos de Violetta. C'est une comédienne qu'il a engagée et non sa fille, même bâtarde.

— Si, rétorqua le moine d'un ton las. Elle est les deux, mon fils.

— Cela ne se peut !

Le moine se leva d'un bond.

— Laisse-moi, tu me fais honte ! Va secouer dehors tes oreilles d'âne !

— Je sais que tu l'aimes bien mais ne va pas répéter la même histoire qu'à Paris.

Le moine leva une main comme pour le gifler et Volnay se figea car cela n'était jamais arrivé de sa vie.

— Tu n'as rien compris, gronda son père, Violetta est comme une fille pour moi.

— C'est une innocente fourrée de malice.

— Ne…

Volnay esquissa un geste d'apaisement.

— Je comprends bien qu'elle t'a inspiré des sentiments paternels mais elle t'a manipulé.

— Non, elle m'a dit très rapidement toute la vérité sur elle et… le reste est venu après ma visite aux Terres fermes…

— Ta visite aux Terres fermes ?

— Je craignais que tu ne découvres le secret de Violetta. Alors, j'ai couru jusque chez le marquis. Il a bien été obligé de reconnaître les faits. Et sur le chemin du retour, il a essayé de me faire assassiner.

— Quoi ? s'exclama Volnay abasourdi.

— Deux sbires, sans doute des serviteurs ou des malandrins avec qui il s'est acoquiné. J'en ai tué un.

— Tu en as tué un ?

— Cesse de répéter toutes mes phrases, s'impatienta le moine. Crois-tu donc que je ne sais plus jouer de la dague et que je puisse finir ma vie égorgé au bord d'un petit chemin ?

Il se redressa avec fierté et, en un instant, tout ce qu'il avait été refit surface. Grand et droit, les yeux étincelants, il éleva la voix :

— Je suis redevenu moi-même. Un soldat, un médecin, un philosophe, un homme tout simplement !

— Mais Violetta…

— Violetta ?

Son regard se fit songeur.

— C'est de voir ce petit bout de femme se débattre contre le monde entier, dans le mensonge comme dans l'adversité, qui m'a rendu la force de croire en la vie.

— Père, ne t'attache pas à Violetta. Elle est coupable de bien des crimes !

— J'aimerais bien entendre ça, répondit le moine d'un ton glacial.

— Je t'ai déjà donné mon opinion sur la question. Je n'ai toutefois pas eu le temps de te dire que c'est elle qui a tiré sur le comte de Trissano sur la route de Chioggia. J'en ai la quasi-certitude.

Le moine le regarda d'un air navré.

— Les ignorants décident vite et condamnent vite. C'est son père qui l'avait envoyée, tu ne peux comprendre Violetta qui cherchait désespérément à attirer l'attention de son géniteur qui l'ignorait.

— Mais…

Le moine balaya l'objection de la main.

— Je vais te raconter une autre histoire.

Et retrouvant son emphase habituelle, le moine ajouta en levant théâtralement les bras :

— C'est l'heure où l'esprit s'ouvre à la lumière !

Il fit quelques pas pour rassembler ses idées sous le regard encore dubitatif de son fils.

— *"N'avez-vous égard ni au temps, ni au lieu, ni aux personnes ?"* Cette enquête est à envisager du point de vue d'un auteur de théâtre. Car nous sommes dans un théâtre dont Venise est la scène. Nous récitons tous très bien notre rôle. Mais que l'on arrache les masques et l'on redécouvre la nature humaine, un instant travestie.

— Faut-il que je hisse les rideaux ? maugréa Volnay.

Le moine s'ébroua.

— D'accord, plantons le décor et annonçons l'acte I. M. le comte de Trissano n'est plus rien mais, comme tous les Vénitiens, il aspire à rester quelque chose ! Sur l'eau salée, la voie lui est fermée. Qu'importe, il y a les Terres fermes. Il manigance ce que nous savons maintenant. Pour cela, il achète des terrains et force un de ses débiteurs, le marquis Giambattista Da Zechio, à la vente de ses terres.

— Acte II ?

Le moine joignit les mains.

— Acte II. Violetta entre en scène. C'est la fille naturelle du marquis dont nous venons de parler. Sa mère est comédienne et tout naturellement sa fille suit sa voie. A-t-elle le choix ? Son père ne l'a pas reconnue même s'il leur verse une pension et, une fois l'an, accepte de recevoir sa fille. La figure de ce père absent hante l'âme romanesque de Violetta. Elle décide d'aller le voir mais le trouve abattu. Découragé, il pleure et lui raconte sa situation vis-à-vis de son créancier, le comte de Trissano. Celui-ci arrivant, il demande à sa fille de se dissimuler mais Violetta écoute en cachette la conversation des deux hommes. Le comte de Trissano brusque le marquis qui joue la comédie et, à genoux, le supplie de lui donner plus de temps pour régler ses dettes. Mais de temps, le comte de Trissano n'a pas.

— Pourquoi ? demanda Volnay intrigué.

— Je te l'expliquerai bientôt. Revenons à Violetta. Son sang ne fait qu'un tour. On veut déposséder son père. Un sentiment nouveau s'empare d'elle et, sous le coup de l'émotion, elle prend une brusque décision. Dans la pièce où elle s'est cachée, un fusil est pendu au mur. Elle s'en empare, court dehors et arrive au carrefour quelques secondes avant la voiture du comte de Trissano. À bout de souffle, elle se jette au bord d'un talus et tire à son passage. Puis elle s'enfuit, perdant son chapeau dans sa course.

Volnay acquiesça. Cela correspondait bien à ce qu'il avait appris dans les Terres fermes.

— Plus tard, reprit le moine, Violetta rentre chez le marquis. Le père s'est aperçu de la disparition du fusil et craint le pire. Il apprend ce qui s'est passé et a une illumination. Si le comte de Trissano disparaissait, ses descendants n'auraient nul besoin de ses terres. Il se servira plus tard de cet argument pour demander à Violetta de jouer son rôle.

Il fit une pause pour reprendre son souffle. Volnay l'écoutait, les yeux légèrement écarquillés.

— Pour le reste, dit le moine, je n'ai pas de preuve mais voici comment je vois l'acte III. Le père de Violetta tente de poignarder son créancier puis de le faire empoisonner. Sans succès. Le comte de Trissano se méfie et ne quitte plus son palais dont il n'ouvre la porte à personne. Comme son fils s'est enfui, le marquis doit le faire remplacer pour finir d'acquitter sa dette. Ce sera par Violetta car c'est désormais la seule personne attendue pouvant pénétrer à la Ca'Trissano sous les traits de Lelio. Et il lui demandera de tuer le comte de Trissano. Il l'envoie donc achever le travail qu'elle a si mal commencé en la munissant d'une autre fiole de poison qu'elle doit verser dans une coupe de vin. Violetta, transportée qu'on s'intéresse enfin à elle, accepte cette mission sacrée comme elle me l'a avoué.

— Ah ! fit Volnay d'un ton accusateur.

Le moine continua sans relever.

— Puis, il y a l'épisode du chemin où nous la recueillons et sa rencontre avec Amarilli. Violetta n'a pas l'âme d'une meurtrière même si elle a le sang chaud. Le coup de fusil sous le coup d'une violente émotion, passe encore, mais empoisonner quelqu'un de sang-froid… Le soir même de son arrivée, elle sort jeter le poison dans le canal lorsqu'elle te croise.

Volnay tressaillit. Il se souvenait du moment où Violetta l'avait rejoint et, peu avant, ce bruit dans l'eau. Un objet que l'on jette. Pour la première fois, le doute l'effleura.

— C'était donc ça…

— Acte IV. Les sentiments amoureux… La mort du comte de Trissano est un choc pour Violetta. La mission est accomplie malgré son renoncement. Oui, mais les terres de son père sont toujours en danger. Il lui faut convaincre les héritiers en faveur de son père. Séduire Orazio ? Ce ne sont pas les hommes qui ont les faveurs de Violetta. Reste Amarilli. La chose sera d'autant plus aisée que Violetta l'apprécie et l'admire. Mais les sentiments vous dépassent parfois…

— Où est Violetta ?

— Elle a été jetée dehors par Amarilli pour être tombée amoureuse d'elle, l'avoir courtisée sous des dehors de garçon et lui avoir ensuite révélé sa nature de fille.

Habitué à dissimuler ses sentiments, Volnay ne parvint pas cette fois-ci à masquer son ahurissement.

— Ça alors !

— Je lui ai trouvé une chambre dans une bonne auberge. Je craignais que son père ne cherche à la faire enlever ou pire encore…

— Tu aurais dû l'amener ici.

— Tes soupçons sur elle m'en ont dissuadé.

Volnay réfléchit un instant.

— Je vais parler à Chiara, nous l'accueillerons ici. Ce sera plus sûr…

Puis il reprit son refrain habituel :

— Mais cela ne nous dit toujours pas qui a tué le comte de Trissano ni comment.

Le moine lissa sa courte barbe avec soin.

— Ça, fit-il malicieusement, je le sais !

Chiara jeta un regard curieux à Violetta, cherchant en elle une possible rivale mais ne trouvant à sa place qu'une pauvre âme apeurée. En revanche, elle remarqua l'attitude étrangement protectrice du moine à son égard.

— Vous savez bien que je ne discuterai jamais vos choix, dit-elle à Volnay, pas plus que votre demande d'hospitalité. Aussi, cette jeune comédienne est doublement la bienvenue dans ma demeure.

— Qu'avez-vous dit ? s'exclama le moine. Comédienne ?

Chiara haussa un sourcil.

— C'est Goldoni qui me l'a raconté.

Elle remarqua l'atterrement du moine. Fronçant délicatement un sourcil, elle ajouta :

— Et je crains qu'il n'en ait également parlé à Orazio et sa sœur.

— Dieu, quelle bête ! gronda le moine.

Volnay l'arrêta.

— La faute m'en revient, c'est moi qui suis à l'origine de cette confrontation. Et je m'en suis allé sans demander à Goldoni de garder le secret sur cette affaire. Cela dit, il nous faut aller nous en expliquer à la Ca'Trissano sans tarder avant qu'ils ne viennent à Orazio ou sa sœur l'idée d'alerter les autorités.

En débarquant sur le quai, le moine prit la main de Violetta dans la sienne.

— Vous vous en tiendrez à l'histoire de la substitution. Nul besoin d'évoquer la tentative d'assassinat de leur père, ni cette fiole qui a disparu dans les eaux du Grand Canal !

Pour la première fois depuis son arrivée à Venise, Violetta s'était habillée en fille. Dans le *portego*, Orazio et Amarilli la contemplèrent avec effarement comme si elle se trouvait devant eux les seins dénudés. Sentant la détresse de la jeune comédienne, le moine lui dit avec douceur :

— Vous n'êtes pas obligée de parler. Nul ne vous y forcera ici.

— Quand même, fit Orazio, nous avons droit à quelques explications.

Avec une lenteur calculée, le moine se tourna vers lui. Il dominait de toute sa hauteur l'assemblée et son visage n'était plus qu'un masque glacial.

— J'ai dit que personne n'obligera mademoiselle à quoi que ce soit. Si la chose n'est pas claire pour quelqu'un, je le lui expliquerai en particulier !

Le silence se fit. Violetta se glissa près de lui et posa sa main sur son poignet.

— Laissez, mon cher ami et protecteur.

Elle fit face à Orazio et Amarilli et planta crânement ses yeux dans les leurs. Tout son être criait sa révolte et son indignation.

— Je suis comédienne et fille de comédienne. Je ne baisserai pas les yeux devant vous. C'est une profession qui en vaut une autre et je n'ai pas à en rougir ! Je suis également la fille naturelle du marquis Giambattista Da Zechio à qui votre père a pris les terres après s'être proclamé son ami.

Les enfants du comte tressaillirent de surprise. Ils regardaient désormais Violetta avec une curiosité nouvelle et un brin d'appréhension.

— Eh oui, continua Violetta d'un ton amer, comme tant d'autres Vénitiens, le marquis aime à s'amuser discrètement. Il prend pour maîtresse une comédienne mais, lorsqu'il lui fait un enfant, il l'abandonne.

Elle agita ses mains en l'air. Son regard et ses gestes étaient ceux d'un enfant perdu.

— Me voici donc sa fille par inadvertance. Une bourse pour vivre à moi et ma mère. Lorsqu'il s'est arrêté de la verser, nous n'avons plus rien eu à manger. Maman devenait trop vieille pour les rôles d'amoureuse. Elle n'avait plus de palais à force de manger le pain rassis, les légumes fanés et la viande avariée. Mon appétit à moi a fui. J'ai été obligée de coucher avec un marchand de trois fois mon âge pour rapporter de la nourriture à la maison. Cette expérience m'a dégoûtée à jamais des hommes.

Le moine s'approcha plus près d'elle encore, comme pour mettre fin à cette confession et ces tourments. Violetta le remercia d'un signe de tête et reprit sa respiration.

— J'aime les filles, est-ce mal ? Que m'ont donc apporté les hommes dans ma vie ? Quelques pièces et des promesses jamais tenues ? J'ai contourné l'idée qu'on se fait du mal et laissé parler mon cœur. J'aime… j'aime les filles à la folie.

Rempli d'amertume, son regard se posa sur Amarilli. La comtesse pâlit.

— Comme je vous ai aimée mais, malgré votre désir de moi, vous avez fui.

Amarilli baissa la tête. Violetta redressa fièrement la sienne.

— La clarté de mes propos vous dérange ? J'ai voulu goûter à tout, même à vos lèvres, j'avais si faim !

Elle se tint le ventre.

— Si faim…

La seconde suivante, le moine était derrière elle, une main sur son épaule et l'autre caressant à sa taille la garde d'une épée imaginaire.

— Peut-être, mademoiselle, dit poliment Orazio, pourriez-vous nous expliquer pourquoi nous vous retrouvons dans notre maison, à la place du fils légitime de votre père ?

— Vous voulez des explications, fit Violetta d'un ton las, vous en aurez. Mon père s'est souvenu de mon existence lorsqu'il lui a fallu payer sa dette. Après avoir perdu ses terres, il devait perdre son fils pour trois ans pour servir votre père. Mais ce fils ne l'a pas entendu de cette oreille et, déjà assez mauvais sujet, s'est enfui à Milan avec une femme de peu de vertu. Mon père a alors eu l'idée de la substitution.

Elle eut l'air désemparé.

— C'était la première fois que mon père s'intéressait à moi et me demandait un service. J'étais… comment vous dire ? Heureuse.

— Pardon, mademoiselle, fit Orazio d'un ton doux, mais je ne suis pas certain qu'un père aimant puisse demander une telle chose à son enfant.

Violetta sembla découvrir la vraie nature du jeune patricien et le dévisagea longuement et songeusement.

— Je pense que vous avez raison. Un vrai père n'aurait pas réclamé une telle chose à l'enfant qu'il aimait. Il s'est servi de mes sentiments à son égard pour me diriger là où il voulait sans en mesurer les conséquences pour moi.

Orazio hocha la tête. Se tournant vers le moine, Violetta sembla chercher son approbation.

— Mais peut-être tout cela vaut-il mieux pour moi ? Je reprends ma liberté. Mon destin est entre mes mains. Mon père ne vaut pas grand-chose. Je crache aujourd'hui sur celui qui a été mon géniteur. Et, au fond, ceux de la Ca'Trissano valent-ils mieux que moi ?

— Personne ici ne vaut plus que vous, petite princesse, dit gravement le moine.

Et il défia toute l'assemblée du regard, prêt à en découdre si besoin. Amarilli fit un pas en avant et dit gravement :

— Lelio… ou Violetta. Peu importe. Personne effectivement n'a ici plus de mérite que vous.

XIV

La ville baignait dans une lumière dorée au soleil du milieu d'après-midi. La gondole filait sur l'eau, contenant désormais un trio inconfortable en la personne du moine, de son fils et de Violetta qui se tenait flanc contre flanc avec le moine, comme cherchant sa protection contre Volnay qui la contemplait d'un œil dubitatif.

— Qu'avez-vous encore à cacher, si ce n'est l'identité de votre sexe ? lui demanda-t-il toujours soupçonneux.

— Qu'avez-vous donc à dissimuler, rétorqua Violetta, sinon les inclinations de votre cœur ?

Volnay cilla brièvement tandis que son père étouffait un sourire. Le jeune homme se souvint d'avoir croisé Violetta sur l'île lorsqu'il venait de quitter les lèvres de Flavia. Et Violetta qui n'avait pas les yeux dans sa poche devait avoir remarqué les regards de Chiara sur lui. Il se pencha vers la jeune Vénitienne en baissant le ton.

— Violetta, vous êtes en danger. Votre père n'a ni morale, ni scrupule. Il vous fera disparaître. Il nous faut l'envoyer devant la justice mais, quant aux tentatives de meurtre, il n'y aura que la parole d'une comédienne… et je doute que vous témoigniez contre votre père malgré le mépris que maintenant il vous inspire. Alors, que faire ?

— Obtenir l'aide de Cordolina, décréta le moine. Il me doit bien cela !

— Que veux-tu dire ?

— Que le service que je vais lui rendre mérite bien une faveur !

— Lequel ? demanda Volnay qui commençait à s'en faire une idée.

— Lui révéler qui est le meurtrier du comte de Trissano !

Violetta tressaillit.

— Oh, vous savez cela ? s'exclama-t-elle d'un ton plein d'admiration.

Comme un chat, le moine ronronna de satisfaction.

La lumière irradiée par une mince fenêtre nimbait Violetta d'une aura dorée. Flavia l'examina soigneusement de la tête aux pieds puis reporta son regard sur le moine, le dévisageant avec curiosité.

Cordolina résuma la situation telle qu'elle venait de lui être décrite clairement par Volnay et, parfois confusément, par Violetta et le moine.

— Je vois, dit-il enfin. Le marquis Da Zechio est donc bien un scélérat même si, par miracle, il n'a tué ni le comte de Trissano, ni le moine. L'intention vaut toutefois l'action.

Il considéra un instant Violetta qui, les mains dans le dos, semblait danser d'un pied sur l'autre.

— Mais vous désirez l'impunité pour mademoiselle.

— Elle n'a fait que tirer un coup de fusil sur la portière d'une voiture, fit Volnay.

— La chose est à mettre au rang des péchés oubliés, renchérit le moine.

— Elle aurait pu tuer quelqu'un ! dit sèchement Cordolina. Je ne veux pas célébrer ses exploits douteux ! Enfin, voilà comment je vois les choses. Nous allons donner l'impunité à mademoiselle qui, en échange, va nous relater les faits par écrit. Sur la base de ce témoignage, les inquisiteurs vont mettre la main sur les serviteurs du marquis qui avoueront car certains sont forcément mêlés aux faits. Notamment l'un d'eux.

Il se tourna vers le moine. Pour la première fois, son regard laissait percer sa satisfaction.

— J'ignorais, avant votre récit, la tentative d'assassinat dont vous avez été victime en revenant de Chioggia. Or, un blessé a été recueilli à l'endroit que vous avez décrit et avec le type de blessure que vous lui avez infligé. Soupçonné d'être un brigand, il a été soigné mais également gardé en détention. Sur les faits que vous me rapportez, il sera aisé de lui délier la langue. Il donnera son complice et nous remonterons facilement au marquis.

Cordolina jeta un bref regard à Violetta. La jeune fille attendit la suite avec résignation.

— Pour autant de tentatives de meurtre, le verdict pour votre père sera au mieux un exil définitif et la confiscation de ses biens ou au pire…

Violetta baissa la tête.

— J'en viens à me demander si un tel homme peut réellement être mon père.

Une idée sembla alors germer dans son esprit. Elle se tourna vers le moine.

— N'auriez-vous pas été dans les parages, il y a un peu plus de seize ans ?

Le moine ne put dissimuler sa joie d'être ainsi interpellé en recherche de paternité. Il fourragea dans sa barbe et fit mine de réfléchir.

— Diable, cela se pourrait…

Peu soucieux d'imaginer ou d'écouter la suite, le procurateur de Saint-Marc se leva et reprit la phrase habituelle et agaçante de Volnay :

— Tout ceci ne nous dit toujours pas comment le comte a trouvé la mort !

Volnay jeta un coup d'œil ironique à son père. La scène de la grande révélation allait commencer. Le moine n'attendait que cela depuis des heures. Il fit un pas en avant pour se retrouver au centre de la pièce, au milieu d'un cercle de regards attentifs.

— Je n'ai guère de mérite car la résolution de cette énigme était des plus faciles. Et c'est sa simplicité qui vous a échappé !

Il balaya des yeux son auditoire. Satisfait de voir celui-ci captivé et du regard émerveillé que Violetta lui portait, le moine continua :

— Mon premier soupçon est né lorsque j'ai croisé ce médecin de famille à la Ca'Trissano, le lendemain de la mort du comte. Lorsqu'un crime est impossible à réaliser, il est impossible. Point final !

Il jeta un coup d'œil amusé à son fils.

— Le commissaire aux morts étranges a beau sonder les murs, soupçonner une demi-douzaine de personnes en faction devant la porte ou essayer d'introduire des contorsionnistes par la lucarne, un homme aussi sage que moi sait que tout cela est vain ! Dès lors, la solution paraît évidente. Le lendemain de la mort du comte, j'ai croisé son médecin personnel, et d'une brève conversation j'ai retenu que la santé du comte n'était pas bonne et que les paris concernant sa mort atteignaient des sommes exorbitantes. Mon intuition est née à ce moment, confirmée par le rôle de Violetta et le fait que, celle-ci désignée par l'assassin pour empoisonner le comte et n'ayant pas obéi, aucun agresseur n'avait donc frappé à la Ca'Trissano cette nuit-là ! Enfin, un peu plus tard, Amarilli m'a avoué que son père venait de vendre tous leurs bijoux de famille. Voilà une belle mise de départ pour un pari ! me suis-je dit.

Il agita la main en l'air et rit. Un rire soudain clair et léger.

— J'ai du mal à comprendre, dit-il en s'adressant à son fils, qu'avec tous ces éléments tu ne sois pas arrivé tout seul à la conclusion !

— Sans doute parce que tu ne m'en as pas parlé ! rétorqua sèchement Volnay.

— Quand même, si je dois tout faire… *"Mais comme les épîtres de fou ne sont pas des évangiles, peu importe quand on les délivre !"*

Volnay jeta un bref coup d'œil à Flavia.

— Peut-être n'étais-je pas assez concentré sur mon sujet !

La jeune femme le remercia d'un sourire discret.

— Ainsi donc, reprit le moine, je suis allé voir ce médecin qui a confirmé mon hypothèse ! Le comte se savait condamné par la médecine. J'en suis arrivé à la conclusion que, les différents attentats ayant déclenché une vague de paris sans précédent, il a alors parié sur sa mort afin de renflouer la Ca'Trissano avant de se suicider. Après une belle mise en scène.

— Mais cette menace de mort sur la propre porte de son palais ? s'étonna Cordolina.

Le moine glissa ses mains dans ses manches.

— C'est sans doute lui qui l'a clouée pour faire grimper la cote des paris. Il savait que tout le monde monterait la garde devant sa chambre. Il se frappe dans le dos pour détourner les soupçons, un coup non mortel. Il pousse un cri. Second coup dans la poitrine. Il crie, rassemble ses dernières forces pour jeter la dague dans le Grand Canal, par la lucarne, et s'écroule.

— Mais pourquoi jeter cette dague ?

— Parce qu'elle lui appartenait. Trop préoccupé, le comte a tout simplement oublié ce soir-là de prendre la dague qu'il avait achetée à cet effet et que le commissaire aux morts étranges trouvera à son bureau.

— Voici pourquoi le comte était si persuadé de mourir ce soir-là, murmura Volnay.

— Et ceci explique comment Orazio a pu rembourser toutes ses dettes, ajouta Cordolina. J'aurais dû deviner…

Le moine haussa les épaules.

— Le comte ayant échappé à trois attentats, il était peu probable qu'il puisse être tué avant minuit, un jour donné, avec toute la police pour assurer sa sécurité dans sa propre maison. Le pari a dû rapporter cinquante fois sa mise ! Il vous suffira de vous assurer à qui les paris ont le plus profité. J'imagine que vous avez quelque pouvoir auprès de l'officine gérant les paris ?

Cordolina acquiesça.

— Cela ne posera aucun problème. Et effectivement, un tel pari de la part de la Ca'Trissano confirmera de fait votre théorie du suicide.

Une pensée soudaine sembla le troubler. Se raclant la gorge d'un air gêné, il demanda :

— Les enfants étaient-ils au courant ?

Cette fois, Volnay intervint.

— Il me paraît quasiment impensable que le comte n'en ait pas parlé à son fils. Ne serait-ce que parce qu'il fallait l'avertir de l'arrivée de cet argent. Les paris ont d'ailleurs dû être pris par Orazio lui-même, ou un prête-nom, diligenté par son père, afin d'encaisser directement la somme. Ceci explique ma rencontre avec lui, plus tard, dans une maison de jeu. Cet argent lui brûlait les doigts !

Son regard glissa sur Flavia. La jeune femme restait impénétrable mais attentive.

— Voilà aussi l'explication à son état d'égarement après la mort de son père, état qui n'avait rien à voir avec la rupture de ses fiançailles.

Flavia leva fièrement la tête et fixa Volnay droit dans les yeux.

— Nul ne me mariera jamais contre mon gré !

— Certes, non, approuva son père d'un ton pincé.

XV

Soir de maléfice. La chevelure de Flavia coulait le long de ses tempes, ruisselant sur ses joues pâles, inondant ses épaules d'un flot doré. Dans ses yeux tournoyaient d'invisibles passions.

La gondole filait sur l'eau dans la fraîcheur du soir et, une fois de plus, Flavia serait le sésame permettant à Volnay d'entrer là où il le souhaitait. Assis l'un en face de l'autre, les deux jeunes gens se dévoraient du regard, conscients d'une fin prochaine, d'un dénouement inéluctable. L'instant gardait quelque chose de magique et de solennel, aussi aucun d'eux ne parlait mais leurs yeux en disaient long.

L'éperon en fer de la gondole heurtant d'un bruit sec le quai les fit tous deux sursauter. Volnay débarqua le premier. Il tint la main de Flavia un instant dans la sienne, se retenant de la baiser au passage tant il avait faim d'elle. Les beaux yeux bleus de la jeune femme se vrillèrent aux siens.

— Encore un dernier effort, fit-elle d'une voix douce.

Et, malgré la présence du gondolier et de passants sur les quais, ses lèvres effleurèrent les siennes comme un défi à tout Venise. Puis, près de son oreille, elle chuchota :

— Ne baissez pas la lance, beau chevalier.

Ses paroles encouragèrent le jeune homme, toujours prêt à leur trouver un sens caché et un encouragement. Ils se dirigèrent vers le couvent de la Pietà et demandèrent à voir la mère supérieure. La religieuse vint et reconnut Flavia dont le père était aussi un donateur de la Pietà. Cela facilita les choses car les visites étaient proscrites. Finalement, la mère supérieure capitula et organisa la rencontre avec Serena, l'adolescente dont le fils Della Capelecci avait été amoureux. L'entrevue se déroula entre les murs austères du cabinet de la mère supérieure.

La jeune fille n'était pas du tout comme l'imaginait Volnay. Une quinzaine d'années, un air sage et désemparé, un timide sourire mais, certes, un petit ange en devenir tant son charme était dépourvu d'ingénuité. Elle reconnut les visites secrètes et les déclarations enflammées de son amoureux.

— Il voulait se marier avec moi mais ma vie est ici.

Du regard, elle balaya la pièce. La vision de son art semblait repousser les limites des murs froids.

— La musique, les chants, chuchota-t-elle. Je ne suis pas faite pour la vie à l'extérieur…

— Le lui avez-vous dit ?

Une larme coula le long de sa joue.

— Oui. Il en était désespéré.

— Pardon mais que portez-vous au poignet ? demanda doucement Volnay en se penchant vers elle.

La jeune fille rougit.

— Un bracelet.

— Je le vois bien mais il me semble de corde.

Serena baissa la tête, embarrassée.

— C'est un gage d'amour qu'il m'a donné.

— Mais pourquoi en corde ? insista Volnay.

— Pour symboliser le lien entre nous deux.

Un brin d'excitation vibra dans sa voix.

— Il l'a fait fabriquer spécialement pour nous deux à Venise. Il disait que rien ne pourrait jamais le rompre.

Son ton soudain s'altéra. Elle détourna le regard.

— Mais le monde de l'extérieur ne tient jamais ses promesses…

Flavia, elle aussi, avait compris ce que Volnay s'apprêtait à faire. Elle hocha la tête, marquant son approbation.

— La fin approche, commenta-t-elle.

Une vague de douleur sans nom balaya l'âme de Volnay car la fin de l'enquête entraînerait la fin de leur aventure. Ne plus jamais revoir Flavia semblait inconcevable mais l'escapade à Venise arrivait à son terme et, bientôt, on n'aurait plus besoin de lui.

Il hésita à lui prendre la main pour marcher avec elle jusqu'à leur embarcation. La possibilité d'un refus pouvant l'anéantir, il s'en dispensa.

Sans se concerter, les deux jeunes gens s'assirent flanc contre flanc dans la gondole, une dernière occasion pour eux de sentir la proximité de leurs corps mais aussi pour éviter le regard de l'autre. Un silence fait d'inquiétude dominait dans l'embarcation. Était-ce la fraîcheur du soir ? Flavia frissonna. Volnay entoura ses épaules de son bras. Après une imperceptible hésitation, la jeune femme appuya sa tête contre la poitrine du jeune homme.

Arrivé au palais des Cordolina, Volnay aida Flavia à descendre. Pouvoir une dernière fois serrer ses doigts, sentir un instant le poids léger de son corps en appui contre le sien, sa taille fine passer entre ses doigts et humer au passage une bouffée de son parfum…

Demain, il faudrait s'en aller.

Le regard de Cordolina se posa sur Flavia et Volnay avec curiosité puis il eut un imperceptible mouvement du menton vers sa droite.

Les trois inquisiteurs se trouvaient là, immobiles et silencieux, sinistres oiseaux de mauvais augure. Volnay les salua d'une brève inclination de la tête que tous s'appliquèrent à ignorer.

— Et Della Capelecci ? demanda le policier.

Le plus grand des inquisiteurs devança le procurateur de Saint-Marc.

— Je l'ai fait demander, il répond qu'il viendra.

Dans une autre pièce, une horloge sonna. Prévoyant, Cordolina devait avoir soustrait le moine à la vue des inquisiteurs. Le regard de Volnay chercha la tenture devant la porte secrète, imaginant son père écoutant. Il s'aperçut alors de la nouvelle configuration dans le bureau. D'un côté lui et les deux Cordolina, enfin réunis, et, en face d'eux, les trois inquisiteurs.

Bientôt, Della Capelecci fit son apparition, sans se donner la peine de saluer quiconque.

— Je vous remercie de vous être rendu à mon invitation, dit Cordolina de sa voix la plus neutre.

Della Capelecci émit un grognement indistinct. Volnay l'observa avec une curiosité toute professionnelle. Le plus grand des inquisiteurs fit un pas en avant.

— *Messer* Cordolina nous a invités en sa demeure pour nous faire part de nouvelles informations sur l'affaire des pendus. Celle-ci vous touchant de près, nous avons estimé juste que vous les entendiez en même temps que nous.

L'inquisiteur avait fort bien mesuré son discours, remettant entièrement sur les épaules de Cordolina le poids de l'affaire. Mais ce dernier n'était pas vénitien pour rien et prit aussitôt la parole.

— J'ignore à l'instant le contenu de ces fameuses informations mais le commissaire aux morts étranges m'a persuadé de tenir cette réunion ici ce soir, me promettant de surprenantes révélations !

Volnay eut un sourire amer. Désormais, la mèche allumée était entre ses mains et Cordolina à l'abri de tout reproche. La Ca'Della Capelecci impressionnait encore. Aussi, le transfert de responsabilité s'était très rapidement effectué des Vénitiens à lui-même, pauvre Français esseulé !

Il se passa alors quelque chose d'étonnant. Flavia fronça délicatement les sourcils à l'intention de son père. Comme à contrecœur, celui-ci reprit :

— Vous savez également que ce commissaire du Châtelet se trouve ici avec l'autorisation spéciale du Conseil des Dix.

Volnay dissimula sa surprise. À la demande de sa fille, Cordolina venait d'étendre sur lui la protection du Conseil des Dix !

L'œil de Della Capelecci se leva sur lui avec circonspection.

— Depuis quand Venise est-elle obligée d'appeler à son secours des forces étrangères ?

Cordolina s'interposa.

— N'exagérons rien, il ne s'agit que d'un commissaire venu offrir son aide à notre police.

Les inquisiteurs inclinèrent la tête d'un seul et même mouvement.

— Eh bien, nous vous écoutons, reprit le procurateur de Saint-Marc.

Volnay fit un pas en avant. Le dénouement approchant, il ne put s'empêcher de penser que tout ce petit monde de théâtre et de comédie allait devoir rentrer en coulisse dans sa boîte une fois la farce jouée.

— À Venise comme en France, commença-t-il posément, l'homicide sur soi est considéré comme un crime. Son auteur, et victime, ne peut donc être enterré en terre consacrée.

Il se tourna vers Della Capelecci.

— Aussi, reprit-il, le père éploré a voulu faire croire à un meurtre. Si l'on retrouvait d'autres pendus, et cette fois avec une ou deux bosses sur le crâne, il serait facile de convaincre l'Église que son fils avait été victime du même assassin. Un suicide auquel vous ajoutez trois crimes équivaut à quatre crimes !

Della Capelecci se tourna d'un bond vers Cordolina.

— Est-ce tout ce que vous avez trouvé pour contrer l'influence de la Ca'Della Capelecci afin de mener à bien vos projets de misérables tripiers pour Venise ?

Les yeux de Cordolina prirent la teinte de l'acier mais il se contint.

— Je suis certain que maintenant le chevalier de Volnay va vous exposer ses preuves, répondit-il en feignant une sérénité qu'il n'éprouvait pas forcément.

Volnay porta la main à sa bourse et en tira le petit bracelet de corde emprunté à Serena.

— Je dispose du témoignage d'une jeune pensionnaire de la Pietà dont votre fils était éperdument amoureux. Ce garçon très romantique avait fait fabriquer une corde d'amour, en un seul exemplaire, à son intention. Il s'est pendu avec lorsque la jeune fille a définitivement rejeté sa demande en mariage.

Un éclair de compassion traversa le regard du policier. Il reprit toutefois d'un ton ferme :

— On n'enterre pas les suicidés en chrétienté et on leur refuse la messe. C'en était trop pour vous et vous avez alors imaginé un plan machiavélique. Vous êtes allé à la Pietà consoler la jeune Serena et tenter de comprendre l'acte de votre fils. À cette occasion, vous avez remarqué le bracelet de corde, une corde tissée de la même matière que celle autour du cou de votre fils. Vous avez interrogé Serena à ce propos. Et alors, l'idée s'est imposée à vous : pour faire croire au même assassin, il vous fallait la même corde !

Della Capelecci s'approcha de lui, écumant de rage.

— Je n'ai jamais entendu autant d'absurdités ! Sont-ce là toutes vos preuves ? Vous me faites un procès sur un pied de mouche !

Volnay le toisa d'un air glacial.

— Je dispose également du témoignage du marchand de cordes que j'ai dérangé ce soir après ma visite à la Pietà. Corde d'amour unique, pas tout à fait. Les marchands sont âpres au gain, il en avait fait fabriquer trois autres que vous lui avez achetées. Or, les inquisiteurs ici présents doivent savoir que la même corde a servi pour les quatre meurtres.

En dehors de l'achat suspect des cordes effectué par Della Capelecci, Volnay ne disposait d'aucune preuve et il doutait que la police vénitienne eût conservé comme indices des cordes de pendus, ni même que les inquisiteurs aient été attentifs à ce détail, mais ces derniers n'allaient certainement pas le reconnaître. Tout allait se jouer dans les prochaines secondes. Le plus grand des inquisiteurs fit un pas en avant.

— Ces deux témoignages éclairent d'une lueur nouvelle toute cette affaire.

Il jeta un regard oblique à Della Capelecci. Le patricien hésitait toujours entre rage et dénégation.

— Vous nous accompagnerez tandis que nous nous saisirons de vos serviteurs. Il suffira de les faire patienter une heure dans l'antichambre du Tribunal suprême pour qu'ils déchargent leur conscience de leur lourd fardeau !

— Croyez-vous donc que j'ai eu la stupidité d'utiliser mes serviteurs comme assassins ? cracha Della Capelecci. Vous ne me pendrez pas à cause d'une corde !

Et, à l'adresse de Volnay, il lança :

— Nous ne sommes pas en France où l'on fait donner la Question et où l'on condamne sans respecter les droits des personnes !

Volnay joua sa dernière carte. Si Della Capelecci n'avait pas utilisé ses serviteurs pour faire pendre trois innocents, il devinait à qui il avait eu recours.

— Par malchance, affirma-t-il avec une assurance qu'il n'éprouvait pas, vous vous êtes adressé à Vitali afin de vous aider. Ses dettes de jeu le rendaient vulnérable et aider un patricien devait l'enchanter. J'ignore si Vitali m'a attaqué de lui-même ou sur votre ordre. Toujours est-il qu'avant de mourir, il a voulu décharger sa conscience d'un poids trop lourd. Ses propos ont été certifiés devant un notaire sur son lit de mort.

Un silence oppressé régna. Finalement Della Capelecci explosa :

— Ah, damné Vitali ! Ses dettes de jeu en faisaient un pigeon facile mais à la langue trop déliée ! Eh bien oui, c'est moi ! J'ai fait disparaître trois nigauds pour faire enterrer mon fils dans la foi chrétienne et pour que sa mère puisse le pleurer ! Est-ce trop demander ?

— Au nom des trois nigauds, oui, répondit froidement Volnay.

Les inquisiteurs s'avancèrent dans un silence impressionnant.

— Nous avons noté vos aveux, dit leur chef. Veuillez nous suivre.

— Passez devant, vous ne m'impressionnez pas sous vos grands airs de corbeaux tristes ! gronda Della Capelecci.

En sortant, il se tourna vers le Français. Le patricien avait conservé toute son arrogance.

— Ne triomphez pas trop vite ! Nous sommes à Venise, c'est une garantie suffisante pour être certain d'être jugé équitablement ! Ici, on sait qui je suis !

Une fois qu'ils furent seuls, Cordolina se tourna vers Volnay.

— Bravo pour les confessions de Vitali, fit-il à voix basse. Je n'aurais pas fait mieux !

— Je suis sûr que si !

Une expression méditative se peignit sur le visage du policier.

— Ce suicide et tout le reste à cause d'une histoire d'amour. C'est ce que voulait dire Vitali en agonisant. Cela, je ne l'ai pas compris sur le coup.

Flavia ne dit rien mais ses yeux demeurèrent rivés sur lui. Derrière elle, la tenture se souleva et, dans un froissement, le moine fit une entrée théâtrale par la porte secrète.

— Simple mais pratique pour écouter le dernier acte de la pièce ! fit-il.

Il se tourna vers Volnay.

— Bien joué, mon fils !

Cordolina arqua un sourcil. Anticipant sa réaction, le moine s'empressa d'ajouter :

— Ne simulez pas la surprise, je sais que vous savez tout de moi !

Cordolina hocha la tête.

— Il est vrai. Et à vous deux, père et fils, Venise doit beaucoup car vous venez de résoudre deux affaires des plus délicates en quelques jours. Vos réputations ne sont pas usurpées.

Le moine lui jeta un regard ironique.

— La vôtre non plus ! Il faut du temps pour ferrer les oies et encore plus pour les plumer sans les faire crier !

Cordolina le considéra avec l'œil terne d'un poisson à terre.

— Que voulez-vous dire ?

Volnay intervint.

— Oh, je crois que vous avez fort bien compris. Un policier français, appelé par une jeune femme au-dessus de tout soupçon et non vénitienne, va venir révéler la vérité sur l'affaire des pendus. Et s'il ne prend pas la bonne direction, sa fille sera là pour le remettre sur le droit chemin !

Cordolina haussa un sourcil.

— Ah, enfin, m'expliquerez-vous ?

Le policier s'efforça d'éviter le regard de Flavia.

— Tentatives d'assassinat et affaires des pendus. Deux affaires qui vous touchaient de près. L'une par vos liens avec la Ca'Trissano, même si vous ignoriez tout de l'agresseur du comte. L'autre parce qu'elle concerne une famille rivale tant dans le commerce que dans la politique. Très vite, vous soupçonnez le suicide du fils Della Capelecci et doutez des crimes suivants. Mais comment prouver tout cela ? Et surtout par qui ? Car vous ne voulez en aucune manière vous impliquer personnellement dans cette affaire. Tous les alliés de la Ca'Della Capelecci, et d'autres encore, vous en feraient l'amer reproche. On ne peut être juge et partie ! Aussi, lorsque Chiara vient vous trouver pour vous proposer mon aide, vous devez bénir le ciel !

Il était temps. Avec une douleur sourde, Volnay planta ses yeux dans ceux de Flavia tout en continuant à s'adresser à son père.

— Vous m'avez utilisé non pour faire triompher la justice mais pour servir vos intérêts et éliminer l'obstacle politique et économique que constituait pour vous la Ca'Della Capelecci !

Il baissa la tête. D'un coup, il se sentait incapable de soutenir plus longtemps le regard fixe de Flavia.

— Néanmoins, je l'ai accepté car mon but à moi est de rendre la justice.

Cordolina hocha sentencieusement la tête.

— C'est tout à votre honneur.

Volnay laissa échapper sa colère.

— Vous vous êtes servi de votre fille pour me guider sur la bonne voie ! La motivation par l'émotion…

— Je crains que vous ne surestimiez ma perfidie, rétorqua tranquillement le procurateur.

— Je crains que vous ne sous-estimiez mon malheur, répondit Volnay en posant à nouveau son regard sur Flavia.

Par la fenêtre, Flavia suivit des yeux les deux Français qui embarquaient sur une gondole pour rejoindre la demeure de Chiara. Son père vint la rejoindre et se tint immobile à côté d'elle.

— Décidément, fit-il, ce jeune homme est très intelligent.

— Oui, père.

Cordolina se tourna vers sa fille.

— Ne le trouves-tu pas également fort sympathique en fin de compte ?

— Oui, père.

— Et ne ferait-il pas un mari idéal s'il entrait dans le Livre d'or ? Je possède suffisamment de biens. Ce dont nous avons besoin à la Ca'Cordolina, c'est d'un jeune homme courageux, énergique, intelligent et intègre.

— Certes pères, certes…

— D'ailleurs, la chose est tout à fait faisable pour le fils d'une patricienne, au vu des services rendus.

— Ce serait bien, père.

XVI

Le moine et Violetta se trouvaient au petit matin dans la cour de la demeure de Chiara. Comme pour célébrer leur séparation et se remémorer leur première rencontre, la jeune fille avait revêtu les habits de garçon qu'elle portait ce jour-là dans l'ornière d'un chemin boueux. Ses manières étaient toujours aussi vives et ses yeux noirs brillaient avec une ferveur identique qu'alors même s'ils se voilaient aujourd'hui de tristesse.

— Puis-je vous appeler père ? demanda-t-elle timidement. Comme je vous l'ai déjà dit, mes sentiments pour vous sont de cet ordre.

— Et ils me conviennent parfaitement, répondit le moine ému, car jamais je n'aurais rêvé meilleure fille que vous.

Il l'étreignit avec force. C'était pour lui une nouvelle épreuve que de se séparer de Violetta.

— Je vous ai donné mon adresse. Écrivez-moi bientôt. Et… Je vous prie d'accepter cette bourse car je me sentirai le cœur plus léger de vous en savoir pourvue.

— Je n'en veux pas mais je sais bien que si je la refuse, je vous créerai de la crainte et de l'inquiétude. Mais à mon tour…

Un sourire lumineux éclaira son visage. Une main dans le dos, elle tendit l'autre, poing fermé, dans sa direction.

— Vous m'avez dit avoir perdu une certaine pierre.

Elle souffla sur sa paume. Celle-ci s'ouvrit sur une pierre qui scintilla au soleil.

— Cette pierre, je vous l'offre, dit très sérieusement Violetta. Elle vous gardera de l'obscurité et vous mènera à la lumière.

Le moine hésita.

— La dernière que j'ai acceptée ne m'a pas porté bonheur…

— Parce que vous l'avez perdue, dit vivement Violetta.

Elle plissa les yeux avec un brin de malice.

— D'ailleurs, je trouve cette perte extrêmement suspecte… N'auriez-vous pas joué un de vos tours habituels ?

Le moine étouffa un sourire.

— Vous devinez juste, cette pierre, ce remède à ma mélancolie, je l'ai jetée dans la Seine.

— Pourquoi ?

— Trop de souvenirs.

— Mais vous ne jetterez pas la mienne car elle ne vous en rappellera que de bons !

Une brume légère s'élevait de l'eau, estompant les formes et les silhouettes immobiles sur le quai. Volnay chercha un moment des yeux le regard de Flavia et ne le trouva pas. Elle regardait plus loin que lui mais sa chevelure déployait ses couleurs d'or et de blé comme au premier jour où il l'avait rencontrée.

— Un moment, avoua Volnay, j'ai pensé que je ne pourrais jamais repartir d'ici.

— Je me suis dit cela aussi, dit le moine.

Il laissa passer un instant tandis que l'on détachait les amarres et se tourna vers son fils.

— Tu l'as embrassée ?

— Qui ?

Et il faillit dire : *Laquelle ?*

— Chiara.

Volnay baissa la tête.

— Avec les lèvres mais pas avec le cœur, il fallait en passer par là sinon Chiara ne m'aurait pas aidé.

— Eh bien, fit le moine, quelle surprise de t'entendre parler ainsi…

Le jeune homme releva fièrement le menton.

— À ce sujet, ma conscience est nette de tout reproche, d'ailleurs je raconterai tout à l'Écureuil.

— Moui, je ne suis pas certain que…

— C'est ainsi, le coupa Volnay. Je ne lui cacherai rien.

— Toujours droit dans tes bottes, mon fils !

— Au remords d'avoir cédé à Chiara, je préfère le regret de ne pas l'avoir fait.

— Mon fils, c'est un point de vue qui en vaut bien un autre…

Le moine jeta un bref regard à son fils, puis à la chevelure blonde et dorée de Flavia sur le quai.

Quant à Flavia...

Un instant, le moine voulut parler mais choisit finalement de se taire.

Heureusement que Flavia n'a pas pleuré, pensa Volnay de son côté. *Sinon, je serai peut-être resté !*

— Quand même, il était temps que je parte et que je retrouve l'Écureuil, murmura-t-il tout haut lorsque la barque glissa sur l'eau, éloignant de lui comme d'une tentation les formes divines de Chiara et Flavia.

— Comme tu dis, mon fils, il était temps… J'ignore qui de Venise ou des Vénitiennes étaient les plus dangereuses…

Volnay ne répondit rien. Le moine ajouta comme pour lui-même :

— *"S'il en est des conclusions comme des baisers..."* Sais-tu d'où vient le nom italien de Venise ? Venezia ? En latin *veni etiam* : "viens à nouveau". Jusqu'à nos derniers jours, nous serons brûlés par un éternel besoin de retour.

Volnay frissonna. D'où il se trouvait, il ne pouvait voir les larmes tracer un sillage humide sur les joues de Flavia.

Le moine plissa les yeux, scrutant avec attention les quais, et enfin il la découvrit, à l'écart de tous comme il s'y était attendu. Son regard s'attarda sur elle. Longtemps, Violetta se tint debout au bord de l'eau, sans les quitter des yeux jusqu'à ce qu'ils disparaissent par-delà les brumes.

— Quel drôle de petit bout de femme, fit songeusement le moine. J'ignore si je la reverrai un jour, mais Dieu, quelle drôle de petite femme !

Retrouvez les enquêtes
du commissaire aux morts étranges
dans les collections Babel noir et Actes noirs.

Olivier Barde-Cabuçon
Tuez qui vous voulez
ROMAN

OLIVIER BARDE-CABUÇON
Entretien avec le diable
ACTES SUD

BABEL NOIR

Extrait du catalogue

162. HÉLÈNE CLERC-MURGIER
Abbesses

163. PETER MAY
L'Île du serment

164. KELLY BRAFFET
Sauve-toi !

165. DAVID GORDON
Polarama

166. MICK HERRON
La Maison des tocards

167. KJELL ERIKSSON
L'Homme des montagnes

168. ARNE DAHL
Message personnel

169. VÍCTOR DEL ÁRBOL
Toutes les vagues de l'océan

170. LARS KEPLER
Le Marchand de sable

Ouvrage réalisé par l'atelier graphique Actes Sud, reproduit et achevé d'imprimer en décembre 2016 par Normandie Roto Impression s.a.s. à Lonrai pour le compte des éditions Actes Sud, Le Méjan place Nina-Berberova, 13200 Arles.
Dépôt légal 1re édition : janvier 2017
N° d'impression : 1604180
(Imprimé en France)